DU MÊME AUTEUR

Aux Éditions Denoël

Sophie ou les galanteries exemplaires (1976)

Dans la collection « Sueurs froides »

Les Mantes religieuses (Grand Prix de littérature policière 1960)
Le Retour des cendres (1961)
Les Pavés du Diable (1963)
Les Bourreaux de Cupidon (1966)
Devoir de vacances (1967)
Le Cupidiable (1967)
Andromac (1968)
De quelques crimes parfaits (1969)
Meurtre à loisir (1969)
Non sens (1971)
Requiem pour une noce (1973)
Pour deux sous de vertu (1974)
Mourir à Francfort (1975)
Esprit es-tu là ? (1977)
Retour à zéro (1978)
Le Procès Filippi (1980)
La Perte de vue (1985)

Chez Jean-Jacques Pauvert

Rome n'est plus dans Rome (1977)

Chez Pauvert/Ramsay

Les queues de Kallinaos (1981)
(Grand prix de littérature fantastique d'Avoriaz 1982. Prix de la Société des Gens de Lettres 1982)

Chez Nathan

Un métier de fantôme (1978)
Gus et les Hindous (1982)
Gus et Poussinard (1984)
Gus et le cambrioleur (1985)

Chez Julliard/Pauvert

Les derniers feux (1982)
Neropolis (1984)

Aux Éditions de Fallois

La Pucelle (1988)
La Part des Anges (1990)

HUBERT MONTEILHET

EUDOXIE
ou
La Clef des champs

roman

Éditions de Fallois
PARIS

22 rue La Boétie, 75008 Paris
ISBN : 2-87706-150-7

J'exprime mes plus vifs remerciements à Arlette Lebigre et à Jean-Louis Harouel pour le supplément de lumières qu'ils ont bien voulu m'apporter sur les institutions civiles et criminelles de la fin de l'Ancien Régime ainsi que sur les usages judiciaires du temps. Ces deux incollables allient l'érudition à la culture, car ils font du droit en historiens, et de l'histoire en juristes.

J'ai une autre dette de reconnaissance, et des plus fortes, à l'égard de Pierre Darmon pour toutes les savoureuses citations qu'il avait dénichées dans de vieux grimoires et que j'ai moi-même empruntées à son ouvrage : *Le mythe de la procréation à l'âge baroque*, publié en 1977 chez Jean-Jacques Pauvert. Puissent ces emprunts exciter à la lecture d'un des essais les plus étonnants de ces vingt dernières années !

PREMIÈRE PARTIE

La baronne Huet, Paris
à Jacques Cadouin
Auberge des Quatre Saisons
EV

12 septembre 1815

Quelle émotion, quelle joie renversante de te revoir hier tout d'un coup après que les événements nous eurent séparés depuis tant de lustres ! Cette année 1788, où tu mis en jeu pour moi ta vie et ta liberté, me semble appartenir à une autre planète, et j'ai tremblé longtemps que les agents du roi ne te rattrapent et ne te pendent. Confiante néanmoins dans ton étoile, j'avais ardemment espéré contre toute espérance que tu avais survécu, et même que tu avais réussi selon tes mérites au sein de l'exil que ton noble dévouement t'avait valu. Ta bonne mine m'a ravie, et j'ai été heureuse d'apprendre qu'au sortir des horribles pontons anglais, tu avais retrouvé cette belle plantation des Antilles que la guerre de course, à ce que tu m'as raconté, t'avait permis d'acquérir. Je te fais tenir ce mot par un laquais, afin que tu puisses le lire avant de te rembarquer.

Je regrette vivement que les circonstances de nos trop brèves retrouvailles aient été si peu propices à un entretien suivi. Mais ton manque d'usages — je te le signale en toute amitié — y est pour quelque chose. Je reçois chaque lundi une société choisie, et je m'efforce d'assortir les invités de manière à éviter tout heurt et toute gêne. Précaution qui était déjà recommandable dans les salons d'autrefois, et qui l'est plus encore dans ceux d'aujourd'hui au sortir de la tourmente qui a si longtemps excité les passions, bouleversé les conditions et les fortunes, et ajouté aux anciens préjugés d'autres qui ne valent pas mieux.

En venant sans te faire annoncer, en me tutoyant bientôt avec un si beau naturel, tu m'as jetée à l'improviste dans une situation contrainte et désagréable, et te présenter comme un ami d'enfance n'a guère satisfait la légitime curiosité de mes hôtes.

J'ai été particulièrement ennuyée à l'égard du comte de Launais, qui me fait une cour assidue, lorsque tu es tombé en arrêt devant une miniature que tu as empochée sans que j'eusse le cœur de m'en formaliser.

Apprends que cet objet, dû au pinceau d'Isabey, ne reflète point mes traits, mais ceux de ma fille Gisèle, qui va sur ses vingt et un ans, et que j'ai remisée l'année dernière dans un couvent discret, alors que le Corse voguait vers l'île d'Elbe. L'âge de cette jeune personne t'indique qu'elle est née sous le Directoire, dans un climat de désordres qui me donne encore quelque hésitation sur l'identité du père. Tout ce que je puis en dire est qu'il était à coup sûr des plus séduisants : les femmes bien nées sont plus regardantes pour leurs amants que pour leurs maris.

L'existence de cette fille naturelle, accomplie certes en tous points, avec tout ce qu'il faut de charme, de sentiment, de connaissances et d'esprit, ne m'en a pas moins posé les difficiles problèmes que tu devines. Je brûle de l'établir, mais sa naissance irrégulière ne rend pas la chose aisée, et les Cent-Jours extravagants que nous venons de connaître n'ont point favorisé mon affaire. Gisèle me ressemble en tout cas comme si je l'avais faite toute seule et ta méprise est flatteuse.

Sur le départ, tu m'as avoué entre deux portes que le temps

n'avait fait que grandir la passion désespérée que tu nourris pour moi depuis l'enfance, et que, devenu veuf et fortuné, tu étais enfin en position de demander ma main pour de bon. Je suis émue au-delà du possible par une aussi romanesque fidélité. Mais une telle union serait-elle bien raisonnable à présent ? Je n'ai plus la fraîcheur d'âme, ni même les exigences morales qui t'avaient séduit jadis, lorsque nous courions les grands chemins à une lointaine époque qui me paraît un rêve. Je n'ai plus dix-neuf ans. Les années ont passé, génératrices de compromissions et dissipatrices d'illusions. J'ai changé, et tout a dû aussi changer en toi, à l'exception des sentiments que tu me portes au travers de tes souvenirs. On ne fait pas du neuf avec du vieux.

Je passe sur le fait que nous ne soyons pas du même monde. Ce serait l'objection la plus faible si j'étais disposée à faire une folie en ton honneur.

L'attachement sans faille, la parfaite estime, l'éternelle reconnaissance que je te voue m'invitent à garder la tête froide, sans parler du souci de tes vrais intérêts. C'est une aimable jeune fille qu'il te faut, et non point une femme désabusée dont les restes de beauté se flétriront un jour.

Regarde donc de plus près la miniature que tu m'as soustraite, et qui serait plutôt, en dépit du talent du peintre, inférieure à son modèle. Ta gracieuse erreur n'était-elle pas prémonitoire ? L'idée m'a frappée soudain que Gisèle serait toute disposée à t'offrir les agréments que tu ne saurais plus trouver en moi. Sur ce que mon baron d'Empire m'a laissé en se faisant opportunément couper en morceaux par les braves moines espagnols, je puis, tout compte fait, distraire quatre-vingt mille francs de dot. Et à la Martinique, on ne contrôle pas de si près les extraits de naissance... Un tel mariage serait un nouveau lien entre nous, et des plus forts. Tu me retrouverais tous les jours, avec la jeunesse en plus.

Si cette suggestion, un peu folle au premier abord, mais plus sage qu'on pourrait croire à la réflexion, avait l'heur de te sourire, ma porte te serait ouverte demain matin à onze heures. Et même si elle ne te souriait point, j'aurais un extrême plaisir à converser avec toi en dehors de la présence d'importuns, à tout apprendre de ta vie depuis notre dramatique séparation, et à t'informer en revanche, avec la franchise qu'on doit à un autre soi-même, des abominations que j'ai connues et surmontées.

Gisèle est dans un couvent de Compiègne, où tu ne pourrais l'aller voir qu'en prolongeant ton séjour, ce que tu n'es point, paraît-il, en mesure de faire. Mais Louis XVI aussi a dû attendre le mariage pour apprécier tous les avantages de Marie-Antoinette.

A bientôt. Je t'embrasse, mon unique ami et mon frère d'élection, très affectueusement.

Jacques Cadouin
à la baronne Huet
EV

Tout conte fait, ma belle et tendre Eudoxie, je serai chez toi demain matin comme tu my invite. En ce qui concerne Gisèle, je me tâte et il y a de quoi. Mais tu a toujour fait de moi tout ce que tu a voulu, et il est déjà admirable, pour une femme bien née, de coucher par procurassion avec un paysan. Gisèle m'aprendra les usages que tu na pas eu le temps de m'aprendre, et elle y ajoutera des leçons d'ortografe et d'histoire romaine. Je lui aprendrai l'histoire moderne, la géografie, et peut-être bien l'amour, puisque jen ai pour toi à revendre. Il suffi dailleurs que ce mariage harrange tes affaires pour que jy soi disposé. Ton Jacques pour la vie, de face ou par la bande.

Madame Jacques Cadouin,
Saint-Pierre
à la baronne Huet, Paris

20 décembre 1815

Ma bien chère mère,

Vous avez dû recevoir le mot vous annonçant mon arrivée à Saint-Pierre et que j'avais confié à votre intention, avant même de débarquer, au commandant de notre navire qui venait de toucher à bon port.

Une foule de choses prévisibles, et quelques imprévus, m'ont retenue de jour en jour de vous en écrire plus long. Je profite des dernières pluies diluviennes avant la saison sèche, qui va de janvier à mai, que l'on nomme ici le « Carême », et qui est consacrée à la grande affaire de ces régions : la récolte des cannes.

Après une affreuse traversée, où nous avons essuyé tempête sur tempête, j'étais donc à Saint-Pierre le dimanche 19 novembre dernier, le cœur au bord des lèvres et toute chiffonnée. L'inconfort de ces vaisseaux, déjà grand en temps ordinaire, devient indescriptible dès que la mer se gâte.

Monsieur Jacques Cadouin s'est empressé de monter à bord, de me réconforter, et je l'ai trouvé tel que vous me l'aviez décrit : bien fait de sa personne et portant beau, l'œil clair et franc, un bon sourire auquel ne manque aucune dent, aussi jeune d'apparence, en somme, que vous-même — ce qui n'a rien d'étonnant puisque vous êtes tous deux, m'avez-vous dit, du même âge.

En attendant le mariage, prévu pour le mercredi 6 décembre, mon futur m'a décemment conduite chez des planteurs de ses amis, qui m'ont offert la plus large hospitalité. Et jusqu'à cette date, Monsieur Cadouin est venu journellement me faire une cour en règle, m'apportant de menus cadeaux, me montrant avec une évidente satisfaction, entre deux pluies, son bureau d'armateur et les navires qu'il avait à quai, sa belle maison de Saint-Pierre entourée de jardins exubérants, et même le petit hôtel de Fort-de-France qui lui sert de pied-à-terre lorsqu'il va, de loin en loin, surveiller les travaux de son immense plantation de la plaine du Lamentin, la seule plaine de quelque importance que nous ayons par ici. Les fortunes de l'île se jugent au nombre d'esclaves, et Cadouin en a une troupe impressionnante. Ceux de sa plantation sont bien tenus, et sa vaste demeure regorge d'une foule de domestiques des deux sexes — les créoles disent « mâles » ou « femelles » — qui vont de l'ébène au chocolat clair selon les hasards des croisements.

Mon futur m'a avoué sans se faire prier ce dont je commençais de m'apercevoir : il n'avait appris la vie ni dans les livres ni dans les salons, il s'était fait lui-même au hasard des océans et des fleuves, ce qui prêtait d'ailleurs à sa conversation un tour vivant et original, bien éloigné des litanies de mes religieuses de Compiègne. Je comprenais mieux à l'entendre les motifs qui avaient pu vous inspirer pour lui de l'amitié de si bonne heure, car j'ai toujours cru sentir que vous méprisiez au fond de votre âme virile ces conventions que Monsieur Cadouin ignore ou veut ignorer. Mais sa discrétion égalait la vôtre sur l'origine de cette vieille et surprenante sympathie entre deux êtres que tout aurait dû tenir séparés. Et comme ce secret ne saurait être honteux, je me perdais en conjectures sur le bien-fondé de sa persistance. Cadouin, fâché d'avoir dû vous perdre de vue si longtemps, m'a maintes fois interrogée sur l'existence qui avait été la vôtre depuis la Révolution, et je ne pouvais lui en dire que le peu que vous m'en aviez dit vous-même à l'occasion. Il insistait tant que j'étais presque blessée que votre passé le passionnât plus que le mien, avec cette excuse, sans doute, que votre passé doit former un long roman, alors que je trace d'une main hésitante les premières lignes du petit livre de mes jours. Le curieux était en tout cas fasciné par votre ressemblance avec moi, au point de m'appeler parfois « Eudoxie » par mégarde, et le respect qu'il me portait me semblait presque exagéré, de plus en plus marqué au fur et à mesure que notre mariage approchait. Oserais-je vous l'avouer, j'avais l'impression que cet étrange prétendant fuyait les occasions de tête-à-tête au lieu de s'ingénier à les faire naître, et, au contraire de ce qui se lit dans certains livres légers, l'idée de solliciter un baiser que je lui aurais marchandé ne lui venait point.

Le 5 décembre, tandis que la « Montagne pelée », un pittoresque volcan qui domine Saint-Pierre, se panachait de jolies vapeurs, nous avons signé chez un notaire barbu le contrat de séparation de biens et le texte concernant l'administration de ma dot. Cadouin a tenu à y ajouter un testament m'instituant sa légataire universelle, à charge pour moi de libérer après sa mort éventuelle un bataillon de négresses et de mulâtresses avec leurs enfants ou nourrissons. J'ai fini par saisir que mon futur avait eu des bontés pour ces dames et qu'il ne doutait pas d'être l'heureux père de la plupart de ces négrillons. Cachant mon étonnement, j'ai déclaré, m'inspirant de Montesquieu, le fait tout naturel sous un tel climat, et j'ai poussé la diplomatie jusqu'à insister pour que de modestes legs en argent comptant accompagnassent cette liberté très hypothétique. Soulagé, le notaire m'a dit : « Chez nous, ces choses ne comptent pas », et Monsieur Cadouin a ajouté avec une grâce rustique : « Vous seule comptez désormais. J'en ai bien fini de broyer du noir. » Après tout, nous n'étions plus à Paris ni à Compiègne, et tout valait mieux que l'ennui sans borne d'un couvent où l'on n'a pas le moindre esclave sous la main.

Je passe sur la messe de mariage, où l'évêque coadjuteur fit d'opportunes variations sur le thème : « Croissez et multipliez », ainsi que sur la réception, entre deux déluges, dans les jardins de ma nouvelle maison, avec grand concours de peuple, une réception qui s'est poursuivie tard dans la nuit, et d'où j'eus le plus grand mal à tirer mon mari qui avait abusé du punch, une chose d'autant plus raide que la température est plus forte — je passe, je passe, pour en arriver à un essentiel dont les filles parlent peu à leur mère, qui leur en parlent encore moins, mais j'en parlerai quand même, car c'est bien vous, justement, qui m'avez amenée à l'hymen comme un veau à l'abattoir, dans une ignorance sidérale de ce qui pouvait bien m'attendre. Je compte pour rien, en effet, ces quelques phrases que vous m'avez murmurées au matin de mon départ, d'autant plus obscures que votre langue était plus embarrassée, et d'où il ressortait surtout qu'il n'y aurait pas lieu de trop s'étonner. Eh bien, Madame, pour être étonnée, je le suis !

Après que je fus déshabillée à la lueur d'une chandelle mourante, qui semblait pressée de périr pour ne point porter témoignage, Monsieur Cadouin s'est assis dans un fauteuil à bascule afin de me contempler d'un air nostalgique, me priant bientôt de marcher toute nue dans la chambre, me faisant enfin observer que ma démarche n'était pas aussi délibérée que la vôtre lorsque vous marchiez à son côté la tête haute, déguisée en confesseur de la foi ou en gabier de grand perroquet.

Interloquée, mettant ces divagations sur le compte du rhum, j'ai encore trouvé l'esprit de lui répondre que c'est en effet le vêtement qui donne de l'assurance à la femme, laquelle n'est pas faite pour se promener sans voile. Cadouin a bien voulu en convenir, a fermé les yeux dans un soupir et s'est endormi pesamment au creux de son siège.

Ces relations déroutantes ont perduré près d'une semaine. Mon mari me faisait dévêtir, puis une manière de paralysie le prenait, d'autant plus extraordinaire qu'il avait entretenu une sorte de harem avant d'avoir le bonheur de m'épouser. Enfin, il me parlait de vous, et un soir qu'il était encore pris de boisson, il m'a vanté l'intérêt que vous auriez porté jadis aux choses du sexe, et l'intrépidité avec laquelle vous aviez interrogé les livres et les hommes à ce sujet. Lui-même, à l'en croire, avait fait son possible pour vous éclairer, quoique ses compétences fussent alors bien rudimentaires.

Je vous donne à penser du choc que j'ai reçu, car une telle intimité laisse présager une intimité plus complète. Voyant mon trouble, Cadouin s'est dépêché d'ajouter : « Hélas, je n'ai jamais eu ta mère, et c'est bien pour ça que tu es là ! » De pareils aveux sont superflus ou insuffisants, et comme mon mari s'est refusé à aller plus loin dans la confidence, vous aurez peut-être la bonté de me fournir un rien d'explication.

Monsieur Cadouin, recru de songes moroses, s'étant enfin décidé à fonctionner une nuit qu'il était à peu près sobre, je suis sortie froissée de l'épreuve, et je me demande encore quelle satisfaction certaines femmes, dit-on, peuvent éprouver à cette corvée, qui m'a paru le comble de l'artificiel et du bizarre. Quel besoin les hommes ont-ils des femmes pour se soulager de cette ridicule façon et ne pourraient-ils aller faire leur petite affaire ailleurs sans plus les déranger ?

Mon mari consacrait d'ailleurs à nos rapprochements une sorte d'application hargneuse et chagrine, comme s'il m'en voulait de figurer dans ses bras, tout en étant sincèrement fâché de ne pouvoir mieux dominer une pénible déception ou un absurde ressentiment.

Les assiduités de mon Cadouin faiblissaient déjà, lorsqu'il se mit en tête d'exiger de moi des complaisances dont mon instinct me soufflait qu'elles étaient attentatoires à ce qui pouvait me rester de dignité. Mais comment se fier à l'instinct lorsqu'on ignore le b.a.-ba d'une question ?

A tout hasard, je refusai net. Cadouin se faisait pressant, assurait que ma complaisance réchaufferait ses feux tiédis. « Je dois briser une image, me disait-il, afin de pouvoir vous honorer comme vous le méritez. Et je ne puis la briser qu'avec vous et par vous. » Ce galimatias n'était pas rassurant.

J'ai pris le parti de solliciter les lumières et les conseils d'une jolie mulâtresse du logis, une certaine Marie, surnommée Marie-Galante en raison de ses talents, et dont Monsieur Cadouin avait bien dû tâter entre autres avant de m'épouser à votre place avec une inconscience que vous auriez pu ne point partager. Pour être négresse, on n'en est pas moins femme — à ce qu'assurent du moins les philosophes.

La fille me dit, dans son patois chantant, que les complaisances en cause, qui n'étaient pas si douloureuses qu'on pouvait l'imaginer, étaient requises par les planteurs des esclaves femelles, parfois des mâles, qui « étaient là pour ça », que ces messieurs les épargnaient d'ordinaire à leurs épouses, mais que je devais en passer par là, car, je cite : « ...si notre Monsieur t'aime comme si t'étais noire, c'est qu'il t'aime pour de bon ». Voilà qui était bien encourageant, et Cadouin en a été pour ses honteux espoirs.

Depuis, il me boude avec de tristes yeux larmoyants d'épagneul pris de boisson. Il y a gros à parier que le testament va tôt ou tard s'enrichir de nouveaux négrillons si le Maître traite ses esclaves femelles comme il devrait traiter sa femme, et lorsque je croise Marie-Galante, elle me jette des regards de reproche en tortillant du derrière pour m'inviter au sacrifice.

Ciel, quel pays, quelles mœurs ! Quel mariage, Madame, avec une si belle expérience, m'avez-vous procuré là ? Et pourquoi faut-il que je fasse à mes frais de manière aussi barbare une éducation que vous avez négligée ? Je suis désolée au point de mettre bas toute pudeur pour vous informer, et encore, je n'ose tout dire ! Vous me devez, il me semble, une égale franchise assortie de conseils qui, pour être tardifs, ne m'en seront que plus précieux, puisque j'aurai l'avantage, dont je me serais si volontiers privée, de les pouvoir mettre à l'épreuve des faits.

Votre fille bien malheureuse, mais qui vous porte toujours le même respect et la même affection.

La comtesse de Launais
Bd Saint-Germain, Paris
à Madame Jacques Cadouin
Saint-Pierre

18 janvier 1816

Ma bien chère fille,

Je n'ai pas de nouvelles de vous depuis le mot très bref m'annonçant votre arrivée à Saint-Pierre, ce qui est l'essentiel. Vous devez être aujourd'hui mariée à un homme qui a tout pour assurer votre bonheur si j'en juge par les solennelles promesses qu'il m'a faites de vive voix avant de rejoindre la Martinique. Notre Jacques, je ne vous l'avais pas caché, a plus de bon sens que de savoir livresque, plus de cœur que d'éducation, mais ce sont là les qualités qui comptent le plus. Votre mari se polira à votre aimable contact, et vous serez bientôt surprise de toutes les délicatesses qu'il aura pour vous.

Il est vrai que ces traversées de l'océan sont interminables, les vents contraires et les ouragans infligeant de grands retards au courrier. J'espère recevoir prochainement une lettre circonstanciée où toutes les curiosités que je ressens pour cette contrée tropicale, et surtout pour votre nouvelle existence, seraient enfin comblées.

Un pareil climat invite à la langueur, pour ne pas dire à la paresse, parfois à une sorte de lubricité passive. Méfiez-vous de cette pente, qui a poussé Joséphine de Beauharnais dans des bras de plus en plus douteux. Il faut réagir, se livrer à une activité quelconque, lire, écrire ou jardiner, avoir le courage de ramasser soi-même son mouchoir et ne pas se laisser conter fleurette par des jeunes gens frivoles quand on a la chance de partager la couche d'un mari assagi par l'âge. Jacques étant d'un tempérament fort jaloux, vous devez éviter la moindre imprudence. Le rhum échauffe les sangs, et une fâcheuse dispute est vite arrivée, où l'on se laisse aller à des propos regrettables.

Vous n'êtes pas la seule à connaître ces temps-ci les joies de l'hymen. J'ai l'avantage de vous mander ce mercredi que j'ai convolé en quatrièmes noces samedi dernier. Sachez, si la chose vous advient, que convoler n'est point se marier, mais se remarier. L'erreur est devenue courante d'employer le verbe de travers, ajoutant la confusion sémantique à celle, trop fréquente, des intérêts et des sentiments. Mais à force de convoler, on peut espérer faire des progrès en discernement comme en grammaire.

Je suis, à vrai dire, des plus satisfaites de ce nouveau mari. De vieille noblesse angevine, Monsieur de Launais, émigré de la première heure, a fait en 1792, tout jeune encore, les délices de Coblenz, où il est entré dans les bonnes grâces du comte d'Artois — et même du comte de Provence, que ses talents pour préparer le chocolat avaient transporté. La plupart des siens, qui avaient eu l'imprudence de demeurer en France, ayant été massacrés sous la Terreur, il a hérité de grands biens, qui lui ont été libéralement rendus — au risque de faire maints jaloux — dès la première Restauration, récompense d'une fidélité exemplaire qui ne s'était jamais démentie : étrillé à Austerlitz, le comte de Launais avait triomphé à Dresde avec nos alliés, avant de défiler dans Paris de la façon la plus flatteuse, au sein de l'état-major du Tsar Alexandre. Fort bien vu à la Cour, mon mari s'attache présentement à organiser les cérémonies commémoratives et expiatrices du 21 janvier prochain. Les prières de Louis XVI, monté tout droit au Ciel en dépit de son poids, l'accompagnent et l'encouragent. Au sortir de cette émouvante journée, le comte doit être nommé pair de France, honneur qui fleure bon le passé.

Vous voyez qu'il s'agit d'un mariage heureusement assorti, celui que j'aurais dû faire plus tôt si la Révolution démente des Conventionnels, la Révolution larvée du Corse ne m'avaient trop longtemps condamnée à des expédients matrimoniaux. Ma mère n'était-elle point comtesse, elle aussi ? J'ai le sentiment de retrouver enfin un monde normal et apaisant, après une génération de folies furieuses.

Le roi, à qui j'étais présentée hier, a eu la bonté de m'adresser quelques paroles aimables : « Votre avant-dernier mari, Monsieur Huet, a été tué en Espagne sous le drapeau tricolore; Monsieur de Launais a combattu glorieusement sous mes couleurs. Vous êtes, Madame, la vivante image de la réconciliation que j'espère entre tous les Français. » Comme quoi ce mariage était encore plus assorti qu'il n'y paraissait !

Le comte, très bien conservé, a quarante-cinq printemps : deux ans de moins que moi. C'est assez dire que cet homme des plus distingués s'est pris d'une passion extraordinaire pour mes charmes, et plus encore pour mon esprit, au point de fermer les yeux sur la façon dont j'avais pu survivre avant d'avoir l'avantage de le rencontrer. J'attends, pour lui parler de votre personne, une circonstance plus favorable qu'une lune de miel entre deux âges. Le cuir de mon gaillard heureusement assoupli, il sera bien temps de se résoudre à l'aveu, et je tâcherai de vous mettre au compte de mon second mari : mieux vaut un banquier douteux (vous pardonnerez le pléonasme !) qu'un bel inconnu. Vous vous rappelez peut-être que le baron Huet avait déjà gobé la fable sans chercher plus loin, avec l'absence de préjugés d'un palefrenier devenu traîneur de sabre. La Révolution n'a-t-elle pas, Dieu merci, brûlé beaucoup de paperasses gênantes ?

Si j'étais portée sur les descriptions comme cet intarissable hâbleur de Chateaubriand, j'aimerais vous narrer par le menu mon remariage dans les fastes d'un Saint-Sulpice rendu, par un providentiel hasard, comme nos autres églises, à la religion aristocratique d'un Jésus qui se moque de la religion du nombre. Huet jouait à l'esprit fort avec le peu d'esprit qu'il avait et n'avait consenti que de mauvaise grâce à se marier dans un semblant d'église hantée par des prêtres constitutionnels. J'ai renoué samedi avec la foi de ma jeunesse, que tant de circonstances fâcheuses avaient concouru à affaiblir dans mon âme.

Une piété, aussi « introuvable » que la Chambre du duc de Richelieu, fleurit actuellement dans une France stupéfaite. Et ce n'est pas sans émotion que j'observais, durant la messe, ce véritable mari, dont la main gauche, celle du cœur, sait si bien exprimer toutes les nuances d'une sage et profonde tendresse. Un boulet bonapartiste égaré a arraché le bras droit du comte à Waterloo, mais il n'en est que plus aimable.

Bref, après tant de tribulations, je vais pouvoir vivre tranquille, escortée par un chevalier servant qui a de la conversation au saut du lit, et entourée de dix-sept domestiques discrets et silencieux. C'est à la qualité de ces gens-là, plus encore qu'à celle des maîtres, qu'on reconnaît une bonne maison. Vous vous en réjouirez avec moi, j'espère, et d'autant plus que je serai désormais en mesure de faire pour vous davantage. Si la vie m'a trop fréquemment interdit d'être présente à vos côtés comme je l'eusse souhaité, vous avez toujours été au centre de mes pensées, et vous l'êtes plus que jamais.

Je joins à cette lettre un exemplaire récent de *La Princesse de Clèves*, dédié à la duchesse de Berry par un imprimeur hors ligne, qui y fait avec fierté l'essai d'un accent vertical, intermédiaire entre le grave et l'aigu. Ce roman nous démontre, s'il en était besoin, que les plus belles amours sont les amours impossibles, qui se tiennent bien droites, pleines d'espérance et de résignation, entre la gravité de l'ennui et l'acuité des querelles. Des amours que l'on vit en imagination, où l'on dit ou se fait dire, sur l'oreiller solitaire, les choses les plus délicieuses sans crainte d'être démenti. Les époux réalisent ce progrès quand ils commencent à faire chambre à part.

Mais vous avez bien le temps de lire Madame de La Fayette, qui se faisait une si haute idée de l'amour qu'on ne trouve pas un seul dialogue chez elle.

Votre mère attentive et aimante.

Madame Jacques Cadouin
Saint-Pierre
à la comtesse de Launais
Bd Saint-Germain, Paris

7 mars 1816

Ma chère mère,

Vous avez dû recevoir ma lettre du 20 décembre, et j'ai enfin reçu celle que vous m'écriviez le 18 janvier. Vous êtes donc au courant de ma pénible position, et votre lettre, en attendant mieux, retourne le fer dans la plaie.

Monsieur Cadouin me boude toujours — c'est une habitude facile à prendre pour nous deux —, comme s'il ne pouvait se faire à l'idée d'avoir lâché la proie pour l'ombre, et il serait plus haïssable encore si on ne le sentait si malheureux. Je n'ose parler de rupture, car je ne sais trop ce que je pourrais tirer d'une séparation de corps, et il n'ose m'en parler non plus, soit que ma présence ravive des souvenirs qui le hantent, soit parce qu'il aurait honte de vous déplaire.

Je ne risque guère, en tout cas, de le rendre jaloux. S'il pouvait l'être encore, c'est du comte de Launais qu'il le serait, et si j'étais volage, les occasions de fauter seraient aussi rares qu'un nègre blanc. Cadouin, en fait, ne fréquente la bonne société de l'Ile, celle des gros planteurs qu'on appelle les « Messieurs », que dans les grandes occasions où l'esprit de corps l'emporte sur les dissentiments personnels. On murmure, parmi ces fainéants qui se croient sortis de la cuisse de Jupiter, que la fortune de mon mari est suspecte, que non seulement la course, mais la flibuste et la contrebande y auraient contribué, sans parler de l'héritage d'une beauté créole que notre pirate aurait fait périr de chagrin... (Peut-être à force de lui parler de votre démarche et de vos dons ?) Ainsi, je ne vois pratiquement personne, et si un homme digne de ce nom parvenait jusqu'à moi, je ne pourrais le recevoir qu'entourée d'esclaves sournois et délateurs. Ma vertu ne court par conséquent aucun risque, et je relis indéfiniment *La Princesse de Clèves*, la bibliothèque de l'endroit ne renfermant que de vieux almanachs. Cadouin confond les Grecs et les Romains et ne s'y connaît vraiment qu'en navires, en sucre et en nègres. Ce sucrier doublé d'un maquignon finit par me donner le mal de mer.

Pressée de m'établir aussi loin que possible pour des motifs que je ne saurais vous reprocher sans ingratitude, et dans le doute où vous deviez être, au fond, sur les qualités d'un homme que vous n'aviez pas revu depuis si longtemps, vous caressiez, je présume, faute de mieux, le réconfortant projet de me faire épouser un riche. Mais cette fortune, qui est déjà l'objet de médisances, est-elle bien assurée ?

Il suffit d'un cyclone — et nous y sommes abonnés — pour que les vaisseaux soient réduits en miettes. Quant aux champs de cannes, ils valent ce que vaut l'ordre public, et vous devez savoir toutes les convulsions que les Iles ont connues depuis la Révolution : révoltes sanglantes à Haïti ; libération provisoire des nègres de la Guadeloupe, qui a laissé d'incurables rancœurs ; agitation sporadique à la Martinique, d'abord sous le régime des Planteurs à partir de 1790, puis sous la première occupation anglaise, de 1794 au traité d'Amiens de 1802, puis sous la seconde, de 1809 à nos jours, la période intermédiaire ayant été plus troublée encore. Les soldats anglais, qui inspiraient à nos nègres une crainte salutaire, sont sur le départ en vertu des nouveaux traités, et de sourdes récriminations grondent déjà dans un troupeau servile qui aspire à une liberté qu'il n'a jamais connue.

C'est que la liberté n'est point ici un mot creux, le trait d'union d'aspirations confuses entretenues par quelques démagogues, comme il le fut, m'avez-vous expliqué, dans le jargon de la France révolutionnaire. Il s'agit de libertés pratiques, qui intéressent tout un chacun et n'ont pas besoin de prétendus philosophes pour être définies. Ne serait-ce que la liberté de ne pas se faire sodomiser contre son gré. Je crains que nous ne soyons au bord d'un volcan et que la plaine du Lamentin ne s'embrase bientôt.

En un mot, ces domaines qui devaient garantir mon aisance sont à la merci d'une révolte qui couve et, négligée par mon mari, je risque de me faire violer par des nègres qui ont maintes revanches à prendre. La nuit, toute seule dans ma chambre, je tremble de peur, et lorsqu'une rumeur monte du port jusqu'à ma fenêtre, j'imagine les plus horribles choses. Les Français du siècle des Lumières s'étant transformés en assassins, qu'attendre de noirs qui n'ont reçu aucune éducation ?

Cadouin se voudrait rassurant, mais je vois bien qu'il suit le retrait des Anglais avec inquiétude, et c'est armé jusqu'aux dents qu'il se hasarde désormais à visiter ses terres.

Vous conviendrez, Madame, qu'en fait de mariage, vous semblez avoir la main plus heureuse pour vous que pour moi, et que votre faire-part, s'il m'a réjouie d'un côté, pouvait bien me donner quelque humeur de l'autre.

Mais un rien de réflexion m'a fait comprendre que la satisfaction que vous affichez ne vaut pas cher et que, assurément aveugle pour vous-même, il n'est pas surprenant que vous l'ayez été pour moi.

A vous relire, on s'aperçoit effectivement que vous m'informez de votre quatrième mariage avec un cynisme qui jette en état de malaise, comme si mon propre mariage m'avait mise soudain en position de tout entendre.

Une fille illégitime mariée en dépit du bon sens aurait-elle le droit de juger ses parents ? Je ne parle pas, bien sûr, du « bel inconnu » ni du « banquier douteux » en forme de pléonasme, mais de la seule parente sur laquelle je puisse compter, de ma mère, à qui j'ai l'impression de devoir le meilleur comme le pire.

Je vous dois certes la vie, ce qui n'est pas rien. Je vous dois de n'avoir pas été jetée aux enfants trouvés, ce qui est beaucoup, car on en perd plus qu'on en trouve. Je vous dois d'excellents précepteurs et une instruction qui approche de la vôtre, ce qui n'est pas si courant. Je vous remercie des accès de tendresse que vous m'avez prodigués chaque fois que vous aviez un instant pour me visiter en cachette. Le loisir vous aura certes manqué de me donner de meilleurs exemples et de veiller en personne sur mon éducation. Mais je ne saurais vous reprocher une naissance imprévue, une des rares choses que vous paraissez ne pas avoir calculées. Non, je vous reprocherai seulement aujourd'hui le plus excusable et le plus désespérant : d'être vous-même et de n'avoir pas eu la pudeur de le cacher.

Je suis frappée à l'extrême d'une si parfaite concordance entre vos mariages et l'air du temps. Il y a là-dedans du caméléon, et l'animal vous plaît.

En 93, vous épousez devant le maire le Conventionnel Dupont de la Meurthe, ancien oratorien défroqué et ardent pourvoyeur de guillotine. Ce régicide, juste retour des choses, ayant péri sur l'échafaud en 94 à titre d' « enragé », vous trouvez un autre maire pour convoler en 96, un an après ma naissance, avec le banquier Esposito, un doux, celui-là, qui s'empoisonne en 98 à la suite d'une histoire de fournitures militaires qui avait mal tourné. En 1800, sous le Consulat du petit chat botté de la langoureuse Joséphine, c'est une Eglise suspecte qui vous sourit lors de votre union pour le meilleur et pour le pire avec un « palefrenier traîneur de sabre », qui deviendra bientôt le baron Huet, avant de rencontrer le pire, tout encombré du poids de ses pillages, du côté de Saragosse : rassuré par les prêtres constitutionnels, il ne s'était pas suffisamment méfié des moines. Et enfin, les plis du drapeau à fleurs de lys enveloppent d'un voile quasi virginal un vrai mariage à Saint-Sulpice avec un manchot à quartiers, une bonne occasion à saisir si l'on vous lit entre les lignes et même entre les blancs.

J'imagine, Madame, les difficultés qu'une jeune fille de noble naissance périgourdine a eu à surmonter par des temps troublés à nuls autres pareils. Loin de moi l'insolente prétention de donner la moindre leçon ! Certaines hontes ont pu vous être imposées, et je n'ai pas à juger des hontes superflues. Mais ne fut-il pas un moment de votre prime jeunesse où vous avez senti, comme je le ressens encore à présent, le besoin de respecter pour aimer ? Revoyez donc votre prose ! Vous m'avez sans doute estimée plus intelligente ou plus mûre que je n'étais. Votre style eût autrement été plus honnête ou plus hypocrite.

Comment une femme qui paraît n'avoir jamais vu dans le mariage ou dans des liaisons avantageuses qu'une assurance contre les coups du sort aurait-elle pu faire contracter à sa fille une union décente susceptible de lui apporter autre chose que les plus amères déceptions ?

Pardonnez, je vous prie, une franchise qui aurait de quoi blesser, mais c'est le privilège des exilés que de voir les choses de loin et de haut, et d'exprimer leur peine sans farder la vérité. Ah, comme j'aimerais vous aimer mieux !

Alors que je vous écrivais dans ma chambre, Monsieur Cadouin est monté me saluer poliment : il partait pour la plantation avec des hommes en arme. Les nègres s'y agitaient pour de bon et avaient éventré des barils de rhum. La liberté de boire le produit de leur labeur est le premier de leurs vœux, et la chaleur de four qui règne dans les champs de cannes n'est pas pour les calmer. La canicule qui sévit en permanence sur cette île maudite pousse aussi bien à la surexcitation qu'à la langueur.

A l'instant de me quitter, Cadouin m'a déclaré brusquement :

« Votre mère a fait erreur de bonne foi en vous inclinant à ce mariage, et j'ai commis l'erreur, avec une bonne foi égale, de me laisser convaincre. Comment résister à Eudoxie ? Vous êtes la seule à être sans reproche. Les hommes sont de drôles de machines, incapables de se connaître et de prévoir leur comportement. J'en suis désolé pour vous et j'espère que vous me pardonnerez un jour. Si je parviens à me faire étriper par mes nègres, vous aurez enfin une position enviable, votre dot s'ajoutant à tout le reste. »

Je l'ai invité à bien prendre garde à lui, et je l'ai assuré que je ne lui en voulais nullement d'une conduite dont il n'était pas le premier responsable. Son visage s'éclaira, et, très ému, il vint me baiser la main en guise d'adieu.

J'attends votre courrier avec impatience et vous prie de croire à mes sentiments filiaux. Il en faudrait davantage encore pour que je méprise vos commentaires ou conseils.

9 mars

PS : On a rapporté hier soir à Fort-de-France sur une charrette le cadavre de mon mari ou ce qui en restait. Les nègres, avant de courir se réfugier dans la montagne, s'étaient amusés avec ses boyaux et avaient jeté ses parties viriles aux chiens.

Veuve et riche, jeune et jolie, j'en demeure sans voix. Mais n'êtes-vous point pour quelque chose dans cette disparition tragique ?

Madame Jacques Cadouin
Fort-de-France
à la comtesse de Launais
Bd Saint-Germain, Paris

24 mars 1816

Ma bien chère mère,

Vous devez avoir en main mes deux lettres éplorées, dont la seconde vous annonçait l'assassinat de mon semblant de mari par des nègres déchaînés. Je suis fort ennuyée de ne pas avoir les réponses que je sollicitais. Aucun navire de poste n'a sombré ces derniers temps, et j'en viens à penser que mes amers reproches vous ont peinée et dissuadée de me donner signe de vie dans l'immédiat. Si tel est le cas, je vous dois des excuses pour une forme qui a pu parfois outrer ma pensée.

Je vous écris de Fort-de-France, du petit hôtel de feu Monsieur Cadouin, plus facile à tenir en ordre que la grande maison de Saint-Pierre, et d'où je puis surveiller plus aisément ce qui se passe à la plantation.

Par la fenêtre de mon boudoir, j'aperçois, au fond du jardin, la pierre tombale de cet homme qui avait cru pouvoir m'aimer, et qui a d'autant plus de droit à mon respect qu'il vous avait aimée aussi comme un perdu. Que sont quelques froissements d'épiderme devant une mort qui aurait de quoi attendrir un tigre ! Ces brutes ont traité notre Jacques avec une sauvagerie inimaginable. On a eu du mal à reconstituer le corps, dont bien des morceaux avaient été dispersés à des fins de profanation ou de dégustation rituelle. Tant de peuplades africaines se déversent sur nos Antilles depuis des siècles, chacune avec sa langue et ses coutumes particulières ! Et comme il arrive sans cesse de nouvelles cargaisons, la matière du creuset n'est jamais fondue et il peut en sortir n'importe quoi.

Le calme a été rétabli avec une sauvagerie égale au forfait : l'intendant a fait enfoncer de gros pétards dans le cul des nègres qu'on avait pu attraper, qui sont ainsi passés de vie à trépas par l'explosion de ce feu d'artifice fondamental.

Il serait vain de s'indigner, une atrocité en amenant une autre avec le fatal enchaînement des vendettas corses, et je dois composer avec d'autant plus de diplomatie que je me vois contrainte de vivre encore un long moment — peut-être même plusieurs années — sur cette île inhospitalière. J'aimerais réaliser mon héritage avant de prendre le large, mais les acheteurs ne se bousculent pas, l'argent comptant se fait rare, et une plantation qui n'est plus sous l'œil du maître périclite.

Dès qu'ils ont pu s'y risquer sans indécence, une cohorte de « Messieurs », dont certains présentaient un certain agrément, ont assiégé ma porte pour me faire la cour, sous couleur de mettre à ma disposition leurs prétendues ou réelles compétences.

Il va sans dire que je ne songe nullement à convoler dans un endroit pareil. Mais je dois avouer aussi que je suis de plus en plus persuadée qu'il est impossible de prévoir quoi que ce soit. Les récents événements de mon existence, si terne jusqu'alors, en sont la meilleure preuve. Et j'ai lu tant de romans où l'amour était dépeint sous les plus riants aspects, qu'il n'est pas tout à fait exclu que je succombe un jour à cette maladie.

Vous voyez que ce n'est pas seulement de conseils de saine gestion tropicale que j'aurais besoin. Des conseils d'ordre intime, que seule une mère attentionnée peut donner à sa fille, me seraient plus avantageux encore. Je ne voudrais pas commettre seule une nouvelle erreur après avoir été égarée dans une première affaire. Et vous aurez à cœur, j'en suis sûre, vos légitimes froissements surmontés, de m'enseigner l'essentiel, faisant sur vous-même un retour suffisant pour allier désormais la science à la prudence, avec cette liberté et cette précision de langage dont je présume qu'elles sont courantes entre femmes mariées ou veuves.

La triste expérience que je viens de vivre, qui ne m'a quasiment rien appris, aurait bien pu me donner quelques idées fausses de surcroît. Mais je devine bien que ce grand mystère du rapprochement des sexes, de la répulsion ou du plaisir qu'on peut y trouver, ne saurait se borner à l'indispensable étude d'une basse physiologie. Le choix d'un mari est aussi affaire de sentiment et de raison, et l'âme elle-même pourrait y avoir son mot à dire si on l'autorisait à parler. Encore faut-il qu'une pudique inclination soit guidée par de justes idées générales, et j'ai aussi peu d'idées que de pratique.

A mon âge, on attache plus de crédit à la morale que les personnes pour lesquelles l'expérience a été, à tort ou à raison, l'école du compromis. Mais cette expérience, si décevante dès que nous prenons conscience de l'infirmité de notre nature et de la brièveté de notre vie, peut nous garantir de quelques erreurs grossières à défaut de nous éclairer sur l'essentiel.

Jetée sans ménagement sur ce champ de bataille de l'amour qui ne fait que quelques pieds carrés, en proie à un malheureux qui prétendait assouvir aux dépens de mon intégrité des appétits déréglés où il voyait comme une thérapeutique, je me suis naturellement demandé quels sont ces compromis, ces transactions, que les casuistes de notre sainte religion admettent, tolèrent ou réprouvent. Et pour rester dans le subalterne, après m'avoir aveuglément conduite à une indépendance dont je dois désormais tirer profit, expliquez-moi donc, entre autres, comment, en quatre mariages, sans parler du reste, vous n'avez eu qu'une fille sans le faire exprès. Le point est intéressant, car si je suis le fruit bien aimé d'un accident providentiel, il y a peut-être moyen de ne pas solliciter la Providence avec indiscrétion. Sous les étreintes orthodoxes de Monsieur Cadouin, je tremblais de tomber grosse d'un homme qui n'avait en commun avec moi qu'un lit.

J'ai interrogé ici un prêtre assez savant à ce sujet — il y en a peu —, mais il a noyé le poisson entre un punch et un vin de messe.

Nous sortons d'un épouvantable cyclone — que nos Messieurs ont nommé « Bonaparte » ! —, qui m'a coûté un navire, des toitures, des douzaines de nègres et négresses aventurés, qui a ravagé des lieues de côte et couché des champs de cannes entiers. Quand cet inconvénient s'annonce par une baisse vertigineuse du baromètre, on court se cacher dans un trou obscur appelé « case à vent », heureux encore si un raz-de-marée ne vient pas vous y noyer comme un rat. Les éléments sont ici aussi féroces que les hommes.

Combien j'ai hâte de revoir la France, de vous embrasser respectueusement, de me faire dire, moi aussi, quelques aimables paroles par ce bon roi qui sait ce que c'est que l'exil. Mais la crainte d'en connaître un troisième risque de l'inciter à bien des faiblesses coupables.

Avec mes plus tendres pensées.

Madame de Launais
Bd Saint-Germain, Paris
à Madame Jacques Cadouin
Fort-de-France

16 mai 1816

Ma très chère enfant,

J'ai tardivement reçu toute votre correspondance, y compris votre dernière lettre du 24 mars dernier, car je m'étais absentée de Paris.

Monsieur de Launais m'a jetée tout d'abord sur la route de Vienne, où nous avons salué Monsieur de Metternich, à qui l'Europe réconciliée doit son salut, fréquenté la Cour le temps de nous y ennuyer, et comme mon mari se pique d'art militaire, il m'a entraînée jusqu'au village d'Austerlitz, où il m'a narré toute cette désastreuse bataille, déplorant encore que les conseillers du Tsar aient négligé les avis des émigrés français qui avaient percé à jour la tactique pourtant élémentaire du Corse.

Puis, par l'Italie du Nord, poussant une pointe jusqu'à Florence, nous avons gagné Caussenac, où nous avons séjourné une quinzaine. Je n'étais pas fâchée de montrer à Launais cette belle demeure périgourdine de mon enfance que mon mari terroriste m'avait permis de racheter pour une bouchée de pain après les dévastations de 1790, que mon mari banquier et mon mari impérial m'avaient mise en mesure de restaurer noblement.

A notre retour Bd Saint-Germain, votre courrier m'attendait, et vous imaginez ma désolation. La fin si tragique et si imprévisible de mon fidèle ami Jacques Cadouin me navre profondément, et je suis non moins profondément touchée par les épreuves aberrantes que vous avez subies en dépit de toutes mes espérances et de tous mes soins.

Je n'aurais pas le mauvais goût de vous reprocher quelques excès de langage, bien excusables dans votre détresse, et vous n'aviez pas tort de vous plaindre de mes services. Assurément, votre enfer a été pavé de toutes mes bonnes intentions, ce qui ne le rendait pas plus doux. Devenue sceptique sur les hommes à force d'alarmes et de déceptions, j'avais négligé ce fait que certaines amours de jeunesse peuvent durer toute une vie, sans cesse embellies par le temps et par cette absence même qui interdit de confronter jour après jour le souvenir idéalisé d'une première passion avec son objet changeant et dégradé. Amour d'autant plus fort chez Cadouin que j'avais eu l'égoïsme ou la sagesse de ne lui point céder. Ma présence, demeurée envahissante dans une âme subjuguée, a ainsi gâté votre union et réduit à néant ses chances de réussite.

Un regret s'ajoute à ma peine : je ne puis m'empêcher de penser que si j'avais, alors qu'il en était temps encore, comblé les vœux de notre Cadouin, ainsi que ma générosité naturelle, l'élan d'une jeunesse intacte, et la plus forte reconnaissance m'y invitaient, cet être si attachant, mais un peu fruste, n'aurait pas nourri pour moi cette passion maladive (et en tout cas, le souci des convenances m'eût évidemment dissuadée de lui accorder votre main). Dès que les hommes ont obtenu ce qu'ils veulent, leur esprit cesse de battre la campagne et la femme unique se fait une parmi bien d'autres. Mon Dieu, pour une future « merveilleuse » du Directoire, il n'y avait pas de quoi fouetter un chat !...

Et il m'apparaît maintenant à l'évidence que mon erreur ne s'est pas bornée au choix imprudent d'un parti. Je vous avais amenée au mariage alors que vous étiez encore dans cet état traditionnel d'ignorance dont le respect humain des parents comme une société complice encouragent le maintien.

Mais les raisons du fait ne sont pas entièrement vaines, aux yeux mêmes des plus perspicaces. On pourrait faire observer que l'expérience des choses du sexe est intransmissible. Chacun a son instinct particulier, son caractère, son tempérament, sa sensibilité. Et si les hommes éprouvent toujours un évident plaisir à leurs épanchements, les femmes, par une injustice dont personne n'est responsable, atteignent à des degrés de jouissance fort différents selon leurs dispositions ou leurs rencontres. On devine plus ou moins ce qui serait susceptible de contrarier leurs émois, mais les causes profondes qui les mènent au parfait bonheur des sens ne sont pas claires. De plus, l'expérience étant des plus limitées par rapport à l'infini des possibles, il est permis d'avancer que l'amour, comme la naissance ou la mort, fait partie de ces domaines cruciaux où l'expérience est d'autant moins révélatrice que la valeur de la leçon serait plus grande. On ne naît, on ne meurt qu'une fois, un être ne nous en apprend pas plus sur un millier qu'un millier sur un seul. A quoi bon, dans ces conditions, abdiquant toute pudeur, donner des renseignements trop crus, au risque de choquer, sur certaines réalités physiques dont les médecins discutent encore dans un épais brouillard, voire des informations sujettes à caution sur certaines théories religieuses, morales et sentimentales ? Les mères se sentent désarmées à l'instant de transmettre à leur fille le peu de savoir dont la vie les a créditées, et cette excuse trop facile leur fait repousser sans cesse les éclaircissements les plus indispensables.

Mais j'ai désormais affaire à une femme mariée — et même à une veuve qui a pu prendre du recul. Ma langue est plus libre qu'à votre virginal départ, les mers qui nous séparent assourdissent ma voix, et le sentiment de mes coupables négligences me fait en effet un devoir de vous apporter mes faibles lumières, ainsi que vous le souhaitez avec une confiance d'autant plus touchante que vous n'aviez pas eu jusqu'à présent à vous féliciter de mes instructions.

Votre légitime curiosité touchant à un domaine fort complexe, je ne sais trop par où commencer mon discours. Mais je n'oublie pas que vos questions étaient assorties de reproches, notamment celui « d'être moi-même et de n'avoir pas eu la pudeur de le cacher ». Croyez que j'y ai été très sensible. Croyez aussi qu'ayant été instruite en mon temps avec cette même négligence dont je vous ai accablée, j'ai souffert à peu près tout ce que vous avez souffert, et dans des circonstances beaucoup plus dramatiques encore.

Le mieux est donc que je vous raconte sans détour les étranges événements, dignes d'un Marivaux poussé au noir, qui m'ont poussée à quitter Caussenac au printemps de 1788, et ce qui en a résulté. Je ne chercherai guère à me justifier dans ce récit, mais à vous éclairer comme je pourrai, et à partir d'une affaire criminelle des plus extraordinaires, car si les rapts de séduction, qui entraînaient des jeunes filles plus ou moins consentantes, étaient assez fréquents à l'époque, il était sans exemple qu'une innocente de dix-neuf ans, de son propre chef, résolût de s'enfuir pour échapper à un mariage déplaisant. Cette histoire est l'honneur de ma vie.

Mais vous ne la lirez point avant quelque temps, car si je veux me faire bien comprendre, il y faut maints détails qui exigent que je rassemble mes souvenirs avant que de me lancer dans ma narration. Tout a changé, en bien ou en mal, depuis Louis XVI, exception faite des hommes d'argent qui ont traversé tous les régimes en brouillant les traces de leurs malversations. Cela est bien rassurant quant aux origines de ma fortune, qui a gravi un échelon de mari en mari !

Et voilà une introduction au petit roman que vous aurez prochainement en main. Le mariage n'aurait-il pas été institué pour mettre la femme à l'abri du besoin, qu'il s'agisse d'un brouet noir ou d'un château sur la Loire ? Le con (puisque Jacques a dû vous enseigner le terme) est la chose de l'univers qui connaît les tarifs les plus variés — et il advient même qu'on en donne gratis aux nécessiteux. C'est dans l'état de mariage qu'il est le moins cher à la journée et le plus cher à l'année. L'amour, le plaisir, les enfants — vous en êtes la plus aimable preuve — peuvent s'obtenir sans mari. Mais il est aussi licite que souhaitable d'essayer de réunir tous ces agréments dans le mariage, harmonie alors peu courante, et fragile comme toutes les harmonies. On a pris l'habitude de contracter pour l'éternité des unions qui ne sont satisfaisantes que si l'on travaille chaque jour à les consolider. Un mariage n'est jamais fait, il est toujours à faire.

Cependant, quels que soient les avantages que la femme peut espérer de l'institution, elle doit se décider au mariage en toute liberté, de façon à n'adresser de reproches qu'à elle-même en cas d'échec. C'est pour avoir défendu ce principe que j'ai eu maille à partir avec la justice du roi. C'est pour l'avoir oublié que j'ai usé de mon influence pour vous fourrer dans une affaire qui n'a bien tourné que par le plus grand des hasards, et au prix d'un deuil cruel précédé de non moins cruelles angoisses. Je ne l'oublierai plus, et vous ferez à l'avenir vos sottises vous-même.

En attendant, vous avez certes intérêt à patienter pour vous débarrasser de vos navires, de vos maisons, de vos esclaves et de vos cannes afin d'investir en France, comme le père négrier du prétentieux Chateaubriand, qui a acquis Combourg à la sueur d'esclaves exotiques. Aujourd'hui, la crise économique est générale, fruit empoisonné des vingt-quatre années de guerres dévastatrices et stupides que la Révolution a imposées à l'Europe. Mais les affaires reprendront.

Et je n'ai pas besoin de vous dire que vous devriez patienter plus encore pour élire un nouveau parti. Un libre et décent veuvage — vous commencez à vous en rendre compte — est une situation idéale pour les femmes fortunées. Elles y ont même cette sûreté que les amants qu'elles auraient la faiblesse de prendre dans la pieuse arrière-pensée de mieux éclairer le choix d'un nouveau mari multiplient les précautions pour ne pas les engrosser prématurément. Les maris désinvoltes ont rarement une telle prévenance.

Mais je ne voudrais pas anticiper sur mon cours, qui sera aussi et surtout, bien sûr, un traité de saine morale, celle d'un Jésus-Christ qui n'aurait pas prévu le misogyne saint Paul.

Votre mère qui ne songe qu'à vous.

DEUXIÈME PARTIE

Madame de Launais
Bd Saint-Germain, Paris
à Madame Jacques Cadouin
Fort-de-France

10 août 1816

Ma bien chère fille,

Vous trouverez ci-après l'instructif récit que je vous avais annoncé.

Je m'étais retirée à Caussenac pour le rédiger, l'endroit de la terre où les souvenirs se devaient de remonter à ma mémoire avec le plus de précision et de fraîcheur. Il se trouve — et j'espère que cet affectueux pensum saura en tirer de l'agrément — que nos souvenirs d'adolescence et de jeunesse brillent à nos yeux sous les plus vives couleurs, alors que les événements ultérieurs ont tendance à s'effacer dans la grisaille.

J'ai un peu tardé à poster et à dater cet envoi, du fait que j'ai tenu à ce que le comte de Launais, pour qui mon estime et mon attachement vont croissant, pût en prendre connaissance. Il m'a dit, sortant de l'épreuve : « J'avais bien pensé épouser une femme de caractère, capable de tuer père et mère pour un point de théologie morale, mais la trempe apparaît encore plus forte que prévue. Il faut parvenir à mon âge et à ma position pour pleinement goûter le charme d'une telle révélation. Un homme ordinaire n'y eût point résisté. Présentez, je vous prie, tous mes vœux de sagesse à votre charmante fille, dont vous m'avez entretenu avec tant de cœur et de perspicacité, et qui semble déjà marcher sur vos traces par le front qu'elle oppose à l'infortune. Assurez-la de toute ma bienveillance et du plaisir que j'aurais à la recevoir à l'occasion. Je suis né en un temps où les bâtards de grande famille participaient encore au lustre de leur lignée. » J'ai dit à mon mari pour vous tous les remerciements que vous ne manquerez pas de lui répéter. Cela vous fera un excellent exercice de style, car on ne découvre point le modèle d'une correspondance de ce genre dans les manuels de civilité.

Ce courrier a pris quelque retard non seulement parce que le comte a fait son profit du faire-part de votre naissance, mais parce que les affaires politiques l'ont beaucoup retenu à la Chambre des Pairs ou dans les couloirs.

L'incorrigible noblesse libérale, celle qui a déchaîné la Révolution avec la complicité insane des Parlements, intrigue en effet pour que les députés « ultras » cèdent la place à une Chambre d'humeur résolument constitutionnelle, qui limiterait ses soucis de Restauration au respect scrupuleux de la Charte. Cette malheureuse Charte, déjà insuffisante à rétablir l'ordre ancien, présage de nouvelles Révolutions dès qu'on prétend s'en satisfaire. C'est donc le sort du pays qui se joue à présent. Mais le roi est incurablement épris de la tranquillité que donnent dans l'instant les plus ruineuses faiblesses, et Pie VII, de son côté, semble devoir se satisfaire du honteux Concordat de 1801, alors qu'on lui avait préparé un nouveau projet plus à l'honneur de l'Eglise et de la France. Launais, qui voit loin, est fort inquiet, et je partage ses alarmes. Signe qui ne trompe pas, La Fayette, oiseau de mauvais augure, piaille en sourdine. Si ce n'est pas à Louis XVIII de faire ses bagages, son successeur sera du voyage.

En somme, le pape est aussi insuffisant que le roi, et ça ne date pas d'aujourd'hui. Cette constatation désabusée me fournit une bonne entrée en matière à ce qui va suivre.

En fait de gouvernement ou d'Eglise, il convient de bien distinguer entre la théorie et la pratique. Pour ce qui est plus particulièrement de l'Eglise, la doctrine veut que le mariage soit au service de la génération et qu'une union ne soit valable que si elle est librement consentie. Ce second point est de bon sens, vu qu'il s'agit, en principe, d'un contrat. Quant au premier, là encore, l'expérience conforte sans cesse le principe. Si les humains s'accouplent sans s'inquiéter de descendance, la durée de leurs rapports n'est plus réglée que par la fantaisie et l'humeur, et il est absurde de déranger maire ou curé pour tenir le fichier de ces coucheries provisoires.

Or l'Eglise, si elle est toujours demeurée ferme sur le primat de la génération, a souffert — quand elle ne les a pas encouragés — les plus suspects compromis avec la liberté de choix dont elle persiste cependant à soutenir contre vents et marées qu'elle fonde le sacrement de mariage. Et les difficultés sont extrêmes pour faire annuler à Rome devant le Tribunal de la Rote une union entachée d'un quelconque défaut de consentement. Il en résulte qu'une foule énorme de mariages sont nuls devant Dieu à défaut de l'être devant les hommes, et que les « bâtards spirituels » — si je puis dire — qui en sont issus sont beaucoup plus nombreux que les bâtards légaux. Voilà pour vous, ma fille, une belle consolation que je vous offre en passant faute de mieux.

Cette contrainte hideuse, violente ou sournoise, qui préside à tant de contrats formels, a les plus néfastes effets sur le bonheur des ménages comme sur les enfants eux-mêmes, produits de conjonctions rares et tristes. A quoi bon vanter sans cesse les vertus et les beautés de la génération si l'on ne tient pas la main à ce que les droits des pères ou tuteurs soient réduits et contrôlés dans la mesure du raisonnable, alors que les annulations en Cour de Rome deviendraient accessibles à tous ?

Le résultat de cette constante compromission avec le siècle est que les enfants que l'on prétend obliger à un mariage qui leur répugne ont le droit moral de s'opposer à la force par une force égale dès qu'ils en ont la détermination et les moyens. Et cette résistance est une forme supérieure de piété car, qu'ils s'en doutent ou non, c'est le respect du sacrement de mariage et de la parole de Dieu qui est en cause. Mieux vaut, pour une fille, prendre librement un amant que de se laisser platement soumettre à un homme qu'elle ne peut sentir. Vous verrez bientôt comment j'ai poussé cette piété au sublime.

Plus grave encore, si la liberté de mariage, qui peut seule cautionner la liberté de génération, n'est pas garantie par l'Eglise, il est clair qu'elle le sera un jour contre l'Eglise, qui recueillera ainsi le fruit amer de sa démission. On ne se moque pas indéfiniment de ses propres principes, du sentiment de justice qui est si profondément ancré au cœur des hommes, et pour tout dire en un mot, des desseins supérieurs du Dieu qui nous a rachetés pour nous faire participer à sa propre liberté.

Un mal en amenant toujours un autre, le divorce, autorisé par l'Assemblée législative le 20 septembre 92, à la veille de sa dissolution, n'a été de nouveau interdit chez nous que par suite de la déroute du Corse, en attendant que ce honteux abus revienne en force à la première occasion favorable.

On peut voir dans ce licencieux intermède, qui a laissé tant de nostalgie à beaucoup, un logique palliatif à la situation que je déplore. Du moment qu'aucun effort sérieux n'était accompli pour soustraire les enfants aux abus de pouvoir ou d'influence, il devenait tentant d'aménager une soupape par où irait s'échapper la vapeur en excès. Si l'on ne règle pas saintement le mariage au début, le Diable se fait une joie d'en dérégler la fin.

Et vous savez comme moi que le Code de l'aventurier Bonaparte, dû en réalité aux juristes de notre Ancien

Régime, et qui est toujours debout pour l'essentiel, est aussi défavorable, sinon plus sur de certains points, aux légitimes droits des femmes que l'était l'ancienne législation royale dont j'ai tant souffert. Nous ne sommes pas sorties de l'auberge, et l'Eglise qui nous a manqué est bien malade par sa faute.

Apprenez donc, encore une fois, que si le pape ne se préoccupe point comme il devrait de sauvegarder notre dignité, qui est à l'image de celle du Créateur, la désobéissance s'impose comme un devoir pour obéir au Tribunal qui jugera le pape un jour.

Vous avez passé quelques vacances à Caussenac, à un âge où vous pouviez y faire figure de lectrice, et vous avez ainsi eu tout le loisir d'apprécier les lieux où s'est déroulée mon enfance, à cette réserve près qu'à la veille de la Révolution, le château menaçait ruine.

La plupart des nobles de l'époque, incapables de gérer leurs biens, étaient cousus de dettes, ce qui plaidait, il est vrai, en faveur de l'importance économique de l'ordre nobiliaire, qui possédait avec le clergé des biens énormes en terres et en bâtiments : on ne prête qu'aux riches. Mais à force de tirer sur la ficelle il arrivait que la ficelle cassât et que l'un ou l'autre fît le plongeon. En ce temps-là, les revenus des vastes domaines de Caussenac, dont le plus clair allait déjà dans la poche d'intendants marrons et d'hommes de loi retors, devenaient à chaque échéance de plus en plus insuffisants à régler les hypothèques qui obéraient champs et château, dont les toitures ouest étaient affligées de multiples gouttières. Et mon père avait encore aggravé la situation par des placements hasardeux à l'occasion de cette désastreuse guerre d'Amérique qui avait mis en péril les finances de l'Etat avec les siennes et surexcité le libéralisme frondeur de notre légère noblesse. L'indépendance des Etats-Unis a été le premier acte de la Révolution.

Peu doué pour la gestion de ses biens, encore moins doué pour des spéculation où il devait s'en remettre à des prête-noms [1], mon père, à l'exemple de beaucoup de voisins, s'était mis en tête de percevoir ses droits féodaux avec la dernière rigueur et il n'arrêtait pas de compulser ses terriers [2] pour en faire sortir des chicanes comme autant de lapins. Cette politique anachronique, qui était alors à la mode, ne visait généralement pas plus loin qu'à rappeler aux ruraux, qui n'en pouvaient mais, toute la supériorité native du maître, et la haute noblesse, par prudence ou négligence, dédaignait d'y sacrifier. Pour mon père, en revanche, et bien qu'il fût noble parmi les plus nobles, il s'agissait plutôt de tondre sur un œuf pour retarder la déchéance fatale.

J'avais quelques échos des vives doléances paysannes lorsque j'allais saluer ma nourrice, qui avait une chaumière à deux pas du château, et dont le fils aîné, Jacques Cadouin, mon frère de lait, me portait un attachement dont je ne soupçonnais ni la nature ni la profondeur, et qui m'eût paru choquant si je les eusse devinées.

Je revois comme si c'était hier, avec un petit pincement de cœur, mes soupers chez ma nourrice, à la tombée de la nuit, dès que j'avais réussi à m'échapper pour m'y rendre. Avant que je fusse formée, on me surveillait assez distraitement, et la surveillance, dans cet univers de pierres et d'arbres aux

1. Mme de Launais veut dire que, par crainte de déroger, la noblesse d'épée devait faire confiance à des intermédiaires pour les investissements commerciaux. (Alors que le lord anglais avait totale liberté de manœuvre.)

2. Le « terrier » féodal était un registre touffu où étaient enregistrées, sous une forme ou sous une autre, toutes les prétentions du seigneur à l'encontre de ses paysans ou vassaux. Sur la fin de l'Ancien Régime, il y avait là matière à interminables contentieux.

mille détours, devait connaître bien des lacunes par la suite. Ces soirs-là, le père Cadouin, fatigué par une journée de labeur, trônait sur son tabouret au bout d'une longue table en chêne dont les bords avaient été polis par le frottement des coudes. Etaient assis sur deux bancs les enfants répartis par rangs d'âge, tandis que la mère s'affairait à distribuer, dans les évidements circulaires de ladite table, une soupe odorante où l'on aurait pu planter la cuillère d'étain. De temps à autre, la grand-mère assise près de l'âtre jetait sur le sol en terre battue une cuillerée de soupe que le chat venait lécher.

Lorsque j'arrivais à l'improviste, on tirait un délicieux jambon d'une cachette profonde, et Jacques m'en coupait une large tranche qu'il disposait sur un pain de seigle acide que je préférais au pain blanc du château.

Les paysans d'alors n'étaient pas aussi malheureux que d'aucuns plumitifs le soutiennent aujourd'hui. A la source de tout approvisionnement, et vu l'impossibilité de contrôles permanents et approfondis, le peuple des champs opposait efficacement la ruse aux moindres tentatives de perception. En dehors des périodes de disette ou de famine, il ne souffrait pas de la faim, mais il supportait avec de plus en plus d'impatience les menues vexations dont il était l'objet et le manque de considération où il était tenu par des incapables qui ne savaient rien de la terre.

Lorsque je faisais observer en riant, chez les Cadouin, qu'on mangeait mieux chez eux qu'au château, où le régime spartiate ne connaissait de répit qu'à l'occasion de rares dîners ou soupers priés, le père Cadouin me disait à peu près, dans ce langage du Sarladais que je comprends toujours : « Je dois cacher le peu que j'ai pour ne pas attirer l'attention du curé, des agents du roi ou de ton père ; alors que le comte de Caussenac a toute liberté de montrer le peu qui lui reste. Et que vient-il nous ennuyer avec son terrier ? Il a droit à une redevance en tant que propriétaire, comme le roi et le curé y ont droit aussi, qui nous donnent en échange protection et religion. Mais en tant que seigneur, le comte ne nous donne rien, et ces misérables impositions féodales ne le sauveront pas de la ruine qui lui pend au bout du nez. » C'est par le canal de ma nourrice et des siens que j'ai eu les premières informations sur la débandade financière qui menaçait. Nos paysans sont très bien informés de tout ce qui peut les toucher.

Mon père était un personnage étrange, maigre et sec, la sécheresse de l'âme paraissant avoir entraîné celle des formes. Tout jeune encore, en 1745, il avait combattu à Fontenoy, puis s'était prématurément retiré sur ses terres au lieu d'aller quémander quelques prébendes à la Cour, soit par misanthropie précoce, soit plutôt faute d'argent. Mais il était l'homme du monde le moins apte à faire valoir un domaine, ignorant à peu près tout des cultures, et entretenant cette ignorance avec une morgue imbécile et satisfaite. Dans les dernières années du règne de Louis XVI, certains se passionnaient pour l'agronomie ; il n'était pas de ceux-là.

Depuis que le goût de la lecture l'avait quitté, ses trois passions étaient la chasse, qui lui offrait régulièrement l'occasion de piétiner ses propres terres sous les sabots de ses chevaux, l'héraldisme futile, et la généalogie, science d'autant moins exacte qu'on n'y tient pas compte des cocus, les arbres les plus antiques ayant ainsi les meilleures chances d'être également les plus pourris.

On ne saurait qualifier de passion la manière qu'avait mon père de traiter des affaires du sexe. En trois mariages, il avait tué deux femmes sous lui à force de grossesses, d'autant plus dangereux dans ses ébats que son ombrageuse piété se renforçait au fil des ans, rétrécissant le cercle de ses conquêtes et lui faisant concentrer ses feux sur ce qu'il avait immédiatement sous la main. Massacrés à la naissance par des sages-femmes incultes ou victimes de nourrices superstitieuses et négligentes, les enfants couverts de mouches mouraient comme des mouches, ce que mon père attribuait aux décrets insondables d'une Providence qui n'était que trop encline à éprouver ses élus. Fruit du second mariage, j'avais dix-huit ans en 1787, et j'étais la seule survivante de l'hécatombe. Ma mère était morte à ma naissance de cette terrible fièvre qui emporte tant d'accouchées ; et ma belle-mère, tardivement épousée, s'était bornée à mettre au monde deux jumeaux qui, hélas, n'avaient pas survécu longtemps.

Un été — j'avais dix ans — que je me baignais dans la rivière avec mon frère de lait et quelques gamins du village, ces deux petits garçons, dont on venait de fêter le quatrième anniversaire, se jetèrent à l'eau pour nous rejoindre avec l'inconscience de leur âge, et se noyèrent aussitôt dans un trou avant que personne ait pu les mettre en garde ni intervenir. La douleur de ma belle-mère fut immense et je ne fus pas insensible à son deuil, mais cette femme injuste et inconséquente se prit à me haïr de ce malheur comme si j'avais étouffé les innocents de mes propres mains. Je restais donc seule de ma race, dans une solitude qui invitait à la réflexion et aux exercices de l'esprit.

Cette résistance imprévue que j'avais obstinément opposée aux mystérieux décrets du Ciel avait fini par donner à mon père un intérêt soutenu pour ma personne. Il voyait fleurir avec impatience et gourmandise des charmes dont il pouvait espérer tirer profit, et lorsque j'eus treize ans, ma belle-mère flaira dans mes premières règles l'annonce de lendemains dorés. D'ailleurs, plus mes charmes se dessinaient, plus la décrépitude des finances se faisait alarmante.

Entre seize et dix-huit ans, j'ai eu le front de refuser trois partis dont chacun présentait à mes yeux quelque vice rédhibitoire. Et en 1787, pour m'assouplir et me dresser le poil, mon père a réuni ses derniers sous pour me confier à crédit aux chanoinesses régulières de Saint-Augustin, qui avaient à Périgueux un établissement d'éducation réputé pour jeunes filles de la noblesse — ou accessoirement de la bourgeoisie.

Trois semaines avant mon départ pour Périgueux, Jacques succombait aux manœuvres avinées d'un sergent recruteur et endossait un uniforme qui devait avoir dans ma vie l'importance la plus cruciale et la plus inattendue. « Je ne risque rien, m'a-t-il dit pour me rassurer : l'Europe est en paix et le restera longtemps. Les guerres coûtent trop cher. » J'avais suffisamment conversé avec lui pour que son français élémentaire devînt assez coulant et notre curé lui avait appris à lire et à écrire de façon passable.

En 1789, les deux tiers des paroisses comptaient des « petites écoles » primaires très fréquentées et quasiment gratuites. La Révolution s'étant acharnée à détruire les langues locales de l'Alsace au pays basque et des Flandres à la Provence, abominable sottise que l'enseignement actuel s'empresse de reconduire, il est résulté de cette persécution des troubles et des rancœurs qui ont fait chuter l'alphabétisme dans le peuple depuis une génération. Un maître d'école sectaire peut être aussi néfaste qu'un médecin éclairé, ce qui n'est pas peu dire.

Les malheurs que j'ai endurés à partir de mon lugubre exil à Périgueux ont déchaîné dans tout mon être une haine tenace contre mon père qui en fut le premier responsable. Quand je m'efforce — ce qui est bien rare — de le juger avec impartialité, je dois faire la part des circonstances, sinon pour l'absoudre, du moins pour le comprendre.

Les chevaux eux-mêmes ont droit à cette perspicacité. Il n'était certes pas gai d'être menacé de déchéance après que la famille eut tenu le haut du pavé en Périgord depuis Charles VII et de ne distinguer comme remède à la catastrophe que le mariage d'une fille unique avec un individu sans titre désireux de s'allier à la plus vieille noblesse. Tel était le type des prétendants que j'avais récusés, et cette fascination à courte vue pour le mirage nobiliaire n'était que leur moindre défaut. Bien sûr, mon père n'était pas autrement fier de l'expédient, mais il devait plus encore en souffrir dans son orgueil que dans son cœur. Ce qui ne l'empêchait pas de me présenter ces projets d'unions si mal assorties comme la seule issue pour garder son rang, et il ne rougissait pas de poser en principe, ma belle-mère faisant chorus, qu'une fille reconnaissante doit savoir se sacrifier gaiement dès que la situation l'exige.

Je dois d'ailleurs mettre à sa décharge que les nobles mariages de ce temps-là ressortissaient bien rarement à une mutuelle inclination. Les filles les plus lucides acceptaient sans vergogne de se marier selon les vues de leur famille, avec l'arrière-pensée d'y gagner une liberté où le mari gagnerait plus de cornes que de satisfaction. Et le mal était alors si ancré que beaucoup de couples, en compensation du fait qu'ils n'avaient nullement souhaité s'unir, se donnaient bientôt poliment réciproque liberté de mener dans une apparente décence la vie qui leur convenait. Une anecdote courait les salons. Comme on annonçait au duc de X que la duchesse était enceinte, il se borna à déclarer en souriant : « Eh bien, il est grand temps que j'aille passer une nuit chez elle ! » Le trait caractérise une société que l'échafaud rappellera au sérieux.

Autre argument qu'on me faisait valoir pour me convaincre de sauter le pas : les mariages de passion tournent d'ordinaire plus mal encore que les mariages d'intérêt, les passions étant éphémères et les intérêts étant plus constants. L'argent se présentait de la sorte non seulement comme la justification de l'hymen, mais comme sa naturelle consolation.

Il va sans dire que j'ambitionnais autre chose pour ma jeunesse, une éducation en grande partie autodidacte n'ayant cessé de m'inspirer des sentiments relevés.

J'étais passée des mains du curé dans celles de précepteurs faméliques, qui avaient été congédiés l'année de mes quinze ans, et par économie, et par crainte qu'ils n'ébauchassent avec leur élève des amourettes qui eussent risqué de lui faire perdre son innocence et de la déprécier. Désœuvrée, les miens estimant d'ailleurs que j'en savais suffisamment pour mon bonheur et celui des autres, j'avais dès lors pris coutume de fréquenter assidûment la grande bibliothèque du château, que mon père, qui n'y mettait plus jamais les pieds après l'avoir copieusement enrichie, avait abandonnée à la poussière et aux souris. Ainsi ai-je énormément lu, et dans le plus grand désordre, les ouvrages les plus variés, m'ingéniant à retirer de cette indigestion de savoir quelques lumières générales et quelques principes de gouvernement.

Douée pour les langues anciennes, je n'étais point parvenue, hélas, en raison de l'insuffisance de mes précepteurs, à lire le grec dans le texte, mais il n'en était pas de même du latin *ad usum delphini* que je pouvais rencontrer. La densité de cette langue, qui a nourri tant d'âmes fortes, m'allait au cœur, le « Paete, non dolet » me transportait, Tacite me faisait rêver et les vers de Virgile chantent encore dans ma tête. Mais je parcourais aussi les grands classiques français, et pour faire bonne mesure, au sortir d'une traduction de Shakespeare ou de Cervantès, j'ouvrais parfois quelque roman d'amour conventionnel, dont je ne pouvais imaginer à quel point il défigurait et édulcorait les mœurs qu'il prétendait dépeindre.

Chez nous, après tant de Constitutions et de Révolutions superficielles, l'amour est encore un luxe de veuve ou de femme mariée libertine, et la jeune fille ne saurait en être troublée avant l'heure.

Il était en tout cas étonnant que cette riche bibliothèque eût été réunie par les ancêtres d'un homme qui s'en était dégoûté et qui ne lisait plus guère que la Bible — dans le latin facile de saint Jérôme, il est vrai.

La vaste pièce toute tapissée de livres avait été dotée d'un compartiment fermé à clef, qui excitait en moi la plus vive curiosité. Pourquoi mettre des vérités sous le boisseau, ou à plus forte raison des erreurs, qui accroissent leur réputation par l'interdit et le secret ?

Au fond, je ne perdais pas grand-chose. Une longue expérience m'a enseigné que le culte immodéré des livres, bons ou mauvais, quand il n'embrouille pas l'esprit, ne nous apprend rien que la conscience innée, la sagesse pratique et le bon sens journalier ne nous aient déjà appris.

Chez les chanoinesses de Saint-Augustin, où nous disposions d'un lavabo pour quarante au fond d'un dortoir glacial en hiver ou surchauffé en été, la bibliothèque, soigneusement expurgée, était à la mesure des commodités. Et je garde un souvenir effaré du saisissant contraste entre une promiscuité bestiale et les exigences de pudeur farouche que les religieuses avaient pour dogme. Elles ne s'étaient pas lavées depuis que la hantise de la grande vérole avait fait disparaître la plupart des étuves dans le courant du XVIe siècle, et il en découlait une crasse insigne, qui sentait le rance chez les sœurs gâteuses et virait à l'aigre chez les jeunes recrues.

Le niveau des études et le choix des matières, plus éclairés que je ne m'y fusse attendue, étaient cependant calculés pour encourager à la soumission dans un premier temps et abrutir par la suite, l'idéal d'une telle éducation étant de former des jeunes personnes respectueuses de toutes les autorités légitimes, et d'abord de leurs abus de pouvoir. Car si l'autorité n'abusait point, il ne serait pas nécessaire de dresser des innocentes à s'incliner sans examen suffisant.

Beaucoup plus instruite que la plupart de mes camarades, naturellement portée à poser des questions qui faisaient fi de la routine intellectuelle et morale, j'étais entre ces murs sinistres un objet de scandale pour la Mère supérieure et ses sœurs, un objet de méfiance et de jalousie pour les autres jeunes filles, qui n'en attendaient pas moins avec autant d'impatience que moi-même l'instant béni de la libération.

Entre les pieuses lectures du réfectoire, durant les récréations ou l'étude du soir, et jusqu'au dortoir, où la veilleuse de la surveillante, qui luisait derrière son rideau, semblait une étoile lointaine, le grand sujet de préoccupation et de bavardages était l'amour et le mariage, car les demoiselles présentes avaient été mises en pénitence de la sorte afin que leur vertu inspirât toute confiance à l'homme dissolu qui se chargerait de leur destin. Et même les laides s'en inquiétaient, puisque les mariages d'intérêt ont au moins cet avantage qu'aucune fille bien dotée n'est jamais laissée pour compte.

Je n'avais eu jusqu'alors qu'une vision vague et éthérée du problème, inspirée des grands auteurs d'autrefois ou des petits auteurs à la mode, mais il est fatal que les curiosités d'une bande d'adolescentes se tournent vers les secrets d'alcôve qu'on leur cache. Les unes croyaient savoir et y gagnaient de la réputation. D'autres faisaient semblant de savoir, dans l'idée que cette science prétendue leur attirerait des confidences instructives. D'autres enfin avouaient leur incompétence avec la candeur de la sottise ou de la vertu.

Tout le monde était à peu près d'accord sur les baisers et sur les caresses, et d'autant mieux que l'on imaginait avec une certaine précision ce qui pouvait réunir tel ou tel couple de jeunes filles énamourées qui cherchaient à s'isoler en dépit de la sévérité des contrôles. Mais l'incertitude était grande sur ce qu'un homme était précisément en mesure d'ajouter à ces gracieux préliminaires. Il me souvient d'une certaine Julie de Forchamps, qui devait épouser un Fermier général destiné à l'échafaud. Comme nous défilions, lors de la promenade du dimanche, engoncées dans nos uniformes ridicules, devant deux chiens baveux et exténués, intimement reliés par l'arrière-train, Julie me dit à l'oreille d'un air savant : « Tu vois, c'est de ce genre de rapports, que condamnent les prêtres, que vient l'expression : avoir une liaison, un attachement. On commet une imprudence, et on ne peut plus se séparer. Mais le mariage, bien sûr, c'est autre chose ! » Il y avait de quoi songer...

Dans le cours de l'automne 87, mon père, qui était allé voir un notaire de Périgueux en vue d'un laborieux renouvellement d'hypothèques, profita de l'occasion pour venir me visiter au parloir. Je souffrais d'un ennui si profond, qu'aucun sentiment religieux ne pouvait vaincre, que je fus d'abord touchée du geste. Lorsqu'on est tout à fait privée d'affection, les moindres miettes sont bonnes à prendre. Mais j'ai vite constaté que mon père avait avant tout le dessein de voir si le régime du couvent m'avait rendue plus docile à ses désirs, et j'eus la faiblesse de le lui laisser entendre.

Les glaces n'avaient pas droit de cité chez mes chanoinesses, mais il y en avait une au parloir afin, sans doute, que les sortantes fussent en mesure de vérifier leur tenue. Dès que je pus m'en approcher sans impolitesse, je me rendis compte que j'avais maigri, et le visiteur confirma mon impression. Si l'ordinaire était passable, les carêmes étaient draconiens et les religieuses en fourraient partout, à commencer par chaque vendredi, où la morue, qui nageait dans une eau trouble, était infecte.

Comme j'arrangeais à mon épaule le ruban de couleur qui indiquait que je faisais partie de la classe des grandes, mon père m'informa qu'il m'avait levé un énième prétendant, celui de la dernière chance, un monsieur qui avait, paraît-il, tout pour plaire, y compris un excellent cuisinier qui s'était distingué chez l'évêque. « Faites-moi confiance, pour une fois, me dit-il soudain avec une sorte de gêne. Je suis plus attaché à votre bonheur que vous semblez croire. Si vous me demandez du pain, vais-je vous donner une pierre ? » Cette déclaration, que les faits n'ont point confirmée, était peut-être sincère.

Trait de mœurs bizarre, dont mon père était un parfait exemple, les hommes de bonne noblesse nés dans les débuts du règne de Louis XV ne fréquentaient guère leurs jeunes enfants et, tout pétris de raison, attendaient que la raison fût venue à leur descendance pour lui faire l'aumône d'un regard attentif. Ils répugnaient à extérioriser leurs affections, comme s'ils eussent craint qu'on se moquât de cette faiblesse. Il est vrai qu'il y a pire que la froide raison. La Révolution a été précédée d'une orgie de sentiment et de sensiblerie. C'est ce dérèglement de la sensibilité qui donne le branle aux bourreaux, et la raison raisonnante vient alors amplifier les massacres, qui font couler aux doctrinaires les plus humains de nouveaux pleurs de crocodile. Mon père ne tuait que des bêtes, et sans verser de larmes.

La seule personne dudit couvent qui m'eût inspiré de l'amitié était une charmante chanoinesse d'une trentaine d'années, que j'appellerai sœur Ursule. Cadette d'une grande famille incapable de la doter selon son rang, elle avait été condamnée à la religion comme d'autres aux galères.

Le clergé de l'Ancien Régime était encombré de cadets que des pères dénaturés y avaient poussés d'une main ferme, par considération supérieure d'économie domestique. De telles recrues avaient toutes les dispositions requises pour déshonorer la religion de deux manières : et parce que leur totale absence de vocation les invitait aux jouissances sournoises et hypocrites quand le goût du scandale n'était pas le plus fort dans leur âme blessée ; et parce que ce criant abus manifestait le dédain des papes et évêques pour la liberté de consentement qui était censée commander la validité des engagements religieux. Et la démission de l'Eglise en fait de clergé devait avoir dans l'immédiat des conséquences plus funestes encore que sa démission en fait de mariage : amorcée par les inconséquentes noblesses d'épée et de robe, la grande Révolution sanglante a été en bonne partie l'affaire de défroqués qui avaient pris l'Eglise en haine par suite des immorales contraintes qu'elle leur avait fait subir en accord avec leurs parents. On récolte ce qu'on sème.

Vous remarquerez d'ailleurs, ma chère fille, que les pires

excès de notre Révolution, vu la présence active de tous ces défroqués, ont vite pris une allure profondément cléricale. Le goût de tuer pour des idées, de massacrer par vertu, cette propension à faire régner la plus intolérante des doctrines, et par tous les moyens, sur les peuples stupéfaits, tout cela avait été enseigné à nos renégats par l'Evangile qu'ils venaient de trahir, à cette différence que la sainte rigueur de l'Eglise est éclairée par la charité, alors que les Jacobins avaient tout retenu de l'Eglise, sauf l'essentiel.

Sœur Ursule avait gardé assez de bon sens pour ne point reprocher à Dieu les égarements de ses ministres, et elle s'était même attiré une flatteuse réputation de piété, qui invitait les plus austères à fermer les yeux sur sa mise proprette et sur le léger parfum qui émanait de sa chaste personne comme une odeur de sainteté.

Mais en fait, la malheureuse chanoinesse avait déduit de son internement, avec une certaine logique, que le droit de l'être humain à l'amour étant imprescriptible, il n'y avait pas grand péché pour elle à rechercher dans la compagnie des femmes ce que celle des hommes lui avait refusé.

Et elle s'est bientôt prise pour moi d'une excusable et touchante passion dont mon innocence devait longtemps me voiler la nature. Lorsque j'eus saisi à des silences, à des regards, ce que les lèvres n'avaient osé dire, j'eus la sagesse de décliner des avances dont je redoutais qu'elles m'apportassent plus d'ennuis que de satisfaction.

Mais je tâchai en revanche de mettre à profit ces relations si particulières pour me renseigner sur les mystères du sexe. Il était paradoxal de demander à une fille de Lesbos des lumières sur un mariage qu'elle n'avait jamais connu. Pudeur ou inexpérience, mon amie se borna à des généralités d'où il ressortait, ainsi que le prétend l'adage, qu' « il y a de bons mariages, mais qu'il n'en est point de délicieux ». Les délices étaient, paraît-il, à découvrir ailleurs, au sein de rapports égaux où la femme ne risquait ni brutalité ni grossesse. Le prosélytisme est d'autant plus vif que la matière est plus douteuse.

Je vous dissuade, ma chère fille, d'user de votre précieuse liberté pour nouer des liaisons de ce genre, qui sont pires que dangereuses, en ce sens qu'elles sont la meilleure illustration de la stérile et décevante égalité révolutionnaire. Dans la société comme en amour, il n'est que deux principes valables : celui de la domination et celui de la complémentarité. Or deux femmes ne se dominent ni ne se complètent. Elles ne peuvent que se frôler dans un duel onaniste sans issue où il n'y a jamais ni triomphatrice ni vaincue. Lesbos est le péché véniel des femmes qui ont peur des hommes, le havre où se consument les navires que la haute mer épouvante.

Ma froideur désespéra ma chanoinesse à ce degré qu'elle tomba gravement souffrante et que je pus lire de jour en jour sur son aimable visage les progrès du désordre où jette une passion contrariée. Je ne devais jamais oublier les ravages qu'inflige la passion à un être trop sensible. Il s'agit là d'une véritable maladie, dont les joies sont peu sûres et les peines immenses. Nous devons veiller à ne tolérer dans notre âme que les passions que nous pouvons dominer, ce qui nous offre, assurément, une belle contradiction à résoudre, car aucune vaccine n'a encore été trouvée contre le mal.

Je ne saurais dire si sœur Ursule mourut vraiment d'amour à la veille de Noël 87. Il est douteux, en dépit de toute une littérature, que nous soyons vraiment de taille à mourir d'amour. Mais nous prenons prétexte d'une déception sentimentale pour ne pas opposer à un mal qui nous ronge les défenses que nous serions capables de dresser si nous étions encore attachés à la vie. Sœur Ursule est tout simplement morte de désespoir, la religion ne pouvant consoler et combler que ceux qui l'ont abordée librement.

Peu avant sa fin, mon amie demanda à me voir en privé. Je distinguai une silhouette allongée sur un lit de cendres dans une cellule obscure où le givre avait épaissi le carreau de la lucarne. La malade avait été abandonnée des médecins, ce qui a pu prolonger quelque peu son existence. Mais je veux croire que d'ici un siècle la médecine fera plus de bien que de mal.

« Je vous quitte, me dit Ursule d'une voix à peine audible, et je n'en suis pas trop fâchée, car la mort est une délivrance dans le monde qu'on nous fait aujourd'hui. Vous avez eu mille fois raison de ne me point céder et je vous prie de me pardonner de m'être montrée si importune, car vous êtes destinée à un beau mariage, alors qu'on m'a mariée de force à un crucifié qui m'a chargée d'une croix trop lourde. »

Après une ultime hésitation, elle poursuivit :

« J'ai un grand service à vous demander, et je ne puis le demander qu'à vous. Vous trouverez au bas de ce meuble une petite boîte qui n'est que trop longue et trop grosse. Emportez-la très discrètement sous votre fichu. Ne l'ouvrez pas surtout ! Mais enterrez-la profondément dans un coin du jardin le plus tôt possible. Il serait fâcheux pour vous qu'on vous surprît en sa compagnie : elle renferme les restes du seul homme que j'ai pu aimer et approcher. Adieu, ma très chère enfant. J'attends le prêtre, aussi indigne que moi, sans doute, du message que nous avons en commun. Mais le Sang du Christ couvre tout et je compte bien que nous nous reverrons là-haut quelque jour : n'y a-t-il point, dans les amours les plus profanes, une part de divin qui nous mérite le pardon ? »

Ne comprenant goutte à ces dernières volontés, j'embrassai en larmes ma pauvre amie, et je m'en fus avec ma boîte.

Aussi curieuse que l'imprudente héroïne de Barbe-Bleue, je n'eus de cesse de trouver un endroit et un instant favorable pour ouvrir ce satané coffret de bois précieux et en examiner le contenu à loisir. Peut-être s'agissait-il d'une correspondance amoureuse ? J'étais bien décidée à enterrer la chose comme prévu, mais après inventaire, quitte à m'abstenir héroïquement de lire une correspondance qui ne m'aurait pas été destinée.

Vivant jour et nuit au coude à coude, sous la surveillance des sœurs et sous l'œil indiscret de mes compagnes, j'aurais pu m'isoler aux cabinets, mais le geste eût manqué d'élégance eu égard aux reliques d'un être aimé. Après avoir glissé la boîte sous mon matelas pour la mettre à l'abri quelque temps, je profitai de la demi-obscurité des vèpres hivernales pour m'agenouiller un peu à l'écart, sous couleur de recueillement, et je fis jouer enfin, le cœur battant, la serrure du couvercle, où une petite clef dorée était restée à demeure.

A ma grande surprise, je découvris, allongé sur un molleton soyeux, un joli cylindre d'ivoire de quelques pouces de diamètre et d'une bonne main de long, agrémenté à un bout d'une sorte de petit chapeau, et à l'autre extrémité, de deux boules grosses comme des noix. La boîte renfermait aussi un pot de pommade de couleur neutre, dont la suave odeur était celle des effluves légers qui avaient flotté tout autour de la robe de sœur Ursule.

J'étais grandement déroutée. Non seulement l'Eglise romaine triomphante avait dès l'origine détruit ou saccagé une foule de temples antiques et tout un peuple de statues païennes, mais elle avait veillé avec un soin jaloux à ce que fussent mutilées toutes les anatomies marmoréennes offrant un sexe viril en état d'interroger le sexe opposé.

Par le fait, j'avais en main ce qu'on nomme vulgairement un « godemiché », du latin *gaudere* (se réjouir), « miché » étant un diminutif familier de Michel, l'un des innombrables surnoms dont les hommes sans mœurs affublent le sexe de la femme, qui n'en demande pas tant, étant habitué à vivre dans l'ombre.

Mariée de frais pour accéder à un veuvage imprévu, vous devinez de reste, ma chère fille, l'usage qu'avait pu faire ma tendre amie de ce dérisoire et émouvant substitut dans l'humble retraite de sa cellule monacale.

Je pense que le règne de Louis XVI a été en France l'apogée du godemiché, pour le motif que c'était aussi l'époque où le déclin de la foi enlevait des scrupules à toutes les femmes insatisfaites qu'une société malade enfantait sans relâche. Des artisans besogneux fabriquaient des instruments de toutes tailles, de tous modèles, pour tous les appétits, en doux bois des Iles, en bois commun recouvert de cuir odorant, en ébène pour les femmes prudentes qui n'osaient approcher les nègres de trop près, en virginal ivoire pour les bonnes sœurs... Le comble du luxe étant l'objet exotique poli par la main vicieuse des Chinois, qui savaient donner au jade les plus troublantes douceurs. On prétendait que, sous Louis XV, les Jésuites, à la faveur de leurs missions orientales, avaient expédié sur la France des cargaisons de godemichés, afin d'enseigner avec plus de profit la casuistique à leurs pénitentes. Mais que n'a-t-on pas raconté sur les Jésuites ? Les « philosophes » voulaient leur peau parce qu'ils étaient le plus fort obstacle à la déchristianisation de la jeunesse. Tout est dit.

Je glisserai ici à votre intention, ma chère fille, une brève parenthèse sur le plaisir solitaire qui est, comme le bon sens de Descartes, la chose du monde la mieux partagée.

Il est à ce propos, et depuis longtemps, toute une littérature alarmante tombée de la plume de pédagogues, de directeurs de conscience, de médecins ou d'amateurs distingués. Afin de détourner les adolescents d'une telle faiblesse et d'inciter les éducateurs à la surveillance policière et à la répression barbare, ce plaisir si courant, où le rêve a plus de part encore que la physiologie, a été dépeint comme l'origine de maux innombrables, dont l'issue fatale serait la liquéfaction de la cervelle.

Sans doute, les imbéciles se sont-ils providentiellement constitués en majorité pour déshonorer les principes démocrates de Rousseau, mais il est douteux que leur abrutissement perpétuel coule de cette source intermittente, et quand Jean-Jacques, avec son cynisme habituel, nous confesse s'être touché avec rage dans sa jeunesse, il y a gros à parier qu'il aurait raisonné aussi faux s'il avait conservé plus de matière grise. En réalité, lorsque le sujet est fatigué de se faire plaisir, il s'arrête et songe à autre chose. Vulgairement parlant, le roi lui-même ne se branle pas au-dessus de ses moyens.

Renchérissant sur les plumitifs laïques, les théologiens ont rangé cette défaillance parmi les péchés mortels, achevant d'infliger aux fautifs de pénibles angoisses morales. Mais ces mêmes théologiens soutiennent d'autre part, et à juste titre, que le péché mortel se caractérise par la pleine information du pécheur jointe à la pleine volonté de nuire. Sans aller jusqu'à prétendre avec Platon, qui ignorait le péché originel, que nul n'est méchant volontairement, il apparaît à l'évidence que le dérèglement qui nous occupe laisse peu de place à la malice et qu'il a d'autant moins de portée que la solitude du coupable est plus brève et cède bientôt place à des relations normales.

J'attire d'ailleurs votre attention sur le fait que l'Eglise a traditionnellement surestimé l'importance des péchés du sexe, sinon en soi, du moins relativement parlant. Ils étaient en effet aisés à décrire et à cataloguer, alors que les péchés contre la charité, par exemple, de gravité au moins égale, mais tributaires de multiples nuances et degrés, étaient certes beaucoup plus difficiles à apprécier. Et les casuistes, au service d'une institution qui faisait bon ménage avec les puissances d'argent, n'étaient pas pressés de cracher dans la soupe. Inviter les riches à la plus belle continence les vexe moins que de leur demander deux sous.

Revenons à nos moutons.

Je n'ai pas eu l'avantage d'examiner longtemps l'extraordinaire objet que m'avait légué sœur Ursule. Distraite par ma découverte, j'avais négligé sœur Faustine, qui allait et venait durant les vêpres, toute à sa surveillance, le long de l'allée centrale de la chapelle. Sœur Faustine, une maladive jeune femme, avait un pied bot comme Talleyrand, et, comme l'évêque d'Autun, devait sa vocation à cette infirmité. D'ordinaire, elle progressait lentement sur les semelles de feutre de ses chaussons, faisant sonner le bout de sa canne, mais à l'occasion, elle progressait parfois canne levée, et la ruse était trompeuse : on la croyait immobile à vingt pas, et elle était déjà dans votre dos. Elle éprouvait à prendre en faute les seules jouissances de sa vie sacrifiée.

Tout à coup, la main de sœur Faustine s'abattit sur la boîte, qui disparut sous son voile, et la religieuse me pria de quitter le saint lieu en sa compagnie.

Lorsque nous fûmes dans la galerie du cloître, où le jour à son déclin était plus vif que dans la chapelle, je constatai que sœur Faustine me considérait avec un curieux mélange de profond étonnement et de pieuse répulsion.

« Savez-vous ce qu'est cet objet que vous m'avez pris ? lui demandai-je. En avez-vous déjà vu ? A quoi cela sert-il donc ? »

Croyant que je me moquais d'elle, sœur Faustine eut un haut-le-corps et m'enferma dans un cagibi obscur où je me perdis en réflexions inquiètes et confuses sur la nature de l'émoi que je venais de causer.

Vers l'heure du souper, je fus traînée chez la Mère supérieure, avec laquelle je restai en tête à tête. Elle était assise derrière une petite table où figuraient des reliefs de côtelettes de mouton à côté d'une carafe d'eau et d'une bouteille de bon bordeaux légèrement entamée. La vieille dame arguait de ses indispositions pour s'accorder un régime reconstituant.

Il résulta vite de l'interrogatoire que si je m'obstinais, aussi bien par amitié que par méfiance de l'inconnu, à ne point trahir mon amie défunte, je n'avais visiblement aucun soupçon du caractère obscène de l'objet qu'on m'avait confisqué. Mais cette innocence n'était-elle pas feinte ? En désespoir de cause, comme ledit objet m'avait paru coûteux et que les finances de ma famille, de notoriété publique, étaient déplorables, au lieu de suivre ma première idée, qui avait été de prétendre que j'avais trouvé la boîte dans un confessionnal, je déclarai que ma belle-mère me l'avait confiée en grand secret à mon entrée au couvent pour en faire estimer le contenu sur la place de Périgueux, mensonge assez transparent du fait de la réclusion à laquelle nous étions soumises et du caractère grégaire de nos rares sorties. Mais la présence de pommade parfumée m'ayant poussée à soutenir que ma marâtre m'avait recommandé de m'adresser à un pharmacien, que j'aurais fait venir au parloir sous prétexte de me procurer de la graisse de marmotte contre les engelures, la sombre perplexité de la Supérieure ne fit que croître. Car il se trouvait par hasard que le godemiché, qui n'était guère diffusé sous le manteau que dans les villes importantes, l'était souvent par le canal des officines de pharmacie.

Tout bien pesé, la Supérieure me dit enfin :

« Ou bien vous êtes un agneau affligée d'une belle-mère peu commune, ou bien vous êtes une rouée précoce. Vous savez que notre maison est responsable de la vertu des jeunes filles qui viennent chez nous faire retraite avant de connaître les joies et les peines du mariage — à moins qu'une vocation plus haute et plus parfaite ne les attire. Vous allez sur vos dix-neuf ans. Pour éclaircir ce cas plus que douteux, je me vois obligée, à mon grand regret, de vous faire examiner. Si cet examen est favorable, ce que j'espère sans trop y croire, il n'y aura pas grand mal, vous pourrez vous rassurer, et ma bienveillance vous demeurera acquise. Dans le cas contraire, je devrai informer vos parents qu'ils ont introduit une brebis galeuse dans ma bergerie, et ils aviseront à ce qu'ils auraient à faire de votre personne.

« Auriez-vous parlé à quiconque de cette chose d'ivoire ? L'auriez-vous montrée à une camarade ? »

Je me récriai, et on me congédia en ces termes :

« Retirez-vous à présent. Cette infâme histoire m'a infligé un coup dont j'ai du mal à me remettre. Mais le Dieu qui lit dans les cœurs, confond les méchants et conforte la candeur vous a déjà jugée. »

Tout ce langage hermétique avait de quoi faire peur.

A la porte, je m'enhardis à demander des précisions sur l'examen prévu.

« Vous verrez un médecin, précisa la Supérieure. Les sages-femmes de Périgueux végètent dans l'obscurantisme et feraient mieux d'aller planter des choux.

— Les médecins se trompent parfois. Si celui-là allait se tromper ?

— Soyez tranquille, me répondit-elle avec un lugubre sourire. C'est bien le seul point où les médecins ne se trompent jamais. Les maris non plus. »

Je passai les fêtes de Noël dans une vive inquiétude, assez satisfaite, malgré tout, d'avoir éveillé à l'encontre de ma belle-mère une suspicion fâcheuse que la Mère supérieure devait, en principe, se garder d'exprimer.

Le jeudi 27 décembre à potron-minet, flanquée de deux chanoinesses d'âge canonique, je pris le chemin du médecin. En cours de route, les deux sœurs, spéculant sur une innocence improbable mais possible, s'efforçaient de dissiper mes alarmes, m'engageant à ne m'étonner de rien. C'est le vocabulaire — vous en savez quelque chose, ma pauvre enfant ! — que les mères sans entrailles emploient avant de livrer leur fille à un inconnu, et il eût redoublé mon appréhension si j'avais eu plus d'expérience.

Après une longue et énervante attente dans un médiocre salon déjà surchargé de pratiques en dépit de l'heure matinale, je fus enfin introduite, avec mes deux cerbères, dans le cabinet du médecin, un vieux praticien bon marché dont les yeux clignotants s'abritaient derrière des verres épais, et qui était assisté d'un maigre jeune homme aux habits râpés et à la perruque de travers, dont je présume qu'il devait être un vague étudiant en médecine désireux de s'instruire en grattant quelques sous. Un lit d'examen, qu'on ne devait pas nettoyer souvent, était en évidence dans cette pièce déprimante et, au sein de vitrines poussiéreuses, étaient alignés des bocaux remplis de choses horribles, dont je crus à l'instant que le médecin venait de les retirer du ventre de ses patientes.

Cet examen si anodin, mais auquel rien ne m'avait préparée, me causa en fait un choc épouvantable, assorti d'une humiliation dont j'eus du mal à me remettre et qui devait laisser des traces ineffaçables dans mon esprit, m'inspirant pour longtemps le dégoût des hommes et de leurs doigts brutaux et indiscrets.

Les femmes sont ainsi faites qu'au contraire des hommes, familiarisés depuis la première enfance avec la vision de leurs mâles attributs, elles ne peuvent guère apprécier leur nature intime si sensible que par le biais d'un toucher hésitant et précautionneux si elles ne disposent pas d'un miroir complice. Et deux individus de rencontre, assistés de deux bonnes sœurs asexuées, prétendaient visiter ce sanctuaire demeuré jusqu'alors caché aux autres comme à moi-même !

Dès que j'eus saisi où l'on voulait en venir, affolée, furieuse, j'opposai à mes tortionnaires la résistance désespérée d'un chat sauvage pris au piège, et il fallut me faire violence pour venir à bout de ma dernière pudeur. On m'abandonna enfin à demi nue, et le praticien, satisfait de son exploit et s'épongeant le front d'un hideux mouchoir à carreaux, déclara sans équivoque : « *Virgo intacta,* mes sœurs ! »

Le viol me parut redoubler et ma rage ne connut alors plus de bornes. Bondissant de ma couche, je lançai contre les vitrines à grands fracas tout ce qui me tombait sous la main, et comme le médecin s'efforçait de m'immobiliser en me prenant à bras le corps, je fourrai ma main dans sa culotte bâillante, lui empoignai et serrai les parties avec une énergie de lutteur forain. L'homme poussa un long hurlement tandis que je lui crachais à la figure, et l'on eut grand-peine à me faire lâcher prise.

Lorsque je fus un peu calmée, tandis que les deux chanoinesses chicanaient sur le remboursement des dégâts et le *pretium doloris* testiculaire, je dis au supposé étudiant que si l'on prenait la liberté de toucher à mon sexe sans ma permission, c'était la moindre des choses que je rendisse la pareille. « C'est ce qu'on appelle, me répondit-il en souriant, un raisonnement vicieux, mais la scène était plaisante. Je garderai grâce à vous un souvenir pittoresque de Périgueux. » Je ne sais ce qu'est devenu cet aimable garçon.

La Révérende Mère supérieure eut la bonté de prendre toute la dépense à son compte, de ne pas me faire le moindre reproche, et de me présenter même des excuses choisies. Elle avait manqué de perspicacité. Quant à savoir ce que contenait la boîte qui m'avait valu tant d'ennuis, je devais en être pour mes frais. « Votre mari, me dit-elle, vous expliquera ce malentendu si vous ne rougissez point, ce que je vous déconseille, de le mettre au fait. Il pourrait bien s'amuser d'une histoire si rassurante pour lui au lieu de gémir sur les péchés du temps. » La Supérieure parlait décidément par énigmes.

Depuis cet outrageant examen, qui risquait de m'inspirer de l'animosité contre les religieuses et la religion qu'elles entendaient servir, la Révérende Mère me prit sous sa protection, me faisant bénéficier de menus passe-droit qui m'apportèrent quelque soulagement. Et il arriva même, rarissime faveur, que la Supérieure m'invitât à son petit souper et versât un doigt de bordeaux dans l'eau de notre puits. Elle devait avoir une arrière-pensée à mon égard, mais elle n'était pas pressée d'abattre ses cartes et ne visait apparemment pas plus loin que de m'apprivoiser par le jeu d'une conversation de plus en plus libre et cordiale. Comme il m'étonnait un soir que les autres sœurs ne fussent pas en reste d'amabilité avec moi, ma respectable hôtesse m'expliqua en riant : « Beaucoup rêvent de faire subir à tous les hommes le traitement que vous avez infligé à cet âne de médecin. Ne cherchez pas plus loin la raison de votre faveur. » C'est la seule fois que je l'ai vue rire.

Dans le courant du mois février, la Supérieure me gratifia de quelques confidences personnelles. D'excellente noblesse, elle avait été mariée deux fois avant de prendre le voile, et ces expériences étaient loin de lui avoir laissé de bons souvenirs. La Cour de Louis XV l'avait tout particulièrement horrifiée par son lucre et par son stupre : des courtisans qui pataugeaient dans la merde avaient le cœur encore plus noir que leurs souliers à talons rouges. Et elle s'en était enfuie, à la vive déception d'un mari complaisant, lorsque le roi, au sortir d'un petit souper sans étiquette, avait osé, entre deux portes, lui mettre la main au panier alors qu'elle était grosse de quatre mois. Avoir refusé le roi lui était un impérissable titre de gloire.

Il était lamentable de songer que cette personne au sein flétri, à la carcasse usée par les ans, avait pu jadis éveiller des concupiscences et susciter des passions. Mais je gagerais que si la Mère supérieure faisait parfois allusion, sans la moindre vanité, au temps où elle avait été jeune et belle, c'était pour mieux souligner le néant des choses d'ici-bas et la nécessité de placer son espérance plus haut. Le même genre de discours peut d'ailleurs avoir l'effet exactement inverse en pressant de jouir avant qu'il ne soit trop tard une jeune femme qui sait la précarité de ses appas.

En mars, utilisant un vocabulaire bien pesé qui n'évoquait aucune image définie et fuyait l'expression trop crue, la Supérieure orienta de préférence nos entretiens vers des sujets de catéchisme supérieur qui tournaient autour du mariage, des nombreux devoirs qu'il impliquait, des dangers qui lui étaient inhérents, des déceptions qu'il risquait d'infliger à des âmes pieuses dont la trempe n'eût pas été à toute épreuve.

Avril s'annonçait par un temps plus doux, alors que se déchaînait une agitation parlementaire que le roi encourageait par ses demi-mesures et l'incertitude de ses décisions. La Révolution n'aurait jamais éclaté si le trône n'avait été occupé par un soliveau, qui n'avait d'idées claires qu'en matière de marine et de serrurerie. Il est piquant de constater que le prétendu tyran aura été perdu par sa faiblesse et sa répugnance à verser le sang de ses sanguinaires sujets. Alors que Bonaparte, qui en a fait couler des fleuves sans aucun scrupule, jouit présentement, grâce à la faiblesse des Anglais, sous l'heureux et reposant climat de Sainte-Hélène, d'une verdoyante retraite qu'il occupe à festoyer, à gratter du papier et à baiser les femmes de ses derniers fidèles indécrottables.

On m'a souvent demandé : « Vous dont la Révolution a bouleversé la jeunesse, comme celle de tant d'autres, avez-vous distingué ou deviné ce bouleversement universel à quelques prodromes ? » Je suis bien fâchée de l'avouer, mais je n'ai pas vu plus loin que tout le monde, et encore moins loin si possible, vu l'isolement préconjugal où l'on m'avait réduite. En 1788, la confiance restait générale dans le roi pour adapter des institutions vieillies à un nouvel état de la société, ce que la royauté avait toujours su faire tant bien que mal dans le passé. C'était là, d'ailleurs, son rôle traditionnel d'arbitrage entre intérêts divergents. Mais il est impérativement nécessaire qu'un arbitre ait de la fermeté, de l'autorité et de la suite dans les idées. Faute de quoi, avant même la fin de la partie de paume, tous les joueurs se ruent sur l'arbitre pour le dévorer. Louis XVI n'était qu'un arbitre en peau de lapin, et le présent roi ne tirera pas la royauté d'affaire en se palliant de celle du renard.

Prévoir la Révolution ? Est-ce qu'on prévoit l'impensable ? Mais une fois que la Révolution a produit tous ses désastreux effets, ruine des finances, famine, guerre civile, redoublement des haines nationales, occupation étrangère, amputation du territoire, faillite de la culture, déclin d'une France qui a laissé des millions de morts de la Vendée à Lyon et des déserts de l'Egypte aux glaces de la Bérésina, il est plus aisé d'en prévoir le retour, car les haineux doctrinaires qui ont orchestré et précipité la catastrophe ne cessent d'en redemander.

Le 30 mars 88 — c'était un dimanche —, la Mère supérieure me fit mander en fin de matinée et, sans même me faire asseoir, elle me dit sur-le-champ :

« Votre belle-mère passe vous prendre cet après-midi. Votre père vous a, paraît-il, trouvé un mari bien sous tous rapports, un certain Minet, dont on peut toujours espérer qu'il se montrera passable quelque temps. Ce Minet, qui possède, entre autres, une importante fonderie à Nontron, se fait appeler " baron de Chasseneuil " depuis qu'il a acquis, il y a deux ans, du côté de Brantôme, un fief noble tombé en déshérence, et il vise à monter plus haut encore en contractant alliance avec l'une de nos plus illustres familles. Cette ambition est excusable de vouloir sortir de la roture à force d'argent. Je n'en sais pas plus au sujet de cet individu, et je n'ai aucun motif de dénigrer un parti qui n'a que le double de votre âge et dont je n'ai ouï dire ni bien ni mal. Vos parents comptaient sur moi pour vous incliner à un mariage raisonnable, et celui-là en vaut un autre qui ne serait pas plus brillant. Vous savez le mauvais état de vos affaires et la hâte compréhensible qu'a votre père de vous voir casée chez un homme disposé à réparer ses toitures et à éponger d'un trait de plume ses dettes les plus criantes. »

Après une hésitation, la Supérieure poursuivit :

« J'ai fait honnêtement ce que j'ai pu pour justifier la confiance des vôtres, mais il est heureusement des exigences qui l'emportent sans discussion sur celles des parents les plus attentifs.

« Vous avez certes souffert un moment de la discipline de cette maison, où vous avez même été choquée par un regrettable malentendu : le Démon prend les détours les plus surprenants pour persécuter l'innocence. Mais vous avez pu voir aussi que nos chanoinesses n'étaient pas si malheureuses, partagées entre de salutaires prières et de constants soucis éducatifs. La regrettée sœur Ursule, qui vous portait une sincère affection, a dû être pour vous un instructif et émouvant exemple, et les ordres traditionnellement ouverts aux femmes, par leur remarquable diversité, offrent à chaque postulante d'originales modalités de dévouement.

« Pourquoi, en un mot, à moins qu'une autre règle ne vous tente, ne viendriez-vous point parmi nous ?

« Assurément, il est bon qu'une religieuse ait une dot convenable, en rapport avec le statut particulier de la communauté. Autrement, elle est vouée à des tâches subalternes, où sa modestie trouve encore moyen de briller.

« Mes deux maris ne m'ont mangé que les quatre cinquièmes de ma fortune — surtout le second que j'avais eu l'aveuglement d'aimer —, et c'est avec plaisir, ma chère enfant, que je vous doterais, le cas échéant, sur ma cassette personnelle. Ce qui serait d'ailleurs une juste réparation pour l'erreur que j'ai commise de bonne foi. Mais la bonne foi ne sauve que si elle est éclairée, et il est vexant, à mon âge, quand on a charge d'âme, de se tromper de manière aussi cruelle.

« Prenez le temps de la réflexion. Si même votre vocation n'était pas encore affirmée, la seule sagesse profane pourrait vous faire pencher du côté que j'espère. Songez un peu à tous les aléas du mariage, une institution où les épines l'emportent sur les roses et où le chemin de la perfection est encore plus raboteux que dans les cloîtres. On vous propose une union selon le monde où un cœur aimant de jeune fille trouvera maintes difficultés à s'épanouir et où la pression des circonstances aura plus de poids qu'une douce inclination. Si l'obéissance à un père chiffonne votre dignité et vous inquiète à juste titre, n'est-ce pas ici que vous pourrez trouver refuge contre toutes les menaces du siècle ? Notre Eglise a l'immémorial privilège d'imposer sa douce loi aux parents qui ont la faiblesse de tenir le saint mariage pour une affaire comme une autre. Si vous déclarez aujourd'hui que votre avenir est irrévocablement lié à ces murs protecteurs, rien ne saurait s'opposer à votre pieuse décision, et le bon plaisir du roi ira de pair avec celui de Monseigneur l'évêque et avec ma propre autorité pour assurer votre sauvegarde.

« Quelque chose me dit d'ailleurs que vous avez toutes les qualités pour prendre en main vous-même votre destin et que vous êtes mieux faite que vous pourriez croire pour cette vie aussi active que contemplative où chaque renoncement est une liberté de plus et nous rapproche de la liberté suprême, qui est celle d'aimer Jésus sans entraves. Le couvent n'est pas adéquat aux âmes tièdes auxquelles le monde fait peur. Il s'agit au contraire d'un champ clos où le chevalier du Christ-roi lutte noblement pour la conquête de soi, et vous êtes assez indisciplinée pour trouver grand profit à maîtriser toutes vos turbulentes vertus.

« Oui, réfléchissez bien ! Dans quelques heures, il sera trop tard. Votre existence dépend actuellement de vous, de votre esprit de décision, et non pas de votre père. Vos ardentes prières feraient plus pour ses intérêts que des contrats mondains, et Dieu, en votre absence, saurait bien s'occuper de lui comme il le mérite. »

Ce discours affectueux, généreux, habile et séduisant, me jeta naturellement dans un abîme d'hésitations. J'aurais certes éprouvé un délicieux plaisir à écrire à mon père que j'entrais en religion et que Dieu, qui n'a jamais le vertige, réparerait ses toitures. Mais j'étais bien jeune, le ciel d'avril était bleu, et la liberté du monde, malgré ses limites et ses aléas, était quand même plus tentante que la liberté de les abandonner toutes sous un habit sinistre.

Après avoir remercié la Supérieure comme il convenait, je lui déclarai donc :

« Vous me faites miroiter en désespoir de cause, ma Révérende Mère, une vocation raisonnable, inspirée par la sagesse profane, comme il est des mariages de raison inspirés par cette même sagesse, qui ne va pas plus loin que de choisir ce qu'on croit être, à tort ou à raison, un moindre mal. Vous avez eu la bonté de me dire que mon âme n'était pas tiède. Quelle platitude pourtant de n'apporter à Dieu pour tout bagage qu'une pauvre raison dont un mari aurait déjà eu du mal à se contenter ! Dieu et les hommes n'attendent-ils pas de nous le don de tout notre être ? Plutôt que de me gouverner par la perspective déprimante et honteuse du moindre mal, j'aspirerais plutôt à un souverain bien qui me pousse à dire honnêtement que, mariage ou couvent exigeant une vocation totale et libre, j'attendrai de l'avoir pour faire mon choix dans un sens comme dans un autre, quitte à ne pas le faire du tout.

« Serait-ce pure folie que de prétendre opposer le bon droit et la saine théologie aux violences d'un père et aux douceurs d'une Eglise qui n'accepterait de me protéger que si je devenais sa chose ?

« Heureusement, Madame, vous êtes là avec votre cassette, et cette dot de chanoinesse que vous m'offriez avec tant de cœur, vous me l'offrirez encore pour me mettre à l'abri de toute indigne contrainte. Pourquoi, par exemple, n'irais-je pas à Londres donner des leçons de français ? »

Interloquée, la Supérieure, ne sachant trop si je parlais sérieusement, finit par me faire observer que j'étais mineure jusqu'à vingt-cinq ans, que l'Eglise se devait de respecter les lois tant qu'elles n'étaient pas évidemment impies, et qu'il n'était pas question de soustraire une mineure à l'autorité paternelle autrement que par le biais qu'elle m'avait proposé.

« Alors, dis-je, comme personne ne me mettra jamais dans un lit qui ne me plaît pas, qu'il s'agisse du vôtre ou de celui d'un Minet, j'aurai toujours, au pied du lit, la ressource des anciens stoïciens pour fuir une vie qui leur était devenue à charge : Monsieur Minet ou l'Eglise ne violeront que mon cadavre exsangue, et Dieu reconnaîtra les siens. »

Talleyrand disait que tout ce qui est exagéré est insignifiant, et j'étais allée trop loin.

« Allons, allons, fit paisiblement la Supérieure, pas de grands mots qui dépassent la pensée ! Attendez donc, avant de prendre des résolutions extrêmes, de pouvoir juger de ce Minet, qui est peut-être le meilleur garçon du monde. Le suicide est toujours une mauvaise affaire. Si Dieu existe, on va en enfer. Et si Dieu n'existe pas — ce qu'à Dieu ne plaise ! —, il n'est pas question de jouir de son néant. J'espère de tout cœur que vous n'aurez pas à regretter cette maison, où vous auriez été si tranquille... »

En effet, dès l'automne 92, le couvent devait être pillé, et les chanoinesses dispersées à coups de trique !

Au début de l'après-midi, sous une giboulée imprévue, je quittai Périgueux pour regagner Caussenac dans la voiture familiale qui datait de la guerre de Sept Ans, avec ma belle-mère revêche, le cocher hors d'âge, le valet de pied imberbe et les quatre chevaux qui avaient connu des jours meilleurs. Ma belle-mère se méfiant horriblement de la literie des auberges à portée de sa bourse, la berline, qui eût gardé autrement un reste d'apparence, était surchargée de matelas et de draps et l'on aurait dit à nous voir passer une tribu de Bohémiens en voyage.

La route, boueuse ou poussiéreuse selon les heures, quittait Périgueux par l'est et, au-delà de Thenon, à La Bachelerie, obliquait vers le sud, en direction de Sarlat, par

Montignac, où la Laurence devenait navigable. C'est à La Bachelerie que nous devions passer la nuit [1].

Je négligeai d'interroger ma belle-mère quant aux mérites du prétendant, et ce qu'elle m'en dit d'elle-même ne m'en apprit pas davantage, sinon qu'aux dires de mon père, qui avait eu la belle conscience de l'aller visiter dans son château de Brantôme, Monsieur de Chasseneuil était fort bien fait de sa personne. Ce renseignement ne me fut pas livré sans une nuance de regret, comme si la Providence était trop bonne pour une fille insupportable qui avait joué au héron de la fable des années durant. « Celui-là ou un autre... », soupirai-je enfin pour couper court à des propos fastidieux. Et ma marâtre ne fut pas mécontente de ce soupir, qui semblait indiquer que je m'étais fait une raison.

Le prétendu baron de Chasseneuil était attendu sous peu à Caussenac, où mon père allait brûler ses dernières cartouches à l'occasion de la grande réception qui s'y préparait. Chemin faisant, j'étais frappée du nombre de châteaux, de manoirs, de belles maisons que les siècles, en dépit des ravages de la guerre de Cent Ans, des guerres de Religion et de la Fronde, avaient accumulés dans cette verte région dont la relative pauvreté expliquait d'ailleurs mal un tel essor. Et je me disais que, sous maintes toitures qui ne fuyaient pas, il devait y avoir des gens heureux et des jeunes filles rêveuses, comblées par des pères délicats à la Marivaux... C'était à pleurer.

Et j'aurais pleuré davantage encore si j'avais pu prévoir le saccage de tant de superbes demeures dès les premiers temps de la Révolution. Par absence d'autorité, puis par les soins d'une autorité perverse, notre patrimoine architectural et mobilier a connu alors des pertes irrémédiables. Caussenac lui-même devait être pillé et en partie incendié, privé de ses

1. Cet itinéraire figure en détail sur la grande « Carte routière de la France » de 1816, revue et augmentée en 1821.

girouettes et de son grand pigeonnier par une bande d'imbéciles pris de boisson.

Peu avant l'auberge de La Bachelerie, dont une éclaircie permettait de distinguer les bâtiments trapus en bord de route, notre voiture, passant dans une flaque profonde, éclaboussa des pieds à la tête un soldat qui marchait dans cette même direction que suivait notre attelage et, l'espace d'un éclair, je crus reconnaître dans la nuit tombante mon cher Jacques Cadouin. J'insistai pour que nous le fissions monter, mais ma belle-mère se récria : « Ce paysan nous salirait puisque nous l'avons sali. Et vous ne l'avez que trop fréquenté. A considérer votre caractère, votre nourrice devait avoir du lait de chèvre ! » Ma marâtre était une mine de pensées généreuses et de mots aimables. Il était difficile de la fréquenter trois minutes sans avoir envie de l'étrangler.

Pour couper à l'habituelle chambrée où les aubergistes de campagne entassaient des voyageuses de toutes les paroisses, ma belle-mère — noblesse oblige ! — avait naturellement retenu pour elle de longue date une chambre particulière où elle se fit monter son repas, tandis que j'héritai, sur le même palier, d'un cagibi où je fus réduite à portion moins que congrue. Je devais attendre l'hymen pour connaître, à défaut d'autre chose, les plaisirs de la table. Il n'était pas question, pour deux dames nées et voyageant seules, de s'exposer aux regards dans la bruyante salle du rez-de-chaussée, asile des goinfres et des ivrognes dans une région où le peuple jouisseur et turbulent, amateur de jacqueries, n'était que trop porté sur tous les excès. Envieuse de naissance, ma belle-mère ne pouvait souffrir la liesse des gens du commun.

Il n'y avait aucune baignoire disponible dans l'auberge, mais j'obtins bientôt toute l'eau chaude souhaitable pour faire disparaître la crasse du couvent. Je me rappelais, humiliation supplémentaire, que lors de mon mémorable examen de Périgueux, se penchant sur ma nature entrouverte avec un évident intérêt scientifique, le jeune homme de service avait instinctivement froncé le nez. Que des Jacobins aient violé des religieuses montre le peu de goût de ces rustres ou la force irrésistible de leurs idées.

La nuit était tombée depuis longtemps lorsque, ne pouvant trouver le sommeil, je me rhabillai et descendis faire quelques pas au clair de lune devant la maison, où la vive animation de la journée s'était éteinte avec la montée des étoiles dans un ciel bien lavé. La température était douce et invitait à s'attarder.

Il y avait là, brancards levés, une luxueuse berline vert d'eau à moulures dorées qui présentait des armoiries bizarres : l'écu semblait correct, mais un noble de fraîche date, sans doute, y avait ajouté des ornements de fantaisie, qui ne s'embarrassaient guère des règles habituelles. Le valet préposé à la garde du carrosse, et qui devait s'ennuyer ferme, se leva de la margelle du puits qui lui servait de siège pour me faire la conversation, et j'appris que la voiture était au baron de Chasseneuil, qui allait à Domme, courtiser une vieille tante à héritage, avant de piquer sur Caussenac « afin d'épouser ». Il eût été déplacé d'interroger plus avant sur son maître un domestique à qui je pouvais être bientôt appelée à donner des ordres, et je dus refréner une curiosité en progrès.

Il fallait traverser la salle pour rejoindre le raide escalier qui menait aux chambres, ce que je fis modestement en rasant les murs, cherchant du regard un monsieur qui pouvait correspondre à mon prétendant, quoiqu'il fût peu probable qu'un homme qui visait à la distinction se fût attardé en pareille compagnie. Et pourtant, à la place d'honneur, près de la grande cheminée où rôtissaient et mijotaient des nourritures rustiques, un personnage finissait tranquillement de souper, dont je ne doutais point qu'il s'agît de Monsieur Minet : c'était le seul voyageur de bonne apparence dans cette assemblée disparate où les gens du cru avaient revêtu leurs naïfs habits du dimanche — sans songer que ce serait un délit, bien peu d'années plus tard, que de les montrer ce jour-là !

Ce Minet était d'une beauté saisissante et une grâce particulière, qu'on eût dit féminine, émanait de tout son être. Renonçant, comme tant d'autres, à souffrir perruque, il avait les cheveux simplement poudrés, et il portait un *riding-coat* à la dernière mode, orné de gros boutons d'acier poli. Depuis le fameux traité de commerce franco-anglais, l'Angleterre nous inondait d'un acier qui faisait fureur et les élégants s'en mettaient partout. Le bleu tendre de la redingote s'harmonisait à ravir avec le gris tourterelle de la culotte et faisait contraste avec le gilet fauve qu'agrémentait une jaillissante cravate d'un blanc éblouissant. Un gros diamant au doigt, qui jetait mille feux à la lueur des chandelles, mon baron était à peindre et méritait examen.

Comme il s'était levé pour prendre un mouchoir frangé de dentelle dans un joli nécessaire de toilette en cuir posé sur la chaise vide qui lui faisait face, je vis qu'il avait la jambe admirablement faite et le cou-de-pied bien galbé d'un Monsieur dont les talons ont acquis une aristocratique hauteur, au contraire des pieds plats aux souliers informes. Et au dossier de ladite chaise, pour ne pas la quitter des yeux, il avait accroché l'épée au port de laquelle beaucoup de gentilshommes avaient déjà renoncé en dehors de la Cour, une petite épée de parade, dont la poignée interchangeable devait être vissée dans un fourreau factice. En marche vers les grandeurs, Minet devait coucher avec son épée. Sa noblesse d'emprunt s'était réfugiée dans l'accessoire.

Le spectacle était ridicule et un rien touchant. Comment mon père avait-il pu me rabattre un type pareil ? Mais d'un autre côté, si j'étais destinée à me satisfaire d'un moindre mal, Chasseneuil en avait précisément l'allure et il eût été difficile de trouver mieux dans le pire.

Ne croyez pas, ma chère fille, que j'étais en ce temps-là férue de noblesse au point d'exclure a priori tout projet de mariage au-dessous de mon rang. J'avais précocement fait le tour des préjugés possibles, et je les prenais pour ce qu'ils valaient, consciente d'ailleurs qu'il était vain de prétendre leur échapper tout à fait. Quelle que soit la valeur d'un préjugé, il ne devient cependant tolérable, excusable, aimable même, que si les siècles l'ont forgé et lui ont donné un inimitable naturel. Il est des préjugés paysans comme des préjugés nobiliaires qui empruntent à la suite des temps une manière de légitimité, qui sont l'expression profonde, bonne ou mauvaise, de l'individu. Mais un Minet, qui faisait feu des quatre fers pour acquérir une caricature de préjugés, ne pouvait qu'être d'une fréquentation décevante. A la sortie du Paradis terrestre, il eût fait un parti possible, sans autre épée que ses avantages naturels, mais le temps avait marché...

Je m'entendis héler doucement par une voix familière : Jacques était tout à côté, attablé devant une piquette, dans son habit du régiment d'Anjou, blanc à boutons blancs, poches en long, revers et collets roses. Le manteau militaire qu'il avait posé en travers de ses genoux avait préservé ce plaisant uniforme de la douche que nous avions en passant infligée à son possesseur.

Vous devinez la joie que j'éprouvais, après une si longue et fastidieuse épreuve, à revoir ce compagnon de mes jeux d'enfance et d'adolescence. L'hiver avait fait perdre à mon frère de lait le hâle dont l'été précédent avait marqué ses traits, il semblait avoir mûri et pris de l'assurance, effet que produit l'armée d'ordinaire sur les paysans qui n'étaient jamais sortis de chez eux.

Comme j'aurais rougi de m'asseoir à cette heure en pareil lieu, où la boisson avait échauffé les esprits animaux et délié les langues vertes, je demeurai debout et Jacques se leva pour m'embrasser.

Il m'apprit que le comte de Caussenac avait écrit à son colonel afin de solliciter pour lui un congé : mon père, désireux d'impressionner le prétendant, avait battu le rappel de tous ses gens, qui devaient figurer aux fêtes de fiançailles et de mariage comme la toile de fond d'un illusoire théâtre et en recueillir les miettes s'il en restait. Et, d'un mouvement de tête, il me désigna Monsieur de Chasseneuil, lequel s'était rassis sur sa chaise, qu'il avait fait garnir d'un coussin.

« Voici l'homme de ta vie, me dit-il. Les fiançailles sont pour jeudi. Il prend son temps... Je te souhaite bien du bonheur. »

Mais le souhait était contraint.

Jacques ajouta que le baron de Chasseneuil, touché de sa bonne mine, lui avait fait signe de venir le rejoindre, et qu'ils avaient bavardé tous deux un moment, le voyageur s'étant pris pour lui d'une sympathie subite et pressante. Je lui demandai pourquoi il avait rompu les chiens, et la question le trouva fort gêné. Intriguée, je le conviai à monter dans ma chambrette, où nous pourrions parler plus tranquillement. Ma belle-mère dormait du profond sommeil des méchants qui ont besoin de refaire leurs forces, et le caractère confiant et chaste de nos relations ôtait tout aspect inconvenant à ce nocturne aparté.

Devant l'agaçante mauvaise grâce de mon frère à m'en dire plus long sur les mérites ou les défauts de ce Chasseneuil, une dangereuse tentation me vint tout à coup — peut-être parce que je m'étais nourrie avec délices d'un Marivaux passé de mode : je le priai de me prêter un moment son uniforme et son chapeau. Le gilet dissimulerait ma mince poitrine, à laquelle la morue des chanoinesses avait conservé tous les charmes de l'enfance, et le chapeau guerrier emprisonnerait ma chevelure comme s'y était efforcé le spartiate bonnet du couvent. Mon visage n'était pas encore plâtré de ce rouge qu'affectionnent les femmes mariées de la société, et si je parlais bas, surtout soucieuse de faire parler, Minet n'y verrait que du feu. Et si même le destin voulait que mon futur me reconnût par la suite — alors qu'il eût fait un si beau passé ! —, il aurait sans doute le bon goût de me pardonner une ruse que la brûlante curiosité de mon sexe avait rendue inéluctable. Par quel biais pouvais-je m'informer plus aisément et plus vite de ce que cet élégant monsieur avait derrière la tête ? On en révèle toujours plus long à des étrangers de passage qu'à ses proches.

Ma proposition suscita chez Jacques une étrange horreur, qui se changea en répulsion, puis en répugnance, puis en mystérieuse réserve, au fur et à mesure que mes instances faisaient baisser sa garde. « Après tout, me dit-il enfin avec fatalisme, tu as bien le droit de savoir ! » Il était difficile de mieux m'encourager à l'indiscrétion.

Nous procédâmes à l'échange de nos vêtements, mon frère revêtant ma robe, car il commençait de faire frisquet. Nous étions sensiblement de la même taille, la robe étant un peu étroite pour Jacques, et l'uniforme, un peu large pour moi — mais il est bien connu que les soldats ne sont pas gâtés par les tailleurs. Nous nous étions détournés l'un de l'autre aux instants souhaitables. Le caleçon était alors inconnu dans le peuple, et les femmes ne portaient pas de pantalons de dessous, leurs charmes les plus secrets étant exposés aux brises réfrigérantes des hivers comme aux excitants coups de chaleur de l'été. Ce n'est guère que sous le Directoire que le pantalon féminin a fait son apparition, et d'abord chez les dames de mœurs faciles, désireuses de préserver leur gagne-pain des intempéries. Joséphine de Beauharnais, alors qu'elle venait d'introduire le maigre Bonaparte dans le lit de son roquet jaloux, m'a montré un soir tout un assortiment de pantalons soyeux, dont elle était plus fière que de ses dents gâtées. Ainsi passent les modes...

Ayant vérifié ma tenue avec une sévérité de vieux caporal, Jacques se fourra au lit, je pris la chandelle et, le laissant dans l'obscurité, je descendis innocemment vers la plus étonnante rencontre de ma vie.

Magie du sexe mâle, qui jouit du plus indéracinable et du plus injustifié des privilèges — la vraie Bastille est toujours à prendre ! —, je traversai avec assurance et sans attirer l'attention cette salle avinée et enfumée, où il était surprenant qu'un baron de Chasseneuil parût se plaire.

Comme je faisais des ronds de jambe dans les alentours de sa table, il sortit soudain de la distraction qu'avait pu lui donner un début de griserie pour me fixer avec ravissement, et il s'écria : « Dieu soit loué ! Mon beau soldat d'Anjou avait donc un frère ! Venez, venez, mon jeune ami, ne fuyez pas le champ de bataille, il reste du vin pour nous deux ! » Le contact avait été plus aisé que je ne l'avais craint, et je m'assis en face de Monsieur Minet, à côté du nécessaire de toilette, la poignée de l'épée me taquinant l'épaule. J'étais par bonheur à contre-jour par rapport au foyer, qui dispensait dans cette partie de la pièce un vif surcroît de lumière.

Me facilitant la tâche, mon prétendant, par satisfaction de soi comme par ivresse naissante, ne demandait qu'à parler, et ce me fut un jeu que de le confesser sans me découvrir.

Ayant juré à sa mère bien aimée, sur son lit de mort, de perpétuer la race (!), Monsieur Minet avait pris la grande décision de se ranger et de contracter un glorieux mariage qui devait lui coûter chaud dans l'immédiat tout en lui assurant d'intéressantes perspectives sur des terres immenses dont il épousait l'unique héritière. A ce qu'on lui avait garanti de diverses sources, la jeune personne était parée de tous les agréments et de toutes les vertus. Aussi gracieuse que peut l'être une femme, l'esprit vif et primesautier, d'une piété éclairée et d'une humeur aimable, parlant latin comme Cicéron et grec comme Phryné, jouant à ravir du clavecin et de la flûte, sachant monter et chasser, douée d'une santé robuste, réglée comme du papier à musique depuis l'âge de treize ans, elle promettait de faire de beaux enfants, nageait comme une ondine, et pas seulement dans sa baignoire ! Même un baron de Chasseneuil était certes indigne de posséder un tel trésor qu'il aborderait à deux genoux avec la respectueuse humilité d'un néophyte. Mais notre Minet, instruit par l'expérience des affaires et du monde, ne craignait aucune supériorité et voyait dans le mariage une rassurante association où deux êtres intelligents devaient avoir toute liberté de s'enrichir mutuellement de leurs ressemblances comme de leurs différences. Franc-maçon d'une loge des plus distinguées où l'Etre suprême n'était pas un vain mot, d'un caractère libéral et enjoué, Minet se flattait de faire mon bonheur...

Encouragé aux confidences les plus sincères par mon regard attentif et par la troublante douceur de ma voix, Chasseneuil s'était enhardi au point de me prendre la main et de la serrer dans la sienne avec une émotion croissante et des plus sympathiques. Fascinée, je l'écoutais sans réagir. N'eût-il pas été dommage de courir se noyer pour échapper à des assiduités si honnêtes ?

La pression de cette main aux ongles bien polis se renforçait. Mon prétendant se pencha vers moi et me dit enfin en baissant le ton :

« Trêve de bavardages ! Qu'ai-je en tête de vous raconter tout ça ? ! En attendant d'épouser, j'enterre ma vie de garçon à un train d'enfer, sautant sur toutes les occasions qui se présentent, car je crains d'être bientôt sevré de menus plaisirs si j'en juge par l'allure de mon futur beau-père, qui a l'air d'avoir avalé son épée au saut du lit. Vous avez, mon enfant, un teint de pêche, des menottes exquises, une étonnante délicatesse de traits, des yeux qui me pénètrent jusqu'à l'âme, et vous buvez mes paroles avec un intérêt qui me touche et où je veux voir plus qu'une simple politesse. Serez-vous plus cruel pour moi que votre compagnon de régiment, à qui je n'ai pas réussi à plaire en dépit de mes efforts et de mes talents ? Pourquoi ne pas passer un bon moment ensemble devant la cheminée de ma chambre ? J'ai pour vous des chocolats et de cette liqueur de noix que ma vénérée mère réussissait à merveille. Et si vous êtes bien complaisant, je vous montrerai le cadeau que je m'en vais de ce pas offrir à ma fiancée : un châle des Indes aux mille couleurs qui sera pour votre nudité le plus fastueux des écrins. Vous sursautez déjà ? Les jeunes soldats n'étant pas riches, je me ferais au besoin une joie de vous obliger. Est-ce que quelques louis ?... »

Abasourdie, je venais de me rendre compte que la déclaration s'était adressée à mon uniforme, dont j'avais oublié un instant la trop séduisante présence. A peu près ignorante des réalités physiques des amours ordinaires, je l'étais tout à fait de ces rapports qu'on appelle grecs, italiens ou anglais et qu'on a toujours la décence de situer dans un pays étranger.

Arrachant ma main à l'inqualifiable étreinte, je me levai brusquement et, l'esprit perdu, dis à l'étourdie : « Merci de vos bontés, ma mère m'attend. » Puis je me détournai pour gagner l'escalier, au pied duquel je repris une chandelle.

Cette nouvelle dérobade, après celle de Jacques, ne faisait pas l'affaire d'un homme sensible qui n'aimait pas perdre son temps et qui avait tout lieu de croire que je l'avais mené en bateau et berné. J'eus bientôt derrière moi un Chasseneuil haletant et furieux, qui avait changé de ton : « Mais, ma parole, tu te fous de moi, petit fripon ?! » Et, joignant le geste à la parole, il me pelotait les fesses chaque fois qu'il les pouvait atteindre. Dans cet escalier qui n'en finissait pas, la peur, la répulsion me donnaient des ailes. Sur le palier, je me mis à courir vers ma chambre, serrée de près par un poursuivant hors de lui, qui s'imaginait peut-être que ma fuite éperdue n'était qu'une vicieuse coquetterie pour faire monter les enchères. Comme j'avais ouvert ma porte et tentais de la refermer au nez de l'intrus, lâchant ce faisant mon bougeoir dont la chandelle s'éteignit du coup, le brutal, qui alternait menaces et supplications, pénétra de force dans la pièce où il me pourchassa à tâtons. Fort inquiet de ce remue-ménage, Jacques battit enfin du briquet.

Je vous donne à peindre, ma chère enfant, tout l'ahurissement, toute la confusion de ce forcené perdu de mœurs lorsqu'il découvrit Jacques assis dans le lit, sa robe de jeune fille entrouverte sur sa poitrine velue.

Le malentendu atteignit alors un sommet insurpassable. Croyant comprendre, Monsieur Minet battit en retraite à pas de velours en murmurant, totalement dégrisé : « Ah, c'était donc cela ! Vous vous aimez. Mais c'est très bien. J'aurais dû saisir plus tôt. Eh bien, continuez. Mille excuses, mes enfants. » La porte se referma doucement.

La chandelle rallumée, Jacques me dit, alors que je reprenais mon souffle : « J'espère que tu as saisi toi-même, et mieux que ce Chasseneuil. Ce n'est que trop clair. Pas la peine de faire un dessin. Tu es tombée sur un bougre. » Mais j'aurais justement eu besoin de dessin, et Jacques répugnait invinciblement à me satisfaire, que ce fût par la voix ou par le crayon. La pauvreté de son vocabulaire ne lui permettait pas de m'instruire avec les détours que méritait mon éducation, et les mots grossiers dont il aurait pu faire usage ne voulaient point sortir, vu le respect qu'il me portait. Pour se tirer d'embarras, il me conseilla vivement d'informer ma belle-mère du fait, qui aviserait avec mon père, et on me dirait peut-être alors ce qu'il y avait à savoir, qui était d'ailleurs des plus simples. Je me serais bien passée d'une telle épreuve !

J'aurais aimé que mon frère de lait me tînt compagnie plus longtemps, mais il était fort pressé de reprendre son uniforme et d'aller dormir avec quelques impécunieux dans la paille des écuries. La présence de ma belle-mère au même étage le remplissait d'appréhension et il redoutait que la cavalcade du prétendant ne l'eût réveillée. Cette femme boulotte, remuante ou nonchalante selon les heures, faisait alterner les méchancetés recuites avec les gracieusetés suspectes, son âme était aussi fausse que ses dents, et un retour d'âge qui se prolongeait n'arrangeait rien. Nos paysans la détestaient, alors que les hauteurs distraites de mon père les laissaient froids.

J'avais passé ma chemise et m'étais couchée, quand on

frappa quelques coups secs à la porte, et Jacques, qui était sur le départ, n'eut que le temps de se glisser sous le lit avant que ma marâtre ne fît irruption. Comme nous l'avions craint, le remue-ménage l'avait tirée du sommeil et, après s'être ajustée, elle venait aux nouvelles.

« Ces nouvelles, je les connais déjà, dis-je sur un ton léger, et il n'y a rien qui puisse vous inquiéter. Mon futur, Monsieur de Chasseneuil, qui est par hasard descendu dans cette auberge, mais qui ignore visiblement notre présence, courait de la cave au grenier après un petit bougre de valet qui n'était pas d'humeur assez accommodante pour son goût. Veillez bien à ne pas le rencontrer quand il redescendra : un homme plein de savoir-vivre est toujours affreusement gêné en pareille affaire. Je vous donne le bonsoir. »

Si j'avais pensé refouler ma belle-mère par ces négligentes précisions, j'en étais pour mes frais. Elle ouvrit la bouche comme si elle manquait d'air, et s'assit lourdement au chevet du lit. Mais elle se reprit vite et se montra curieuse d'apprendre ce que je pouvais savoir sur les bougres, attitude qui rendait bien malaisé de l'interroger sur le même sujet.

Quand elle eut constaté que ma science était courte, elle me confia prudemment, avec un sourire mielleux :

« Il y a de bons bougres et de mauvais bougres. Et comme notre pécheresse nature est heureusement complexe, le même qui fait un soir du tapage dans les couloirs se fera apprécier au matin sous un meilleur jour. Le bon bougre fait un excellent mari, prévenant, jamais abusif, sensible, artiste, sans l'ombre d'une jalousie pourvu que son honneur soit sauf aux yeux du monde. C'est un trésor, ma chère Eudoxie, que les femmes avisées se disputent. Après trois fausses couches et une grossesse difficile qui a failli m'arracher à votre affection, j'ai bien souvent regretté que votre cher père ne fût pas plus bougre ! »

Je compris soudain que ma révélation ne l'avait pas surprise : elle s'était seulement montrée surprise que j'eusse déjà été mise au courant, et en des circonstances aussi fâcheuses. Mon père lui-même avait sans doute participé au complot.

Un grand dégoût me submergea. On ne s'était fait aucun scrupule de me tromper et de me jeter dans le lit d'un bougre, un bandeau sur les yeux. Or, sans en savoir plus long, je savais bien que ce qualificatif de bougre était toujours pris en mauvaise part, que ces gens-là avaient la pire des réputations, et je commençais à deviner pourquoi.

En même temps, une autre vérité m'apparut : mon père étant capable de n'importe quoi pour aboutir à ce mirifique et ignoble mariage, je pouvais également me permettre n'importe quoi à condition de ne pas le faire échouer. On me passerait tout jusqu'aux noces si ce tout sauvegardait les illusions de Monsieur de Chasseneuil.

Au grand étonnement de ma belle-mère, j'éclatai de rire et, au même instant, une longue quinte de toux sortit de sous le lit, où la poussière avait dû s'accumuler.

Pétrifiée un instant, ma belle-mère hasarda : « Mais... on dirait qu'il y a quelqu'un là-dessous ? » Je devais à tout prix tirer Jacques de ce mauvais pas avant qu'il ait eu la désastreuse impulsion d'apparaître pour présenter des explications confuses auxquelles il serait difficile d'ajouter foi.

« Oui, déclarai-je, après une rapide réflexion, c'est un soldat que j'ai ramassé tout à l'heure dans la paille. Ce bougre de Chasseneuil enterre aujourd'hui sa vie de garçon avec des garçons, et j'enterre ma vie de jeune fille avec des soldats. Y trouveriez-vous à redire ? Mais, de grâce, n'en soufflez mot à mon père ! Glorieux et franc comme il est, il serait bien capable de me refuser au baron et ne trouverait plus à me vendre. »

Ma belle-mère n'en croyait pas ses oreilles. Il fallait un geste pour la convaincre. « Mon cher Gaston, dis-je à Jacques — car vous m'avez bien dit, je crois, vous appeler Gaston ? —, sortez donc votre main caressante de sous ce lit, que Madame de Caussenac puisse s'en saisir et vous féliciter ! » Jacques n'avait d'autre ressource que de s'exécuter. A la vue de cette main et de cette manche d'uniforme qui émergeaient de l'ombre comme une obscène menace, ma belle-mère poussa un cri étranglé et s'enfuit comme une somnambule.

Tout poussiéreux, Jacques s'empressa de sortir de son refuge et me remercia de ma présence d'esprit. Mais n'avais-je pas pris en sa faveur un risque inconsidéré ? Je lui expliquai pourquoi je n'y avais pas eu, hélas, grand mérite.

Le lendemain matin, quand notre voiture s'ébranla vers Caussenac, Jacques était déjà parti sans demander son reste et la berline de Monsieur Minet n'était pas encore attelée. Ma belle-mère, se doutant que je l'avais jouée d'une façon ou d'une autre, se perdait en conjectures et gardait un silence renfrogné qui, pour plaisant qu'il fût, n'avançait en rien mes affaires.

Au soir de ce lundi, après que nous eûmes fait quelques emplettes à Sarlat du côté de la maison de La Boétie, nous revînmes sur nos pas en direction de Caussenac, dont la sombre masse gothique, que la Renaissance avait égayée par endroits, apparut tout d'un coup à travers les arbres, au détour du chemin.

Mon cœur se serra à la perspective de tout ce qui était en jeu. Le cadre où s'est déroulée notre enfance prend des allures sacrées, et c'est faire bon marché de nos souvenirs que de laisser des indifférents y porter la main. Mais un Chasseneuil valait-il beaucoup mieux que des huissiers ?

A peine arrivée, je courus saluer mon père, qui était encore en tenue de chasse, occupé à presser des corvées de jardinage pour éblouir le prétendant. Le soleil déclinant avait beau allonger son ombre, le faisant plus grand que nature, la révérence et la crainte qu'il m'avait sans cesse inspirées avaient quitté mon âme pour toujours. Dès que le respect s'évanouit, les autres sentiments qui l'accompagnent s'effacent avec lui.

Mon père m'accueillit de manière affable, heureux de constater que j'étais apparemment dans de bonnes dispositions. Mais je gâchai son bonheur en lui lâchant brusquement : « Il paraîtrait que l'homme que vous m'avez choisi passerait son temps à caresser des soldats. Ma belle-mère, qui a tant fait pour mon éducation, m'a dit le plus grand bien des bougres, à tel point qu'elle regrettait presque que vous ne l'eussiez pas été suffisamment. Mais c'était peut-être une boutade ? Puis-je vous demander, Monsieur, avec tout le respect que je vous dois, si vous partagez son avis ? » Je n'ai jamais vu d'homme plus choqué ni plus embarrassé. Les lèvres remuaient sans que le moindre son en sortît.

Haussant les épaules, il maugréa enfin : « Je ne sais où vous aurez pris cette médisance. On raconte tant d'histoires... Et quand bien même il ne s'agirait point d'une pure calomnie, la chose serait de peu d'importance et ne mériterait pas que vous vous y arrêtassiez dans votre situation. De toute manière, j'ai donné ma parole à ce Monsieur, qui est des plus distingués, et vous rendra bien, je présume, les services du frère de Louis XIV à Henriette d'Angleterre. Laissez-moi, je vous prie, et n'oubliez plus à qui vous parlez. »

Comme je l'avais bien pensé, il avait partagé le petit secret avec ma belle-mère, et il avait même dû, pour adoucir ses scrupules et mettre du baume sur son orgueil blessé, s'encourager de quelques arguments, d'autant plus convaincants qu'ils étaient plus classiques. Monsieur, frère du roi Louis XIV, lui était aussitôt venu à la bouche comme un exemple et un programme. J'ai souvent remarqué depuis que, pour excuser la bougrerie, on s'empresse de citer des bougres célèbres, comme si le vice prenait de la vertu à monter de plus en plus haut. Et l'on va de Platon au grand Frédéric en passant par Alexandre ou Léonard de Vinci. Ce plat robin de Cambacérès doit lui-même se prendre pour Erasme ou Francis Bacon.

Je tirai ma révérence et me détournai de cet individu qui avait dû autrefois me faire impression par le canal de quelque forte lecture où j'avais cru le retrouver. Ce n'était ni un Agamemnon ni un Brutus, mais un hareng saur à âme de boutiquier.

Ce n'est pas de sa bouche maussade que je tirerais les moindres lumières sur ce qui me préoccupait si fort et avec tant de raison : être fixée en détail sur les relations sexuelles normales ou autres pour savoir au juste ce que je risquais d'avoir à supporter de la part d'un goujat que je n'aimais point et qui ne semblait pas fonctionner comme tout le monde. Depuis que j'avais revu Caussenac, je me sentais plus disposée à faire un sacrifice pour le conserver, mais j'avais bien le droit de savoir lequel. Si Monsieur Minet devait se borner à me lécher les doigts de pieds trois minutes deux fois par semaine, il y aurait peut-être moyen de faire affaire.

A qui donc m'adresser ? La langue de Jacques était paralysée par des pudeurs paysannes. Il eût été ridicule et humiliant d'interroger là-dessus l'une de nos filles de service qui avaient rôti le balai. Après avoir caché un soldat sous mon lit, je pouvais moins que jamais solliciter ma belle-mère. Quant à la tante Agathe, la sœur aînée de mon père, impotente et sourde comme un pot, c'était vraiment la dernière ressource concevable.

Je n'avais d'autre solution que de recourir à notre immense bibliothèque. Une démarche dont la difficulté m'apparaissait bien, mais dont je sous-estimais le danger.

Les livres, en effet, font rarement la liaison entre la physiologie, le sentiment et la morale. Tantôt les médecins décrivent, avec une précision et un bonheur variables, l'allure et le fonctionnement de tel ou tel instrument de plaisir ou de honte — encore heureux quand ils ne sont pas relayés par les pornographes qui ne visent qu'à distraire des blasés en leur infligeant de fortes sensations ! Tantôt les romanciers explorent avec des talents divers tous les replis du cœur comme si les replis du sexe leur étaient étrangers. Tantôt le maître abstrait plane dans les régions supérieures de la théologie ou de la philosophie, sans référence bien nette à un réel journalier. L'homme, qui forme un tout, dont l'âme, l'intelligence, le sentiment et les sens doivent marcher en harmonie, est ainsi détaillé par tranches, en devient méconnaissable et incompréhensible. Or les adolescents n'ont pas seulement besoin de descriptions anatomiques ou physiologiques susceptibles de satisfaire, en termes clairs et convenables, leur légitime appétit de savoir. Sous peine de les choquer gravement et de leur imposer une vision basse et triviale, il convient surtout de subordonner ces réalités élémentaires et de la façon la plus étroite, à la religion et au cœur. Qu'importe l'instrument si le mode d'emploi vient à faire défaut du fait que l'âme n'avait pas été éclairée !

Nous sommes encore loin d'un tel bon sens, et si la plupart des ouvrages sont insuffisants parce que fragmentaires, que dire des parents qui, comme s'ils étaient gênés de nommer ce que Dieu, dans sa sagesse, n'a pas rougi de créer, entretiennent leurs enfants dans une stupide ignorance ou leur enseignent à la sauvette des connaissances trop vagues pour ne pas leur inspirer des idées fausses, comptant paresseusement sur les hasards de la rue ou des champs, de la caserne ou du collège, pour les instruire de l'indispensable ?

J'ai moi-même, ma chère fille, été bien coupable envers vous, à croire que ma triste expérience ne m'avait rien appris, et il est grand temps que je donne quelques leçons raisonnables à une jeune veuve qui n'a connu de l'amour qu'une caricature grimaçante.

Après souper, alors que je montais justement à la bibliothèque, ma belle-mère jugea opportun de me faire quelques commentaires sur les portraits d'ancêtres qui ornaient la cage du grand escalier. Le chevalier Amédée de Caussenac, en un temps, il est vrai, des plus brumeux, aurait été le giton de Richard Cœur de Lion. Le comte Philippe avait à coup sûr figuré à son avantage parmi les mignons d'Henri III. Charles-Louis avait été très lié avec un prince de Conti connu pour l'éclectisme de ses mœurs. Quant à mon oncle paternel Edouard, le dernier de la bande, il était mort d'indigestion en 1779 entre les bras si discrets de Joseph II. Les rois et les princes s'étaient bousculés pour copuler avec les Caussenac, et l'on ne me parlait pas du moindre fretin.

A en croire la narratrice, la bougrerie apparaissait comme un original et gracieux attribut de la plus haute noblesse, et il n'y avait que le bas peuple ou la sordide bourgeoisie pour déshonorer le passe-temps par une grossièreté native ou un manque d'élégance irrémédiable. D'ailleurs, le bougre bien né avait toujours su ce qu'il devait au roi, à sa patrie et à sa maison, et il se faisait un pieux devoir de remplir avec une aimable conscience toutes ses obligations d'époux et de père, à l'instar de ces vieux Romains si bien organisés que leur main droite ignorait ce que faisait la gauche.

Comme nous nous donnions machinalement le bonsoir, cette moraliste d'occasion me dit à voix basse : « Je ne sais au juste ce que c'est que cette bizarre histoire de soldat qui aurait quelque part toussé sous un lit. Mais je vous en supplie, soyez prudente ! Les hommes les plus tolérants n'aiment point qu'on leur plante des cornes avant l'heure. Nous sommes tous suspendus à votre sagesse, à votre conduite, à votre sens des convenances, comme à un ultime radeau en vue du port. Ce n'est pas le moment de sombrer pour une broutille. » On eût difficilement glané de pareils conseils dans le traité de l'éducation des filles de Fénelon, qui n'avait pas eu, sans doute, en fait de pratique, toutes les compétences d'un Bossuet.

Je ne retrouvai pas sans une nostalgique émotion cette bibliothèque dont le classement m'était bien connu, sa grande table de lecture et son haut meuble en dos d'âne pour consulter les plus gros ouvrages. La lumière du chandelier central déclinait vers les angles de la vaste pièce, où régnait, parmi les toiles d'araignées, un demi-jour à la Rembrandt : c'était l'image du savoir, qui s'affaiblit avec la distance. En ces lieux, je m'étais naguère trop souvent dispersée en études frivoles, par le fait qu'elles ne concernaient point directement ce qui importe le plus aux femmes : savoir quoi faire de leur corps quand il leur appartient, et plus encore quand il ne leur appartient guère. A présent, j'avais bien peu de temps pour compenser une longue insouciance.

Cette tâche, qui semblait énorme, fut plus aisée que je l'aurais cru, et il ne me fallut qu'une nuit blanche, compulsant fiévreusement une foule de livres, pour apprendre à quel point les hommes sont eux-mêmes ignorants de ce fameux trésor du sexe devant lequel ils montent pourtant une garde si jalouse. Et depuis 1788, pour ce que j'en sais, cette science si particulière n'a fait aucun progrès notable. Il est vrai qu'au cours des interminables guerres que nous venons de connaître, la physiologie de l'amour était surtout étudiée par des hussards révolutionnaires qui, se servant de leurs juments quand les femmes leur manquaient, étaient habitués à la confusion.

La bibliothèque proprement dite, en dépit de sa richesse, était singulièrement décevante : romans mondains, que j'avais déjà parcourus, où le nœud du problème était gazé de voiles fallacieux; épais dictionnaires, dont beaucoup de mots, jugés indécents, étaient gommés, et où le jeu stérile des renvois ne faisait qu'obscurcir les réalités les plus courantes. Lorsque nos Académiciens, par exemple, définissaient la sodomie comme le « péché contre nature », et inversement, ils n'apprenaient rien aux bougres, qui le savaient de reste, et ils n'enseignaient rien non plus aux innocents pour qui ces expressions demeuraient opaques. Les encyclopédies elles-mêmes, peut-être par souci de ne pas froisser les bas-bleus qui étaient le plus bel ornement des salons, avaient plus de considération pour les disputes théoriques que pour leur application lors des joutes amoureuses.

A minuit passé, après être descendue aux cuisines renouveler ma provision de chandelles, je fis jouer, à l'aide d'un coupe-papier, la fermeture du compartiment secret, dont le bois était vermoulu, et je découvris là des choses plus intéressantes, sinon plus claires.

Alors que je commençais mes recherches dans le fouillis amassé à cet endroit, les coqs, qui se manifestent bien avant l'aube en Périgord et dans l'Evangile, se mirent à chanter comme pour saluer et encourager mon audace. Certaines sottes de vingt ans, qui ne méritent que l'esclavage où elles gémissent, se font encore scrupule d'ouvrir un livre sans l'autorisation expresse de leur père.

Je mis d'abord la main sur quelques romans obscènes de facture plus ou moins récente, mais qui semblaient se répéter de manière assez fastidieuse. Une débauche de termes galants ou fripons s'adressaient visiblement à des cercles d'initiés plutôt qu'à des lecteurs ordinaires, et les gravures qui accompagnaient parfois l'ouvrage étaient plus suggestives que descriptives. Pour pénétrer dans le sanctuaire, j'avais tout un vocabulaire à assimiler.

Sortaient résolument des sentiers battus quelques essais d'un certain Monsieur de Sade, peu connu à l'époque, mais qui devait se faire une notoriété, malgré un style banal et relâché, par l'outrance de sa pornographie verbale et le caractère antisocial de sa pesante et inapplicable philosophie, d'autant plus indigeste que, chez cet auteur, pornographie et philosophie ne sont point mêlées avec adresse, mais mécaniquement juxtaposées : la prétendue démonstration y perd de sa force et de son naturel.

Ce Sade — nous le savons aujourd'hui — est une véritable création du trop bon roi Louis XVI et de son malin successeur Bonaparte, toujours attentifs à le maintenir dans une paternelle prison, car le personnage ne pouvait produire que dans cette atmosphère confinée, qui échauffait son esprit et ses boyaux, les œuvres vigoureuses que la police lui confisquait régulièrement pour les revendre sous le manteau à son profit. Il y a un évident et fantastique rapport entre l'énergie littéraire du prisonnier et les grands coups de godemiché dont il se défonçait le fondement avec la complicité amusée de ses geôliers fleurdelisés ou tricolores, fraternellement unis par l'appât du gain [1].

Sade me fut de peu de profit, et pour cause.

D'une part, les turpitudes dont il émaillait son récit hésitaient sans cesse entre le lieu commun galant et un délire pervers d'une telle complication et d'une telle ampleur qu'une élève innocente s'y perdait et se demandait à bon droit ce qu'il pouvait y avoir de réel dans ces exercices aussi laborieux que fantastiques.

Et d'autre part, alors que l'imagination pornographique n'était que trop vive, tournait à la fantasmagorie et à la mythologie, sa morale, car notre auteur était avant tout un moraliste, souffrait d'une totale absence d'imagination, n'étant que l'absolu et constant contre-pied des principes chrétiens, auxquels elle rendait encore un vibrant hommage en négatif. D'une intelligence très moyenne, avec plus d'obsession que de réflexion, Sade n'avait pas saisi que, pour mettre vraiment en péril l'Eglise qu'il abhorrait, le seul et grand secret de polichinelle est d'incorporer tant bien que mal ses principe de bon sens à une doctrine qui prétend que l'Eglise est néfaste et superflue. J'ai vécu une Révolution où des bandes d'égorgeurs et de tripoteurs, issus deux fois sur trois du clergé, n'avaient que le mot de vertu à la bouche et stigmatisaient à l'envi le relâchement des prêtres. J'ai vu,

1. Selon Jean-Jacques Pauvert, qui fait autorité en la matière, la dévouée collaboration de la police à la diffusion de l'œuvre sadienne est à mettre au compte de l'Empire et non pas du roi.

dans Notre-Dame profanée par le plus célèbre des vertueux, le culte de l'Etre suprême promouvoir un idéal où beaucoup de chrétiens auraient pu reconnaître leurs traditionnelles aspirations. Les peuples adorent la vertu, à condition de ne pas être contraints de la respecter, comme ces amants qui se mettent à genoux pour mieux souiller ce qu'ils aiment. Luther, en son temps, si enragé contre les abus romains, avait instinctivement suivi la même démarche oblique pour réhabiliter enfin polygamie, bigamie et divorce.

Oui, Monsieur Sade m'a promptement découragée ce soir-là, me laissant encore plus stupéfaite que choquée. A la recherche d'un professeur, j'avais rencontré un fou, et mes relectures à tête reposée n'ont fait que me confirmer dans cette opinion. Mais ses meilleurs émules, si leur plume semblait plus alerte et moins ennuyeuse, étaient, il faut le reconnaître, pâles et superficiels à côté d'un homme qui devait réussir à s'imposer par l'énormité même de ses scandaleux défauts.

Vous pouvez donc, ma chère fille, laisser dormir ce genre d'ouvrages dans l'enfer des bibliothèques ou dans l'arrière-boutique des libraires. Pour les besoins d'une jeune dame, il n'existe qu'un petit nombre d'érotiques réussis, qui joignent l'instruction à l'agrément sans viser pour si peu à une prétentieuse et immorale philosophie. Et la femme pieuse a le droit de les parcourir, non point certes pour en tirer une égoïste et honteuse jouissance, mais à titre de préliminaires, pour assurer avec plus de sûreté et de fantaisie le bonheur de l'homme de son choix. Quand vous l'aurez trouvé, je vous donnerai la liste.

Notre Eglise, en effet, qui a la bonté d'admettre toutes les caresses possibles de mise en train pourvu qu'elles puissent sembler de bonne foi nécessaires à une action correcte, serait mal venue d'interdire les caresses de la plume, qui comptent parmi les plus délicates. Les femmes instruites doivent enseigner leur logique aux étroits théologiens.

Passant rapidement sur les romans qui ne m'apportaient que des lumières douteuses ou insuffisantes, je me concentrai bientôt sur les traités de médecine, d'anatomie ou de physiologie, héritage sans doute de l'oncle Edouard qui s'était adonné à ces sciences en dilettante avant de prendre le chemin de Vienne. Les hommes distingués de sa génération se piquaient, et parfois passionnément, de vouloir pénétrer les secrets de la nature, avec l'ardeur de cet astronome qui grimpe sur une taupinière pour considérer Vénus de plus près. Et l'extraordinaire désordre des acquisitions, d'époques et de valeur fort diverses, sautait aux yeux du moins averti, avec cette bonne excuse que la science du sexe étant demeurée indigente et contradictoire jusqu'à nos jours, l'ancienneté d'une thèse ou le peu de réputation d'un auteur n'étaient pas pour les faire rejeter sans examen.

Peut-être l'oncle Edouard, préoccupé de sa bougrerie, s'était-il intéressé aussi aux arcanes du sexe pour tâcher d'apercevoir le fondement de son vice. Mais la contorsion intellectuelle est aussi malaisée sur ce point que la contorsion physique. Une vie agitée m'a donné à fréquenter bien des bougres de toutes les paroisses, et je n'en ai pas vu un, honteux ou cynique, qui ne fût inquiet et curieux des sources de son anomalie. Salaire du péché dès cette terre, nos pauvres bougres souffrent, et la souffrance est double quand l'ignorance l'accompagne.

Durant cette nuit du 31 mars au 1er avril 88, je me plongeai courageusement dans cette lecture d'apparence rébarbative. Je vous écris ce matin, ma chère enfant, de cette même bibliothèque, miraculeusement épargnée par le criminel incendie de 90, où j'étudiai jadis avec une naïveté presque égale à celle des médecins ; et leur étrange prose, où je suis à même de puiser à votre intention les passages qui m'avaient alors le plus frappée — ou des passages analogues —, demeure toujours oubliée derrière ces portes closes dont j'ai fait réparer les panneaux que les vers avaient attaqués.

En ce temps-là, allant naturellement au plus pressé, je m'intéressai d'abord aux organes de l'amour et de la génération, à leur description, et surtout à leur fonctionnement, qui était censé fournir du plaisir — aux hommes en tout cas.

Aussi éliminai-je d'office, à tort ou à raison, certains sujets de thèse proposés aux étudiants par la Faculté de médecine, dont l'éclectisme et l'ambition étaient impressionnants, mais qui ne me paraissaient point concerner mon affaire de façon suffisamment directe : « Si le sommeil favorise plutôt la conception des mâles ? » (1554), « Si le fœtus ressemble plus à la mère qu'au père ? » (1576), « Si la femme contribue comme l'homme à la génération ? » (1584), « Si les mâles sont le produit de la semence plus chaude ? » (1617), « Si les petites femmes sont plus fécondes que les grandes ? » (1631), « Si le dixième mois est le terme natal pour les héros ? » (1643), « Si la femme est un ouvrage imparfait de la nature ? » (1647), « Si les belles femmes sont plus fécondes ? » (1648), « Si les femmes qui accouchent d'un garçon sont plus fécondes ? » (1683), « Si les femmes qui ont la matrice froide sont fécondes ? » (1695), « Si, dans la conception, la semence de l'homme se mêle avec le sang de la femme ? » (1713), « Si, plus une femme est lascive, plus elle est féconde ? » (1720), « Si le fœtus est le produit de la semence des deux sexes ? » (1763)...

Je feuilletai plutôt un essai de 1686, qui regorgeait de citations, le *Tableau de l'amour considéré dans l'état du mariage*, dû au célèbre docteur Venette, élève de Guy Patin. Venette ouvrait en ces termes un exposé qui a été traduit en de multiples langues et constamment réédité jusqu'à aujourd'hui : « Dieu a créé avec un soin particulier les parties qui doivent servir à la génération de l'homme. A voir leur assemblage, leur proportion, leur figure et leur action ; à considérer les esprits qui y sont portés, les chatouillements et les plaisirs que l'on y ressent, l'âme qui y réside, puisque c'est par là qu'elle sort pour se communiquer, il n'y a point d'homme qui ne les admire et n'y doive faire de particulières réflexions. » A première vue, on entrait dans le concret.

Et de fait, la verge — que les Latins nommaient entre autres *phallus, pénis, hasta, cauda, mentulum, priapus, membrum virile,* etc. — était présentée par le bon docteur Venette sous les plus séduisantes couleurs : une femme qui lorgne un organe mâle « par le défaut de quelques replis, sent son cœur échauffé au même instant par une passion de laquelle elle ne peut se défendre qu'avec peine », et Aristote disait déjà que le cœur généreux et cette noble verge offraient en commun l'exemple de « deux sortes d'animaux qui se remuent d'eux-mêmes ». Une telle définition, et sous une telle autorité, faisait rêver.

Rien d'étonnant, par conséquent, à ce que le sperme qui jaillit de la verge fût pour Pythagore « l'écume de notre meilleur sang », pour Platon, « le doux écoulement de la moelle de l'épine dorsale », pour Alcméon, « la plus pure et la plus délicate partie du cerveau », pour Démocrite, « une substance où s'exprime tout notre corps », pour Epicure, une manière « d'élixir, d'extrait ou d'abrégé de notre âme et de notre corps », pour Hippocrate et pour Galien, un esprit vital qui descend du cerveau pour se mêler à nos plus subtiles humeurs.

Hoffmann écrivait en 1740 : « On comprend aisément le rapport étroit qui existe entre le cerveau et les testicules, puisque ces deux organes séparent du sang la lymphe la plus subtile et la plus exquise, qui est destinée à donner la force et le mouvement aux parties, et à servir même aux fonctions de l'âme et du corps. » Tissot, lui, encore un moderne, nous entretenait de « l'huile essentielle des liqueurs animales, ou plus exactement, peut-être, d'esprit recteur dont la dissipation laisse les autres humeurs faibles et en quelque façon éventées ». Il y avait dans ce « peut-être » une modestie inhabituelle chez un médecin. En tout cas, Tissot se rencontrait tardivement avec Galien, pour qui « un coït trop fréquent énerve puisqu'il prive le corps de ce qu'il a de plus pur ». C'est pourquoi les Romains avaient coutume d'enfiler des anneaux dans le prépuce de leurs esclaves pour les garder en bonne forme. Ce dont les Juifs se moquaient.

Quand on passait aux organes féminins externes, marqués par la plus plate discrétion, le ton se faisait moins noble et moins triomphal. Venette, qui ne se démarquait point là-dessus de bien d'autres confrères, concentrait son attention sur le clitoris, dont il soutenait : « C'est là que la nature a placé ces chatouillements excessifs, et qu'elle a établi le lieu de la lascivité des femmes. Car, dans l'action de l'amour, le clitoris se remplit d'esprits et se roidit ensuite comme la verge d'un homme : aussi en a-t-il les parties toutes semblables. On peut voir ses tuyaux, ses nerfs et ses muscles : il ne lui manque ni gland ni prépuce ; et s'il était troué par le bout, on dirait qu'il est tout semblable à un membre viril. » Et si ma chatte avait des cornes, on dirait un bœuf !

Je ferai ici, ma chère fille, une observation de quelque portée, qui vous donnera idée de l'incompétence satisfaite de ces pédants de médecins. Au cours de cette interminable nuit, je n'ai trouvé nulle part allusion précise au profond et vertigineux plaisir que certaines femmes sont susceptibles d'éprouver dans leurs rapports, et qui est bien différent des « chatouillements excessifs » et bien superficiels de Venette. Et à la veille de mes dix-neuf ans, induite ainsi en erreur, je me demandais, bien sûr, quel plaisir original l'homme pouvait apporter que la femme ne pût déjà connaître toute seule. Le mariage devenait même tout à fait superflu dans ces conditions, car si chaque femme a sa manière de se chatouiller à sa guise, elle ne peut compter sur personne pour lui rendre ce service avec une dextérité égale et satisfaisante.

Je n'insiste pas sur des dissertations, historiques ou actuelles, plutôt dignes de barbiers, sur le beau sujet de savoir si les femmes devaient ou non se faire épiler le gazon qui ombrage leur nature. Les uns regrettaient cette période, qui va du xve au xviie, où les honnêtes femmes étaient rasées de près aux étuves, alors que les courtisanes portaient leur poil avec une grivoise ostentation. En troussant la robe d'une dame, on distinguait alors d'un coup d'œil si elle était honnête ou non. Un passage de Brantôme, qui a tant illustré notre beau Périgord, montre bien que le problème était déjà crucial au xvie : « Les unes y ont le poil nullement frisé, mais si long et pendant que vous diriez que ce sont des moustaches de Sarrazin, et pourtant, n'en ostent jamais la toison et se plaisent à la porter telle... Aucunes, au contraire, se plaisent à la tenir et à la porter raz comme la barbe d'un prebstre. »

Lorsque ces messieurs traitaient des organes internes de la femme, leur verbe était plus sérieux. La matrice leur apparaissait comme une sorte de gros animal goulu, perpétuellement affamé de sperme. Le gendre de l'humaniste Jean Etienne, Liébault, qui écrivait à la fin du xvie, déclarait : « La matrice est si cupide de semence virile, la désire tant et prend si grande délectation à l'attirer, succer et retenir, qu'elle n'a jamais trop grande quantité de matière à son goût. » Et le fameux anatomiste Du Laurens, premier médecin d'Henri IV et de Marie de Médicis, de se permettre cette saisissante image : « Elle attire la semence virile comme le cerf, par l'inspiration de ses nazeaux, tire les serpens du profond de leur trou. » Du Laurens savait bien que le don d'observation est la première qualité du médecin. Mais pour la matrice avisée, le sperme n'était qu'un moyen : c'était la passion de procréer qui lui donnait cet insatiable appétit. Je n'avais jamais rien ressenti de pareil.

Bien que les planches anatomiques ne montrassent point les parties féminines ou masculines en état d'émotion ou de turgescence, et bien qu'on omît de préciser ce qui est connu de tous, je finis par me faire, à force de recoupements, une notion à peu près exacte de ce que pouvait bien être un rapport sexuel dans le « vaisseau ordinaire », conclu par l'émission de la semence virile, à ceci près que je ne découvris rien de net sur la durée possible ou souhaitable de la conjonction, les répétitions dont les hommes étaient capables, ni sur les dimensions tenues pour normales d'une verge roide et bien découplée.

Qu'on accusât la chose d'une éventuelle mollesse, d'un excès de brièveté ou de longueur, ne renseignait pas sur le diamètre, encore moins sur la nature du ou des vaisseaux extraordinaires qui étaient sous-entendus. Et la quantité de semence répandue dans la matrice à chaque rapport était également laissée dans l'ombre.

J'étais en tout cas frappée pour la première fois par ce fait que, chez l'homme, le même conduit sert à l'émission du sperme et de l'urine, ce qui me semblait une solution indigente et inquiétante, alors que chez la femme, plus perfectionnée sur ce point, l'urine a son canal exclusif. Pour ce que j'en savais, il y avait risque qu'un homme distrait ou trop ému se trompât d'émission ou qu'un gaillard facétieux fît semblant de se tromper ou opérât des mélanges déplorables. Un auteur marginal signalait bien que certains hommes émettaient par deux conduits différents, le conduit urinaire débouchant alors à la face inférieure de la verge, mais cette constitution plutôt rassurante était tenue pour bizarre[1].

Etudier le sexe de façon désordonnée et autodidacte suscite des craintes excessives ou déplacées, et j'avais le sentiment que c'était courir un gros risque que d'épouser chat en poche, sans aucune notion de l'anatomie particulière du prétendant ni de ses capacités. Quel remède en cas de mauvaise surprise ?

En revanche, la Faculté était intarissable sur la nature d'un plaisir que l'on s'efforçait de décrire comme partagé, mais les nombreuses hypothèses étaient échafaudées dans un tel

1. Sainte-Beuve sera affligé de cette anomalie, qui donne à rire aux prostituées, et même aux femmes du monde.

jargon que l'obscurité sortait renforcée de l'épreuve. Il eût d'ailleurs été injuste de le reprocher trop vivement à ces bavards, car si les vocabulaires intellectuels et sentimentaux sont d'une extrême richesse, celui des sens est fort bref et débouche vite, par suite de son impuissance, sur des comparaisons qui ne sont pas raison.

Lacune plus grave, et dont je ne pouvais avoir conscience à l'époque, personne ne signalait que le plaisir des femmes est d'essence infiniment variable et exige pour se manifester toutes sortes de conditions de lieu, de temps et de sentiment, qui diffèrent avec les sujets, alors que la jouissance de l'homme est beaucoup plus indépendante des circonstances. Criante mais irrémédiable injustice : l'homme qui s'engage dans les liens du mariage sait qu'il jouira ; la femme ne peut être sûre de rien.

Mais ce plaisir féminin si mal connu, si suspect même à tant de pisse-froid, ce plaisir masculin si incontestable, qui était automatiquement lié au gonflement de la verge par des « esprits », des « vents », voire par un coup de sang, ces deux plaisirs conjugués mais sans étroite correspondance, n'étaient au fond que des pièges tendus à ses instruments humains par une Providence passionnée de reproduction.

Sans l'attrait du plaisir, écrivait Du Laurens, « qui est-ce, je vous prie, celui qui voudrait s'adonner à chose si vilaine et si sale qu'est le coït ? Avec quel visage, cet animal plein de conseil et de raison que nous appelons Homme manierait-il les parties honteuses de la femme, souillées de tant d'ordures, qui pour leur saleté ont esté mises au plus bas lieu, comme en l'esgout ou sentine de tout le corps ? Qui est la femme qui se voudrait livrer aux embrassements de l'homme, veu que la grossesse de neuf mois est si laborieuse, l'accouchement accompagné de si cruelles douleurs, et la nourriture de l'enfant si pleine de chagrin et de soucy ? » Le grand Ambroise Paré, bien avant lui, avait tenu pour répugnant « le conduit du champ de nature humaine et les immondices qui passent par iceluy, et ses voisins, le boyau cullier et la vessie ». Et pour avoir droit à de si glorieux rapprochements, les filles devaient commencer par connaître la douleur de la défloration !

Même en faisant la part de l'exagération rhétorique, cette vision pessimiste et dégradante, qui avait pour elle l'autorité des siècles et de la science, m'a vivement impressionnée par un fond de vérité qui résistait à la critique. En effet, l'attrait seul du plaisir commandait une gymnastique dont se seraient autrement détournés les gens de goût avec horreur. Il n'était pas surprenant que tant d'hommes, le premier feu passé, le premier aveuglement dissipé, se détournassent d'un endroit si peu engageant pour des esprits rassis.

Mais ce qui était valable pour l'homme l'était à bien plus forte raison pour la femme dès que son plaisir était douteux ou nul ! Il devait être alors parfaitement insupportable de se livrer aux assauts d'un animal lubrique, qui ferait bientôt le dégoûté.

A la réflexion, le bougre était peut-être un animal plus délicat que les autres, et dont le mérite était encore plus grand de se commettre parfois avec le sexe faible. Dans un mariage de convenances, ce manque d'appétit était plutôt engageant.

Si d'autre part j'étais amenée à épouser sans inclination, n'étais-je pas en droit de refuser sournoisement les enfants que mon mari aurait pu désirer : les souffrances et les dangers de la grossesse et de l'accouchement ont pour contrepartie le plaisir et le sentiment. En leur absence, il va de soi que la génération est une mauvaise affaire.

Je parcourus donc attentivement les chapitres consacrés à la stérilité et à la fécondité, qui étaient, hélas, copieusement embrouillés.

Paré déclarait que les verges qui se contractent dans l'eau froide sont stériles, mais je n'allais pas passer mon temps à asperger d'eau froide la queue de mon Minet. Les autres discutaient sur la fécondité des verges trop courtes, trop longues, trop grosses ou tordues. Venette, qui citait le cas d'un membre si long que son propriétaire était en état de le flairer, assurait que de tels organes ne sont pas forcément inefficaces. Cependant, tout le monde s'accordait sur ce fait que stérilité et fécondité étaient surtout du ressort de la femme, dont les organes cachés et complexes décourageaient malheureusement l'établissement d'une science exacte.

Pour en apprendre davantage sur mes chances d'échapper au pire, je devais étudier le système de la génération. Mais je constatai bientôt qu'il y en avait plusieurs, que les avis divergeaient fortement, et que d'ailleurs, là encore, l'unique souci des chercheurs était de favoriser les grossesses plutôt que de les espacer. L'idée qu'une femme pouvait avoir de légitimes motifs de ne pas concevoir n'était venue à l'esprit de personne. C'est seulement en 1798 que Malthus, économiste et non pas médecin, a publié son *Essai sur le principe de population*.

Les théories des anciens ayant été discréditées aux yeux de la plupart des chercheurs, les théories récentes, qui se disputaient le marché depuis la fin du siècle précédent, étaient en gros celle de l'œuf, inaugurée par le Hollandais Reinier de Graaf, et celle des animalcules, que le microscope avait enfin permis de mettre en évidence.

De Graaf, dans son *Nouveau traité des organes génitaux de la femme*, avait déclaré dès 1672 : « Je prétends que tous les animaux, et l'homme même, tirent leur origine d'un œuf, non pas d'un œuf formé dans la matrice par la semence, au sentiment d'Aristote, ou par la vertu séminale, suivant Harvey, mais d'un œuf qui existe avant le coït dans les testicules des femelles. » Organes que de Graaf propose d'appeler « ovaires ». Quant aux animalcules, il s'agissait d'une sorte de petits têtards qui s'agitaient frénétiquement dans le sperme des individus en âge de procréer, et que l'on mettait à toutes les sauces.

Depuis l'origine de ces découvertes, la vogue de l'ovisme ou de l'animalculisme, avec des hauts et des bas, ne s'était pas démentie, et Buffon, Boerhaave, Astruc [1], La Mettrie, Haller, Voltaire et tant d'autres, avaient mis leur grain de sel dans l'œuf originel ou sur la queue des têtards, que tous les hommes de qualité avaient brûlé de voir de plus près au prix d'un onanisme couvert pour une fois par le manteau complaisant de la science.

Il en était résulté une débauche d'hypothèses, de la plus séduisante à la plus pittoresque, afin d'établir un système viable qui combinât le fonctionnement supposé des ovaires avec celui de la trompe utérine de l'Italien Fallope, le rôle des têtards et des menstrues devant être également précisé.

La grande *Encyclopédie* subversive de Diderot, dont la publication avait été soutenue par l'inconscient Malesherbes quand il était à la Librairie, donnait acte de cette confusion avec un prudent scepticisme. Et Voltaire avait amusé les salons en suggérant que la femme était « une poule blanche en Europe et une poule noire en Afrique ». A l'instant où je vous écris, vu l'extrême difficulté de l'expérimentation, on n'en sait pas plus qu'en 1788.

Comme je me doutais bien qu'on ne gagne pas à tout coup à la roulette de l'amour, je m'ingéniai à tirer de ce fatras contradictoire une indication qui m'apportât quelque lumière sur le point de savoir si chaque jour du cycle menstruel est également fécond. Mais aucun des savants discoureurs ne s'était apparemment préoccupé du problème, qui eût pourtant été susceptible d'une étude claire et pratique. Soit un millier de couples, chacun n'ayant droit qu'à un rapport par cycle, un pointage élémentaire est de nature à fixer les idées.

---

1. Note de l'auteur : Astruc, médecin réputé de la Cour de Louis XV, est apparenté à ma femme. Je ne suis pas peu fier d'être parent par alliance d'un Juif à talons rouges.

Si le sultan de Stamboul n'était pas un abruti, il pourrait pointer à lui tout seul au lieu de se répandre en galipettes irresponsables.

En somme, ma sûreté ne pouvait être assurée que par des tricheries qui réclamaient la collaboration d'un époux : l'antique retrait d'Onan, dispersant aux quatre vents une semence qui aurait dû engrosser la veuve de son frère, ou bien le condom, si répandu dans les ouvrages galants, ce sac en caecum de mouton dont l'homme garnit sa verge pour que l'émission y demeure prisonnière.

Toutefois, même dans le cas d'un mari assez complaisant pour se gêner, un nouveau risque se levait à l'horizon. J'avais noté, chez Sade, que certains fantaisistes aimaient à faire leur affaire dans la bouche ou dans le derrière des femmes plutôt qu'ailleurs. Or, dès que le rapport sexuel n'est plus gouverné par le respect formel des lois de la génération, le plaisir devenant à lui seul et à lui-même sa propre loi, il est évident que tous les vases se valent qui donnent un identique plaisir. Et ce serait faire injure grave à une épouse que de soutenir contre toute logique que sa bouche ou son derrière ne valent pas une peau de mouton. On se brouillerait à moins. Les choses du sexe étaient vraiment bourrées de chausse-trappes.

Le fait, ma chère enfant, vous paraîtra peu croyable, mais je persistais malgré tout à ne pas bien saisir comment les hommes pouvaient se débrouiller pour trouver du plaisir entre eux. Innocence invincible, surabondance ou défaut de matières, approche trop précipitée d'une science au vocabulaire nouveau et déroutant, fatigue d'une nuit blanche, tout avait dû se conjuguer pour prolonger mes hésitations. Mais cette vicieuse pratique ne vous est à présent que trop connue, et par les désirs déréglés d'un mari qui avait perdu la tête, et par les fatales conséquences d'un esclavage qui a toujours favorisé ce genre de rapports. Arraché à sa profonde forêt africaine où il lisait Rousseau pour mieux se pénétrer de sa situation paradisiaque, le nègre des Antilles, soucieux de faire plaisir à ses maîtres ou à ses amis, entre vite à l'école de Platon ou d'Alcibiade. Transplanter un grand enfant pour le mettre au travail, c'est le pervertir.

Un jour gris avait filtré dans la bibliothèque à travers les volets clos, et j'avais porté au comble mon dégoût et mes appréhensions en feuilletant des ouvrages où l'obstétrique apparaissait comme une abominable boucherie.

De surcroît, s'il fallait faire confiance à Voltaire — mais il ne faisait là que refléter l'opinion générale —, les risques étaient incommensurables d'accoucher d'un petit monstre : « Cette imagination passive des cerveaux faciles à ébranler fait quelque fois passer dans les enfants des marques évidentes de l'impression qu'une mère a reçue. Les exemples en sont innombrables ; et celui qui écrit cet article en a vu de si frappans qu'il démentirait ses yeux s'il en doutait. » Ce pourquoi Andry de Boisregard, élu doyen de la Faculté de Paris en 1724, presse en 1741 les autorités de chasser des alentours des églises les estropiés qui s'y donnent en spectacle aux femmes enceintes. Ne suffit-il pas à une femme grosse de voir un épileptique pour que le fœtus contracte le haut mal ? Et si elle fréquente les crucifix de trop près, l'enfant naîtra avec les jambes brisées. De là aussi les nouveau-nés à tête de moule ou de grenouille...

Mes yeux tombaient de sommeil. Replaçant les ouvrages empruntés sur les rayons ou dans le compartiment condamné, je sursautai : ce curieux instrument de sœur Ursule, qui m'était sorti de l'esprit, je venais enfin de saisir quel en avait été l'usage ! C'est bien à lui que s'appliquait ce terme de godemiché qui n'avait évoqué rien de précis à mes yeux au fil de mes consultations. Je comprenais mieux l'ennui de la Mère supérieure et tous les tracas qui s'étaient ensuivis pour moi. Allant au lit, je me dis que, vu l'attachement de ma malheureuse amie au substitut qu'elle m'avait honteusement légué *in extremis*, la réception du sperme ne devait pas ajouter grand-chose au plaisir de la femme. Mais bien plus tard, peu après Thermidor, on devait me montrer, dans le cabinet de curiosités d'un honnête homme qui avait réussi à survivre malgré ses mérites, un godemiché perfectionné capable de distribuer du lait tiède par saccades afin de parfaire la rêveuse illusion. L'ingéniosité des femmes à se passer d'un sexe trop décevant est étonnante : ce lait qui conforte la fragile existence du nourrisson participe encore à leur secrète jouissance !

Epuisée de science d'emprunt et d'inquiétudes bien réelles, je m'endormis comme une masse, et me réveillai brusquement, après quelques heures de sommeil, dans un état d'esprit qui me parut d'une lucidité merveilleuse, un peu comme Descartes, lorsqu'il eut soudain, dans son « poêle » de Hollande, l'illumination qui devait commander toute sa méthode. Notre intellect continue de travailler durant le sommeil, et avec une liberté qui lui fait découvrir des évidences cachées. Activité qu'il ne faut point confondre avec le rêve, si cher aux charlatans, qui n'est qu'une déjection du cerveau, lequel produit des images désordonnées et sans signification comme la vessie fait de l'urine. Mais l'illumination de Descartes fut courte, car, en dehors de ses trouvailles algébriques, il a écrit beaucoup de choses des plus douteuses. Je ne doutais point que la mienne fût de meilleure qualité.

En un mot, me rendant bien compte que beaucoup des éléments de connaissance que j'avais hâtivement effleurés dans la bibliothèque étaient sujets à caution, je pris la grande décision, que je priai le Ciel de rendre inébranlable, d'assumer désormais sans faiblesse toute la liberté dont il m'avait confié l'usage. Ce n'était à personne d'autre qu'à moi-même de disposer des deux biens qui m'étaient le plus précieux : une âme de bonne volonté et un corps intact. Ni père, ni roi, ni pape n'avait le droit d'attenter à ma propriété au nom de principes mal assurés ou par le jeu complice de désordres qui en faisaient bon marché.

Ce mardi-là, vers dix heures du matin, j'allai rendre visite à mon vieux curé, qui jardinait à l'ombre de son clocher branlant. Cet homme fort estimable, devenu chaste avec le poids des ans, m'avait donné mes premières leçons de grammaire et de latin, entremêlées de cours de catéchisme, et il me portait une affection d'autant plus sincère qu'après avoir enterré un si grand nombre de mes frères ou sœurs, il en était venu à tenir ma vie pour un miracle.

Dès qu'il m'eut introduite au presbytère, il me félicita de mes proches fiançailles avec une joie sans mélange : non seulement un radieux avenir s'ouvrait devant mes pas, mais encore mon mari ne manquerait point de consolider les bâtiments lézardés de l'église et de la cure que le seigneur comte de Caussenac avait laissés depuis longtemps à un sort incertain.

Je lui dis qu'ayant une grave déclaration à lui faire, je désirais justement lui parler à l'église, en présence de Dieu, de façon que notre entretien fût conforme à la vérité d'en haut plutôt qu'à celle de cette terre.

Surpris et inquiet, voyant déjà les lézardes s'agrandir, mon curé me pria néanmoins de le suivre, et nous nous assîmes tout près du chœur, sur le banc réservé au seigneur et à sa famille.

Après un instant de recueillement, je fis le récit de mes malheurs et de mes alarmes, ajoutant que je n'étais pas disposée à contracter un mariage de ce genre. Un saint prêtre, qui inspirait à mon père la plus grande estime et la plus belle confiance, pourrait sans doute le raisonner, le rappeler à la décence, et lui faire abandonner ce projet insoutenable.

Le saint prêtre était partagé entre une sincère tristesse et un embarras non moins sincère. Des remontrances n'auraient d'autre effet que de rendre mon père plus irascible encore. Autant arracher un os à un tigre !

D'ailleurs, à y regarder de plus près, le projet était-il si insoutenable ? La théologie morale était là pour nuancer notre jugement.

« La bougrerie, me dit-il, est un péché comme un autre. Tous nos péchés, les miens, les tiens, ceux de ce Chasseneuil, n'ont-ils pas crucifié Jésus-Christ avec les mêmes clous, ne l'ont-ils pas coiffé de la même couronne d'épines ? Certes, nos fautes sont loin d'avoir une identique portée sociale. Mais tout pécheur peut se corriger. Si le baron de Chasseneuil décide de fonder une famille, de quel droit mettrions-nous en doute l'honnêteté de ses intentions, et même, la grâce aidant, ses capacités à faire un mari convenable ? Ce serait pour toi, mon enfant, une noble tâche que de lui inspirer sans retour le goût des femmes par tes charmes pudiques et tes solides vertus. J'ai vu des hommes entrer en bougrerie sur le tard, d'autres en sortir prématurément. L'Esprit souffle où il veut. »

Comme je l'entretenais d'amour et de liberté, il poussa un profond soupir et me fit ces observations de bon sens :

« Le mariage est un contrat, qui implique l'exécution de certains devoirs spécifiques, et il y a toujours assez d'amour lorsque ces devoirs sont exactement remplis. Dieu nous juge d'abord sur nos actes. Etant entendu que l'amour est d'autant plus souhaitable qu'il nous aide à marcher droit. Mais il y a tant de sortes d'amours terrestres légitimes sous le voile de la plus active charité ! Le respect, l'amitié, une réciproque confiance, des épreuves partagées d'un même cœur, voilà encore de l'amour, et ces honorables sentiments remplacent bientôt, dans la plupart des mariages, cet amour dont on bavarde si bien dans les romans. On peut donc commencer par là sans grand inconvénient.

« Quant à la liberté de choix, qui est en effet indispensable à la validité du contrat, il faut distinguer entre la liberté absolue, celle des mauvais anges avant la chute, bien rare en ce bas monde, sinon impossible, et qui pourrait d'ailleurs être aussi bien contrariée par une passion maladive pour un objet trop aimable que par un père autoritaire et sans entrailles, et la liberté relative — mais théologiquement suffisante — qui consiste à se décider de bonne foi pour une union qui, tout bien pesé, paraît, à tort ou à raison, acceptable. La plupart des mariages se consomment de la sorte et la sagesse, faute de mieux, invite à s'en contenter.

« Regarde la situation en face, Eudoxie, et surtout, ôte-toi de la tête que je ne songe qu'à sauver mon clocher ! Devant Dieu qui nous voit et nous entend, je ne pense qu'à ton véritable intérêt, spirituel et matériel.

« Ton père est à la veille d'être saisi, et il ne peut t'offrir le mariage parfaitement assorti qu'il avait rêvé pour toi. Si tu t'obstines à le désespérer, il te fera de nouveau enfermer dans un cloître, non pas à titre de noble pensionnaire, non pas à titre de religieuse dotée, mais, par la force des choses, comme simple sœur converse, vouée aux tâches serviles les plus rebutantes. Tu ne seras majeure qu'à vingt-cinq ans. Quel avenir aurais-tu alors devant toi ? Caussenac vendu aux enchères au plus offrant, ton père ruiné ou mort de chagrin, où irais-tu, que ferais-tu et avec quels moyens ? Tu serais encore bien contente de rester dans ton cloître, jusqu'à ce que mort s'ensuive, à peler des racines et à frotter les parquets.

« Ah certes, il n'est pas exclu que Dieu, qui a autant que toi le souci de ta dignité, t'appelle à ce martyre, si contraire à ta nature et à tes ambitions, pour te sacrifier sur l'autel de la transcendante liberté matrimoniale. Mais j'en doute. Une telle épreuve, tes épaules ne sont pas assez fortes pour l'endurer. Le martyre du mariage est quand même plus doux et a des chances de durer moins longtemps.

« Montre-toi donc raisonnable. Tu n'as rien à redouter de ce Chasseneuil. Quand ces gens-là se marient, ce n'est pas, je te prie de le croire, pour assouvir avec leur femme des penchants déshonnêtes qu'il leur est si facile d'assouvir ailleurs. Fais confiance à Dieu, qui veille sur toi, et aux hommes qui ne sont pas si mauvais quand on sait les prendre. »

Le sermon était certes à méditer. J'avais le sentiment d'être prise au piège.

Nous regagnâmes le presbytère, où mon curé me proposa les restes de son déjeuner matinal. Il se doutait bien que le régime du château était devenu sévère, et avec sa portion congrue, son casuel, son jardin et les prévenances de ses ouailles, il avait toujours de quoi offrir à manger à un passant.

L'appétit coupé, je lui demandai plutôt de quoi écrire, et je traçai ces lignes, sous le grand crucifix qui surmontait la cheminée :

« Ce 1er avril 1788, je soussignée Eudoxie de Caussenac, affirme par la présente, Monsieur Armand Bénard, curé de Caussenac, étant témoin, que je ne me résous à épouser Monsieur Minet, autrement dit baron de Chasseneuil, que sous la menace d'un père dénaturé, qui me donne le choix entre cette union et l'internement dans un cloître où je ferais fonction de fille de service, état que je ne saurais supporter longtemps sans périr ou devenir folle, vu la noblesse de ma naissance et de mes aspirations. L'Eglise romaine étant aujourd'hui totalement impuissante à garantir la liberté de mon choix, sans laquelle le mariage est nul, je fais dès à présent cette déclaration pour valoir ce que de droit dans un procès d'annulation en Cour de Rome, dès que j'aurai la liberté de l'intenter. »

Au cours d'une conversation au château avec des étrangers de passage, j'avais en effet ouï dire d'une telle déclaration, que toute femme prudente devrait rédiger à temps et faire garder en réserve par un témoin de confiance, dans l'éventualité où son mari la décevrait. Effectivement, la Rote ne saurait annuler un mariage que sur pièces ou preuves irréfutables, et le défaut de consentement, cas d'annulation le plus ordinaire, n'en doit pas moins être démontré. Un texte de ce genre facilite grandement la tâche des avocats de la plaignante et emporte le morceau si l'enquête d'usage ne parvient pas à convaincre.

Je vous livre là, ma chère fille, un modèle dont vous pourrez faire un jour votre profit si vous vous remariez. Mais il est encore plus indispensable aux jeunes filles qu'aux veuves. La veuve a quelque expérience et quelque discernement. La jeune fille étant privée de toute information, l'ignorance où on la tient lui ouvre un droit moral incontestable à l'expédient. Toutefois il ne faut pas en abuser, sous peine de donner l'éveil à une Eglise plus que méfiante, qui ne souffre la liberté des femmes que lorsqu'elle est rare et de peu d'éclat.

Je confiai la pièce à Monsieur Bénard avec ces paroles :

« Vous estimez, en toute bonne foi, que la contrainte dont je suis accablée, et dont vous m'avez vous-même dépeint l'horreur en termes saisissants, est excusable et supportable. Je suis d'un avis contraire, et comme c'est moi qui me marie, c'est mon avis qui importe. Vous remarquerez que je n'ai pas même fait allusion aux mérites du prétendant. Cela aurait laissé croire que je l'aurais peut-être épousé s'ils n'avaient pas été aussi minces. Mais là n'est pas la question. Il suffit que je n'aime point ce Monsieur et que la menace soit grave et évidente pour que le droit à nullité soit fondé. Je compte sur vous pour conserver ce papier jusqu'à ce que j'en aie besoin, et même pour témoigner ce jour-là de la violence qui m'a été faite. Je compte également que vous mettrez sans faute votre successeur au courant, le cas échéant. »

Bénard était loin d'être enchanté de ce tour. Si ses bâtiments avaient désormais une bonne chance d'être restaurés, l'idée de l'exaspération de mon père quand le dépôt sortirait de l'ombre le faisait trembler d'avance.

Il est cependant peu fréquent qu'un homme soit entièrement méprisable. Lors de la Révolution, un grand nombre d'évêques et de prêtres, pour s'épargner quelques ennuis, conserver des prébendes ou une vie douillette, transigeront fort bien avec leur conscience et il est regrettable pour la réputation de l'Eglise que le nombre des prêtres réfractaires n'ait pas été plus élevé. Mais chez les pires gredins de la bande, un reste d'honneur subsistait dans quelques cas précis.

J'ai été surprise de constater, par exemple, que sur toute la masse des défroqués qui ont poussé au pire et y ont tenu une si grande place, aucun, à ma connaissance du moins, n'a abusé du secret des confessions qu'il avait pu recueillir autrefois pour exercer chantage fructueux ou vengeance particulière. L'ardent Conventionnel que j'ai épousé était de cette trempe paradoxale, et je l'ai vu épargner une pénitente parce que les accusations qu'il aurait pu soulever contre elle étaient, m'a-t-il confié un soir sur l'oreiller, dans un certain rapport avec un sacrement de pénitence qui le faisait pourtant ricaner.

Comme je pressais malgré tout mon curé de me jurer sur les Evangiles qu'il se conformerait à mon désir, il me répondit tristement que ce n'était pas la peine, car la confiance dont je l'honorais touchait à l'exercice de son ministère.

S'étant refusé à prêter le serment constitutionnel, Bénard, préférant la fuite au risque du martyre, a réussi à s'échapper, et il est mort à Pampelune alors que la Terreur battait son plein. Paix à ses cendres tièdes !

Au château, mon père avait engagé un surcroît de domestiques pour nettoyer et rafraîchir les lieux en vue de la fête du surlendemain. La chambre du prétendant, qui devait passer la nuit, avait naturellement fait l'objet de soins tout particuliers : des rois et de grands personnages y avaient dormi jadis, et notre Minet serait aux anges de leur succéder.

La chambre même de la tante Agathe, que Chasseneuil devait saluer poliment en passant, avait reçu un énergique coup de plumeau et les araignées avaient pris le large. Ma tante ne sortait plus de son domaine depuis nombre d'années, partageant ses heures entre sa chaise roulante et son lit à baldaquin, et j'avais eu coutume de monter lui faire la lecture, car ses yeux ne valaient guère mieux que ses oreilles, tributaires d'un étonnant cornet, dont l'efficacité devait être surtout morale. Son esprit demeurait pourtant assez vif, et elle avait bien connu les salons parisiens et la Cour dans la jeunesse de Louis XV.

Elle touchait une modeste pension du roi à la suite de la mort de son deuxième et dernier mari au Canada, en 1759, aux côtés de Montcalm, lors de cette première guerre d'Amérique dont notre noblesse s'était désintéressée, alors qu'il s'agissait de sauver des colons français catholiques de la griffe des colons anglais protestants. Et, avec un remarquable esprit de suite dans l'erreur, cette linotte de La Fayette en tête, nos messieurs étaient récemment accourus au secours des révoltés américains hérétiques aux prises avec des Anglais non moins hérétiques, dans l'espérance que l'humiliation du roi d'Angleterre ferait bientôt comprendre à Louis XVI que la royauté de droit divin avait fait son temps. Les peuples turbulents et les rois obtus ont les guerres qu'ils méritent. En attendant cette Révolution, dont l'indépendance des Etats-Unis devait donner le branle, la tante Agathe s'ennuyait ferme et, dans la crainte sénile de manquer, ne dépensant presque rien, entassait ses titres de pension sans consentir à prêter un sol au comte son frère, qui était son seul héritier. A l'occasion de mes fiançailles, elle avait pourtant lâché deux cents livres, un événement sans exemple dans la maison.

Après avoir été tirer ma révérence à mon père, j'étais allée la remercier la veille au soir, alors qu'elle digérait sa bouillie vespérale en compagnie de son chat asthmatique, et je l'avais retrouvée égale à elle-même, c'est-à-dire sceptique et volontiers caustique à la manière d'autrefois, appelant un chat un chat avec une liberté de grande dame, dénuée d'illusions comme de méchanceté, peu attachée à ce qui lui restait de vie, mais doutant que la mort fût une délivrance si, par hasard, un néant malencontreux l'empêchait de jouir de sa promotion.

Vers onze heures et demie, je fus de nouveau la visiter. Elle œuvrait nonchalamment à une bourse de tapisserie qu'elle devait offrir à mon père pour son prochain anniversaire, le choix du cadeau reflétant une inconscience croissante, ou, plus probablement, une malice toujours en éveil. Mais comme sa vue était basse, l'ouvrage tournait à la tapisserie de Pénélope. Par la fenêtre ouverte, on découvrait la jolie campagne des environs de Sarlat, qu'illuminait gaiement un soleil printanier.

Avec les sourds, il convient d'entrer au plus tôt dans le vif du sujet et de résumer sa pensée avec toute la clarté convenable, d'une voix forte et bien articulée. Anxieuse de m'instruire sur un dernier point, je me penchai donc vers le cornet et dis :

« Flattée de vous revoir, ma bien chère tante...

— Tu me flattes ? Que veux-tu en échange ?

— Vous qui avez été mariée deux fois, que pensez-vous du mariage ?

— Les femmes de notre condition doivent en passer par là, Eudoxie, pour prendre un amant sérieux qui les consolera des infidélités des autres. Mon amitié avec Monsieur de Senlisse, qui a duré vingt-deux ans, a été exemplaire. Le cher homme toussait toujours bruyamment avant de gratter à la porte de mon boudoir. A ce point que, lorsqu'il était enrhumé et toussait partout, je me faisais une pauvre opinion de ma vertu et cherchais quelqu'un sous un meuble. Ah, on savait vivre en ce temps-là !

— Mon père veut me marier à un homme qui n'aime pas les femmes.

— Alors il aime déjà la moitié de l'humanité, et c'est mieux que rien. Ne t'inquiète pas de ce détail. Après t'avoir fait un enfant, ce Chasseneuil te foutra une paix royale.

— Les bougres font par conséquent l'amour avec les femmes comme les autres hommes ?

— Bien entendu ! C'est même pour ça qu'ils épousent.

— Et entre eux, comment font-ils ?

— On ne te l'a pas dit au couvent ? Un peu comme en grammaire, il y a le mode actif et le mode passif, sans parler du mode alternatif, qui est une trouvaille de l'espèce Le bougre mâle pousse son vit dans le trou du cul du bougre femelle...

— Je ne risque rien de ce genre ?

— Que vas-tu chercher ? Le bougre bien conditionné a une sainte horreur du derrière féminin.

— Pourtant, tous les trous du cul se ressemblent, et faute de grives, on mange des merles.

— Ce n'est pas le trou du cul qui passionne le bougre, mais ce qu'il y a autour. Et chez la femme, ce qu'il y a autour ne lui plaît guère. En revanche, le mari ordinaire, lassé du vase habituel, peut se mettre en tête de varier ses assauts. C'est lui que les femmes trop sensibles doivent craindre... »

Ma tante avait hurlé comme à l'accoutumée et, juste en contrebas de la fenêtre, mon père et ses jardiniers n'avaient pas perdu une miette de la leçon. S'étant bientôt précipité, enfilant couloirs et escaliers au pas de charge, mon père fit soudain irruption dans la chambre. Les yeux lui sortaient de la tête, et il bégayait de fureur...

« Sortez, sortez, Eudoxie ! Comment osez-vous bouleverser ma pauvre sœur avec de tels propos ? N'avez-vous aucune pudeur ? »

Ma tante fit observer avec un calme bon sens :

« Qui parle de pudeur ? Qui prétend marier Eudoxie à un bougre qui n'a pas le moindre quartier vaillant ? Il ne faut pas craindre de nommer ce qu'on ne rougit point de faire. Vous êtes un hypocrite, Ferdinand, et je me demande si je ne vais pas vous rayer de mon testament pour vous apprendre à entrer sans gratter. »

La remarque fit sur mon père l'effet d'une douche froide et je m'empressai de laisser le frère et la sœur à leur tête-à-tête.

J'avais appris avec mille peines et de la façon la plus ridicule ce que le peuple sait de naissance, qui ne parle que d'aller se faire foutre. Le sens de l'expression m'était apparu ; derrière le mot, j'avais la chose, et je croyais enfin posséder un tableau complet de ma périlleuse situation. Mais ce tableau, je devais le mettre en ordre pour en tirer une leçon souhaitable, et je me sentais l'esprit perdu.

Je me réfugiai dans l'orangerie pour y méditer au calme un instant. Elle offrait un triste spectacle, qui était comme un résumé de Caussenac : le bâtiment, construit d'après les plans de Mansart, avait encore belle allure, mais beaucoup de vitres étaient brisées et nos orangers étaient morts quatre ans auparavant faute de chauffage.

Ma tante m'avait certes rassurée sur les désirs du baron de Chasseneuil, mais à la réflexion, je n'en étais pas trop satisfaite. Etant donné ma complète inexpérience, il me semblait encore plus humiliant pour une femme d'accorder à un homme qu'elle n'aimait pas un rapport naturel dans un endroit sensible que de tolérer un rapport excentrique dans un endroit qui l'était moins et qui présentait de surcroît l'avantage d'être sûrement stérile. Chose étrange, mon inexpérience rejoignait, dans sa logique, l'expérience des filles de joie, qui, ouvertes de toute part au commerce, réservent jalousement le baiser sur la bouche à leur amant de cœur. Qu'espérer cependant d'un mariage qui avait pris de telles allures de prostitution ? Souffrir chrétiennement un moindre mal de ce genre quand on ne peut l'empêcher, passe encore, mais le choisir ?! L'hypothèse était insupportable.

La cloche du dîner sonnait, qui était inflexiblement fixé à midi. De sa vie militaire, le comte avait gardé des manies d'exactitude et il attachait grande importance à l'harmonie des pendules.

Vous devinez, ma chère fille, que l'atmosphère de ce repas fut des plus contraintes. Ma belle-mère, qui avait eu des échos du scandale, fixait sombrement son assiette, mon père était encore congestionné du coup, et les domestiques de service, garçons ou filles, riaient sous cape. Le secret de l'école avait pris la clef des champs.

Ce fut comme une heureuse diversion lorsqu'un petit commissionnaire, qui venait de la part de la Mère supérieure des chanoinesses de Périgueux, entra dans la salle à manger pour remettre à ma belle-mère un mot et un paquet urgents, qu'on lui avait bien recommandé de délivrer en main propre.

Ma marâtre, dans le dernier étonnement, lut et relut *in petto* la courte lettre, nous la lut enfin à voix haute en louchant de mon côté avec suspicion :

« Je vous fais tenir en retour, Madame, l'objet dont Eudoxie, dans son innocence — dont j'ai eu par la suite maintes preuves —, se distrayait ingénument dans la chapelle de notre institution. Ce péché de curiosité n'est pas grave et, ne faisant pas commerce de ce genre d'article, je ne puis que vous le renvoyer avec mes compliments. Notre institution vous est toujours ouverte pour l'une de ces retraites qui élèvent l'âme, apaisent les sens et enrichissent l'esprit. »

La stupéfaction de mon père égalait celle de sa femme, mais elles ne connurent plus de bornes lorsque, le paquet ayant été ouvert malgré mes protestations, on découvrit le joli godemiché de sœur Ursule devant les domestiques au rabais qui faisaient cercle sans se gêner.

J'étais moi-même prodigieusement ennuyée, ne sachant quelle explication fournir. Je pris le parti de mentir le moins possible — ce sont là les mensonges les plus solides — et je déclarai qu'une religieuse, à la veille de partir pour la Chine, m'avait confié la chose en me priant de la faire disparaître, et que, surprise dans ma contemplation intriguée, j'avais mis ma belle-mère en cause sans songer à mal.

Outrée au plus haut degré, ma marâtre me remercia amèrement du cadeau, et, ne se contrôlant plus, elle se moqua cruellement d'une innocence qui avait amené une chaste fiancée à cacher sous son lit un soudard levé dans la paille.

Mon père — cri du cœur ! — avait beau répéter, eu égard aux domestiques : « Taisez-vous donc, mais, pour l'amour du Ciel, taisez-vous donc, Gertrude ! », ma belle-mère fournissait de nouveaux détails à ma confusion.

Je n'avais d'autre ressource que de raconter, avec un bel accent de vérité et une foule de détails, tout ce qui s'était passé à l'auberge de La Bachelerie, à ceci près que le soldat qui m'avait prêté son uniforme devenait un inconnu de passage, alléché par un pourboire.

Père et belle-mère ne savaient plus que croire, et les débordements de Monsieur de Chasseneuil, narrés dans ces conditions, leur étaient d'autant plus sensibles que j'aurais pu difficilement les inventer.

Nous en étions aux desserts, que notre cuisinier ivrogne et chapardeur avait mission de réussir en rognant sur le sucre et sur les épices, lorsque mon père, après avoir congédié la valetaille d'un geste, sortit d'une longue rumination pour déclarer :

« Grâce aux exploits d'Eudoxie, à la façon désordonnée dont elle gère une innocence infiniment précieuse, tous nos gens savent aujourd'hui que ma fille sort d'un couvent où circulent des ivoires obscènes pour épouser un sodomite qui court après les soldats à la veille de son mariage. Voilà le résultat de plusieurs mois de délicates négociations pour aboutir au difficile établissement d'une fille rebelle, qui n'a pas plus de dot que de prudence. Quel honteux désastre à l'issue de tant de soins !

« Ce Chasseneuil va interroger nos domestiques à feu

d'argent, comme il est d'usage en matière de mariage, et Dieu sait ce qu'ils vont pouvoir lui raconter, notamment le petit bougre que nous avons aux cuisines, car si par hasard les autres se montraient discrets sur la noire comédie de La Bachelerie, le giton, par l'effet d'un esprit confraternel, s'empresserait de vendre la mèche en riant. Si, accablé de ragots et percé à jour dans ses excès, Chasseneuil donne encore suite à notre affaire, nous pourrons mettre des cierges dans toutes les églises de la région. Ciel, quel ennui ! Que faire ? »

Ma belle-mère renchérit, m'accusant de tous les maux. Je pénétrai mieux, à l'entendre, toute la profondeur de son animosité, à laquelle l'apparition aberrante du godemiché claustral avait apporté une flamme supplémentaire, d'autant plus brûlante qu'elle était en rapport avec son âge incertain.

Autre motif de haine, qu'elle avait eu des années pour ressasser, mon père, qui avait le culte d'un patrimoine qu'il avait su si mal préserver, n'avait prévu pour sa femme qu'une rente médiocre, et la mort des jumeaux l'avait privée de tout espoir de mettre, une fois veuve, la main sur Caussenac. J'étais désormais naturelle héritière pour le principal, et si Chasseneuil se retirait par ma faute sans pouvoir être remplacé, ma belle-mère, après tant de déceptions, serait entraînée dans la ruine générale.

Ces deux débris, qui défendaient âprement leurs ultimes chances de *confort* — comme disent les Anglais — au prix de ma peau, m'inspiraient décidément une répulsion et un écœurement insurmontables.

Je suggérai d'une voix douce :

« Tout n'est peut-être pas perdu. Quand cet excellent Chasseneuil arrivera, avant que le moindre domestique ait pu lui faire confidence, je prendrai les devants, je le chambrerai avec grâce, je lui raconterai sur un ton badin, pour le distraire, avec toute l'innocence dont je suis encore capable, l'incident de la lettre et du paquet. Puis, mon homme étant de bonne humeur, je m'excuserai de la comédie que je lui ai jouée à La Bachelerie, ajoutant que j'en ai été bien punie lorsque, informée de ma présence par des tiers, il m'a joué lui-même la comédie avec un naturel et un esprit confondants. Il saura ainsi quoi dire au cas où un indiscret ferait allusion à cette scène pénible. »

Le visage de mon père s'éclaira de façon ignoble.

« Ah, voilà qui est des plus fins ! C'est la porte de sortie qu'il faut à ce goujat. Vous vous rachetez, Eudoxie. »

Oui, il existe des pères de cette espèce, qui prostitueraient leur fille pour garder leurs chiens de chasse. Mon Conventionnel de mari, entre deux missions sanglantes, m'a donné à lire un jour une lettre extraordinaire, saisie aux archives, où un noble de province vantait au roi Louis XV en termes émouvants et dans un style fleuri les charmes les plus cachés d'une fille virginale, suppliant le Prince de l'agréer en hommage courtois. Ces gens-là sont de toutes les époques et mon père aurait assurément préféré me pousser dans le lit de Louis XVI si l'humeur du souverain l'avait permis.

Je ne pus me retenir d'ajouter d'une voix forte, sans crainte d'être entendue par la maisonnée aux aguets :

« Oui, rassurez-vous tous deux ! Je sais ce que je dois à votre éducation et à vos bons exemples. Je ferai ma cour à ce bougre de baron ainsi que mon père le souhaite, je le roulerai dans la farine avec l'astuce d'un domestique consciencieux, et chaque fois qu'il me prendra pour un giton en dépit des prévisions optimistes de tante Agathe, j'aurai une pensée soumise pour le comte de Caussenac, le parangon des vieux maquereaux de la Dordogne.

« Mais les pères ont tant maudit des filles rebelles à leurs vœux immondes qu'il me sera bien permis de vous maudire tous deux à mon tour. Je prierai Dieu jusqu'à mon dernier souffle qu'il s'occupe de vous comme vous le méritez. »

Vous voyez, ma chère enfant, que je n'avais quand même pas perdu mon temps dans cette bibliothèque ou chez ma bonne tante Agathe au franc parler si savoureux. Mes yeux s'étaient ouverts et ma langue déliée.

Après un moment de stupeur, comme fou, mon père bondit sur ses jambes maigres et se précipita sur l'épée de Fontenoy qui était accrochée au mur en bonne place, afin de servir de prétexte au récit de la bataille, qu'il ne manquait pas de retracer en détail chaque fois que nous avions des invités choisis. Mettant la lame au clair, il s'agita un moment dans la salle, et l'on pouvait se demander s'il allait se la passer au travers du corps, percer une fille ingrate ou exterminer les témoins de son infortune.

Alors qu'il balançait encore, un domestique interloqué vint bredouiller que la couturière de Sarlat était arrivée avec ma robe de fiançailles, et je crus que mon père allait le saigner sur place. J'avais là une bonne raison de m'éclipser sans demander mon reste.

Cette robe était, bien sûr, aux antipodes de mes préoccupations, mais je devais l'essayer pour donner le change en attendant d'être tirée d'affaire d'une façon ou d'une autre.

Sarlat, comme bien d'autres villes de province, suivait la mode de Paris, et avec d'autant plus de conviction que cette cité périgourdine, avec ses juridictions civiles et criminelles et son commerce fort actif, était en ce temps-là l'émule de Périgueux. La Révolution ne s'est pas contentée de réduire à rien des places comme Lyon, Nantes ou Bordeaux, elle a plongé dans le sommeil et dans l'insignifiance, à force de ravager et de centraliser, nombre d'agglomérations importantes.

Exception faite des robes ordinaires ou des habits de Cour, qui suivaient leur train classique, nous avions alors connu comme fantaisies la « lévite », qu'avait portée la reine à sa première grossesse, transformée depuis en « quinzevine », mais aussi la « sultane », qui n'avait fait qu'un temps, la « polonaise », l' « anglaise » et la « turque », qui étaient toujours en faveur.

Ma belle-mère m'avait fait tailler une robe à la turque, bien serrée à la taille, toute bouffante aux hanches et au corsage, avec un turban à plumet. Les couleurs bigarrées en étaient chatoyantes à souhait. La vogue était alors, dans les robes journalières ou de fantaisie, aux formes lâches et abandonnées, qui mariaient le sens pratique de l'Angleterre aux langueurs de l'Orient. Mais certains chefs-d'œuvre de fausse simplicité faisaient perdre bien du temps aux coquettes. A la veille de la Révolution, le souci de paraître retenait élégants et élégantes de longues heures à leur toilette. La tourmente allait encore simplifier le costume et précipiter habillages et déshabillages.

Ce jour-là, notre couturière n'en finissait pas, et je me disais que cette turquerie était tout indiquée pour la sorte de harem où l'on prétendait me condamner. Si j'avais pu compter sur un sultan débonnaire, délicat et généreux, je lui eusse discrètement suggéré dès son arrivée à Caussenac : « Cher Monsieur, votre conduite à La Bachelerie me donne à croire que je ne suis pas celle qu'il vous faut, et je dois néanmoins vous épouser pour échapper à la prison. Vous m'avez mise dans une situation impossible. Epousez-moi donc, et nous ferons aussitôt annuler ce mariage. » Mais il était bien risqué de faire de sublimes propositions à un inconnu qui ne s'était pas présenté sous son meilleur jour. Mieux valait trancher dans le vif avant qu'il ne fût trop tard.

Tout à coup, à force d'être tripotée par cette femme aux relents d'alcôve, j'en ai eu assez et, abrégeant l'essayage sans me soucier des protestations de la couturière, je me sauvai avec ma robe de fiançailles sur le dos. Au fond, je n'avais jamais eu l'intention d'épouser Monsieur de Chasseneuil, et je l'avais de moins en moins.

Ma nourrice me dit que Jacques était aux champs, et je partis en petits souliers dans la direction indiquée. Heureusement, cet après-midi de printemps précoce était radieux. Un soleil éclatant l'avait emporté sur les nuages, les dernières averses avaient émaillé les talus de fleurettes, et de partout, montait une sève nouvelle qui allait au cœur.

Je traversai cette petite fraction de nos terres jouxtant le château où le servage avait été supprimé — là comme ailleurs — d'un trait de plume, une dizaine d'années auparavant, sous la pression de doctrinaires, par un jeunot de roi qui n'avait jamais vu un serf de sa vie. En 79, les îlots résiduels de servage étaient bien restreints dans le pays et ne concernaient que des populations qui voyaient dans ce statut plus d'avantages que d'inconvénients. Elles se fussent autrement rachetées depuis longtemps, la possibilité leur en étant offerte en permanence pour une somme modeste. Protégés de la sorte, nombre de serfs avaient acquis du bien — certains étaient même devenus propriétaires de serfs ! —, et cette forme de contrat, recherchée à l'origine pour des motifs de sécurité, avait fini par prendre des allures de privilège. Quand le roi avait décidé d'éliminer cet anachronisme, les serfs de la grande abbaye voisine avaient fait rédiger des suppliques de protestation par leurs avocats, et le père Cadouin, serf satisfait de son sort, avait protesté de son côté auprès de mon père, lequel n'avait pu que s'incliner devant une décision royale qui était plutôt à son crédit.

Si j'insiste sur le servage des Cadouin, c'est parce que la qualité de serf impliquait entre le serf et son maître un rapport contractuel de confiance et de protection quasi familial, qui devait donner à mes relations avec les Cadouin un tour particulier. Mais d'autre part la gent de lettres ayant inconsidérément avili l'institution, les serfs en étaient venus à souffrir, non pas du mépris, mais de la méprise dont ils étaient l'objet. J'ai eu depuis l'occasion de lire à ce sujet des contre-vérités absurdes, qui sont peu à peu devenues des lieux communs. La Révolution a jeté sur l'histoire un grand manteau de mensonges.

Chemin faisant, je revoyais les lieux où je m'étais promenée, où j'avais joué avec Jacques, étant enfant : la pièce d'eau où nous avions pêché des tanches, la truffière où nous avions pris des papillons, le bois où nous nous étions perdus, le pré où mon compagnon m'avait poussé la figure dans une bouse de vache sous prétexte de me faire admirer un scarabée de plus près... Dans l'ennui qui était le mien, ces souvenirs aigres-doux me semblaient remonter à une sorte de paradis terrestre que l'insouciance eût gouverné.

De temps à autre, je dépassais aussi une chaumière où mon père, s'il fallait en croire la rumeur, avait jadis semé quelque bâtard, entre la période des filles coûteuses et celle du repos du guerrier sur le sein rebondi de ma belle-mère. Le rétrécissement du champ de bataille était allé de pair avec celui des finances.

Je finis par tomber sur un groupe de paysans qui se reposaient des semailles de printemps à l'ombre d'un grand noyer en grignotant du pain et des oignons. Une fille me dit que Jacques était dans les fourrés à chercher des champignons, ce qui fit rire bêtement toute la compagnie. Ce n'était nullement, d'ailleurs, la saison des champignons : les premiers cèpes ne pointent le nez qu'en mai ou juin. Comme j'entrai dans ces fourrés, un garçon m'avertit de ne pas gâter ma belle robe, et ce furent de nouveaux rires.

Bientôt, c'est Jacques que j'entendis rire, une voix féminine faisant écho. Ce que j'avais à lui dire était si important et si urgent que, sans crainte de déranger, je pressai le pas. Et soudain, je vis mon frère de lait et une jeune paysanne si occupés dans un creux de terrain qu'ils n'avaient aucun sentiment de ma proche présence.

Il était poli d'attendre qu'ils en eussent fini pour me montrer, et je me retirai à quelque distance, jetant parfois un coup d'œil au travers d'un buisson pour juger avec impatience de l'avancement de la chose, qui n'en finissait plus. La complaisance de cette fille montrait bien, en tout cas, qu'ils n'en étaient pas à leur coup d'essai, et comme Jacques n'était rentré que depuis peu, de telles relations avaient dû précéder son départ pour le régiment d'Anjou. Mais le héros avait laissé son bel uniforme à la maison et disposé sa veste de gros drap sous les fesses de sa conquête.

J'avoue, ma chère enfant, avoir regardé plus qu'il n'était strictement nécessaire, afin de compléter, autant que faire se pouvait, des informations bien théoriques. Mon indiscrétion avait en outre cette bonne excuse que les acteurs de la scène qui se déroulait sous mes yeux appartenaient à un monde situé à cent lieues du mien, dont les mœurs n'étaient pas de nature à me concerner. J'aurais aussi bien observé des cerfs ou des chevreuils à l'époque du rut. Et n'éprouvant de ce fait aucune jalousie, mon cœur battait avec une froideur qui me rassurait sur l'honnêteté de mon étude.

Ce que je distinguais me semblait de toute façon d'une grossièreté qui l'emportait encore sur le ridicule, et j'étais tout étonnée de voir comment des visages normalement éveillés et aimables prenaient au cours de cette gymnastique suante et soupirante un aspect abruti et bestial.

Comme pour justifier mon impression, Jacques fit alors mettre la fille à quatre pattes, et ce gros derrière blanc et touffu qui attendait docilement son dû en se trémoussant me parut celui d'un gros animal des forêts qui s'esbaudissait et sacrifiait aux lois de l'espèce entre deux battues, alors que mugissait déjà au loin le son du cor et que mon père apprêtait sa dague...

Je rougis brusquement et me détournai : je venais de me rendre compte que je n'aurais pas été là si mes parents ne s'étaient conduits de la sorte. C'est toujours un choc pénible pour une adolescente sentimentale, éprise de beauté et d'harmonie, que de découvrir en un éclair de bon sens, au sortir des *Hommes illustres* de Plutarque ou des *Souffrances du jeune Werther*, que les brutalités haletantes du coït ne concernent pas seulement les bêtes et les rustres, mais que les rois et les évêques, les frères et les pères en font leur ordinaire sans sourciller. L'esprit, dans un premier temps, refuse subconsciemment d'admettre cette apparente déchéance de la nature humaine. Bien plus tard, lors d'un souper fin de terroristes au lendemain de l'exécution de Danton, je devais encore être choquée lorsque Collot d'Herbois m'affirma en riant que Goethe avait la passion de sodomiser les femmes. Nous avons du mal à faire cadrer la littérature avec les faits.

Déroutée, je battis donc en retraite le long d'un petit sentier et je m'assis sous un chêne rabougri pour attendre le passage de mon frère égaré.

Jacques ne tarda pas trop et, tandis que la fille aux joues bien roses et au regard brillant se sauvait après une légère révérence, il demeura devant moi, tout stupéfait et horriblement gêné, à vérifier d'un œil oblique si sa braguette ne portait point trace de son désordre.

« C'est ma fiancée », me dit-il piteusement, comme si la précision avait eu de quoi m'éclairer.

L'usage était fréquent, dans les campagnes, de consommer avant les noces, ne fût-ce que pour vérifier prudemment que l'élue n'était pas stérile. Dans la société d'alors, le puritanisme était réservé à une certaine bourgeoisie, celle qui allait pleurer aux comédies moralisantes de Diderot avant d'assassiner au nom de toutes les vertus et de tirer des troubles tous les profits possibles. Ces monstres de bourgeois sont aujourd'hui plus présents que jamais et il est à craindre qu'ils n'impriment à notre siècle les stigmates de l'argent et de l'ennui.

Je m'efforçai de mettre Jacques à son aise. Il m'avoua que, peu pressé de se marier, il s'était engagé afin de remettre la décision à plus tard, et qu'il n'avait pu refuser de faire plaisir en passant.

Coupant court à l'explication, je priai mon frère de s'asseoir à mon côté. Il me fit observer que je risquais d'abîmer le derrière de ma robe au contact de la mousse encore humide, et je lui répondis que cette robe turque avait déjà fait son temps, que je ne porterais ni robe de fiançailles ni robe de mariage avant d'avoir choisi mon mari moi-même. N'avais-je pas le droit d'espérer être heureuse une semaine ?

Cette audacieuse déclaration lui ôta visiblement un grand poids, mais lui inspira les plus vives inquiétudes quant à mon sort immédiat. Comment mon père frustré allait-il réagir ? Peu à peu, ses traits, que le rut à la sauvette avait épaissis et comme obscurcis, reprenaient leur sensibilité habituelle.

Je lui affirmai que je n'avais pas d'autre solution que la fuite, projet qui lui parut la dernière des folies. Partir pour quelle contrée ? En quel équipage ? Avec quel argent ? Pour vivre de quoi en fin de compte si je ne m'étais pas fait attraper en route ? Mineure, je n'avais aucun droit, l'échec de ma tentative me condamnerait à l'existence la plus misérable, sa réussite m'exposerait encore à tous les dangers de la solitude et de l'impécuniosité. De toute manière, on n'avait jamais vu, de mémoire d'homme, une jeune fille s'enfuir de son propre chef pour échapper à un mariage qui lui déplaisait. Les évasions de vierges avant les noces étaient toujours le fait d'un rapt, que la ravie fût ou non consentante.

Je le savais fort bien. Législation et jurisprudence étaient même surabondantes à ce sujet, et des plus sévères. Le mariage consommé dans ces conditions était réprimé par les lois — en dépit des timides réserves de l'Eglise dans le cas où le consentement de l'évadée n'aurait pas été contraint —, et la mort, dans la pire des hypothèses, menaçait celui ou celle qui avait monté l'affaire et incité l'autre à fauter. L'adage « il n'est si bon mariage qu'une corde ne rompe » courait les rues et les champs. Et la rigueur d'un Etat soumis aux pères abusifs se comprenait : combien de jeunes filles ne se seraient-elles pas enfuies avec le prétendant de leur cœur si une tranquille union avait pu couronner la tentative ?

Sans être au courant de toutes les finesses des robins, le peuple nourrissait une crainte salutaire de pareilles aventures, d'autant mieux connues qu'elles étaient assez fréquentes. Maints scandales de ce genre, qui avaient le plus souvent débouché sur une issue lamentable, avaient déjà éclaboussé notre noblesse périgourdine. Bafoué dans ses droits sacro-saints, le père le plus doux se transformait en bête féroce. Et mon père était déjà féroce au naturel...

Malgré tout, et Jacques était bien de cet avis, partir seule était un suicide, alors qu'une fille voyageant avec un compagnon avait quand même plus de chances de s'en tirer : un couple éveillait beaucoup moins de curiosité qu'une femme solitaire livrée au hasard des grands chemins.

Prenant acte du fait, je priai mon frère de m'accompagner. Ce n'était pas une fiancée, négligée si longtemps, qui aurait pu le retenir ?

Le garçon serait tombé s'il n'eut été assis. Une désertion l'exposerait déjà aux coups de la justice militaire, et un rapt pouvait le conduire à la potence. Etre arraché à sa terre sans espoir de retour pour se trouver mêlé gratis à une affaire aussi dangereuse, être passé par les baguettes ou pendu pour mes beaux yeux, c'était rien moins qu'engageant. Comment pouvais-je lui demander pareil sacrifice ?

Je lui fis valoir avec quelque détail que si nous préparions judicieusement notre fuite, si nous parvenions à prendre une avance suffisante sur nos éventuels poursuivants, nous pourrions par exemple être à Nantes pour nous embarquer vers les Amériques avant de courir le moindre risque. Que craindre d'autre part du roi ? La diffusion des signalements à travers la France pour le meilleur profit des maréchaussées ou des polices urbaines ne pouvait être que très lente, la signature des décrets de prise de corps exigeait également du temps, et la procédure des lettres de cachet dans l'intérêt des familles, à supposer que mon père renonçât à porter plainte pour rapt, n'en exigeait pas moins, vu la nécessaire et prudente enquête préalable.

Quant à l'arrestation immédiate par lettre de cachet politique, procédure des plus rares, l'obscurité de ma personne permettait de l'exclure.

Pour plus de sûreté, je revêtirais un habit d'homme. Et l'argent non plus ne faisait pas problème : puisque j'abandonnais mon héritage, j'étais moralement en droit de rafler au château tout l'or qui me tomberait sous la main, la cassette du comte devant être anormalement fournie en raison de la proche arrivée du prétendant et des fêtes subséquentes. « Je vois, dit Jacques avec un soupçon d'amertume, que tu as pensé à tout, comme si tu étais sûre que je te tiendrais compagnie. » Il n'avait pas tort.

Depuis le péché originel, nous sommes tous pétris de mauvaise foi, et je voudrais vous faire, ma chère fille, à propos de cet instant fatidique sous ce chêne de justice, une confession dont je ne suis pas fière, et qui touche peut-être à la seule mauvaise action de ma vie, d'autant plus noire qu'elle a eu, bien des années plus tard, les plus éprouvantes conséquences sur votre destin particulier. Je me suis servie de quelques hommes, j'ai servi à quelques autres, nous nous sommes parfois servis de concert, mais j'ai toujours mis mon point d'honneur à tromper le moins possible, à ce que les libres contrats de coucheries ou d'association fussent bien nets. Or, cet après-midi-là, je m'accuse d'avoir spéculé sur l'équivoque au détriment d'un être qui valait mieux que moi.

Je n'avais pas deviné, en conscience, que Jacques me portât un amour sans espoir, mais cette conscience, qui signifie, fort justement, et la connaissance claire que nous avons des choses, et le sentiment moral qui peut en découler, est comme la pointe de l'*iceberg*, nom que les Anglais donnent à ces montagnes de glace dérivantes, dont les immenses parties cachées éventrent les navires aventurés dans les brouillards polaires. Au fond, nous en savons beaucoup plus que notre conscience ne nous le dit, et ce que nous ne voulons pas savoir, nous le savons encore, et d'autant mieux, peut-être, que nous nous défendons confusément contre des vérités gênantes. Je savais donc que Jacques m'avait aimée dès que sa mère avait mis une culotte sur son derrière nu, mais la différence vertigineuse de nos conditions n'avait cessé de me voiler l'évidence. Que ce fils de serf pût avoir quelque désir pour moi n'était pas pensable. L'instant était venu toutefois où l'impensable pouvait se faire objet de honteuses spéculations.

D'où un échange de propos à demi-mot, qui me furent l'occasion d'insinuer dans une âme qui ne demandait qu'à le croire que tout serait possible entre nous durant notre fuite, et à plus forte raison après, si j'avais été sauvée du pire par un inoubliable dévouement. Dans un pays lointain tel que les nouveaux Etats-Unis d'Amérique, les conditions d'origine n'étaient-elles pas oubliées de façon que la valeur personnelle devînt l'unique critère de réussite et de considération ? On ne connaissait plus à Boston ni serfs ni maîtres, et la merveilleuse liberté — qui n'est qu'un mot creux tant qu'on n'a rien fait, et qui est plus creuse encore dès qu'on a fait quelque chose, puisque nos actes nous enchaînent —, cette Liberté à majuscule y commandait sans doute des destins fabuleux. Comble de fausseté, je ne m'engageais à rien formellement ; je me bornais à laisser entendre, la plus belle ressource des menteurs les plus hypocrites, qui entendent garder la tête haute et arguer d'un malentendu après avoir induit leur prochain en erreur. Que de mensonges dans nos silences !

Car, hélas, je me rendais parfaitement compte que si j'aimais Jacques comme un frère, ce sentiment ne pourrait jamais aller plus loin, quel que fût l'effacement des distances sociales qui nous séparaient. Bien mieux, je me rendais compte aussi que de Minet intempérant en bibliothèque imprudente, et de bibliothèque en copulations champêtres imprévues, je commençais à me faire du sexe une idée si déprimante que Jacques, durant ce voyage hasardeux, ne pouvait pas même espérer quelques privautés pour prix de ses peines. D'ailleurs, j'ai souvent remarqué depuis que les mariages d'amis d'enfance sont rarement heureux, comme s'il y avait une manière d'inceste à rendre objet de désir un bambin qui avait grandi.

Mon excuse était dans le terrible besoin que j'avais de mon frère, excuse si facile qu'elle en devenait fort mauvaise.

Vous avez déjà compris, ma chère Gisèle, quel sentiment de remords m'a incitée à combiner votre malheureux mariage, en sus de toutes les honnêtes espérances qu'il pouvait offrir. Nous avons été punies toutes deux de ce honteux expédient, vous-même plus encore que moi, et mon pauvre Jacques y aura peut-être perdu le goût de vivre. Que ma franchise peu courante d'aujourd'hui soit une faible réparation, mais la seule dont je sois capable !

Convaincre Jacques de tout hasarder en ma faveur par ce printemps idyllique ne me fut que trop facile. J'allai (Dieu me pardonne !) jusqu'à effleurer de mes lèvres ses cheveux drus que j'avais vus, un instant plus tôt, s'agiter entre deux cuisses et qui en avaient gardé l'odeur pénétrante ; jusqu'à lui permettre de loucher dans mon corsage de ses bons yeux de chien fidèle qui s'était trompé de pâtée ! Et le hasard avait encore voulu que je l'eusse surpris dans le feu d'un attachement subalterne et qu'il eût à cœur de me démontrer par une courageuse décision que rien d'autre que ma personne ne comptait pour lui.

Nous discutâmes point par point de notre projet, le départ étant prévu pour le surlendemain jeudi à l'aube, quelques heures avant la venue du prétendant.

Comme nous nous en revenions à travers bois et fourrés, je posai à Jacques quelques questions naïves sur les dimensions d'un bel organe en état de marche et sur la durée d'un rapport : je voulais à tout prix lui ôter le soupçon qu'il avait naturellement conçu que j'avais pu surprendre une partie de la scène et en être déçue ou choquée.

Soulagé de cet énième mensonge et mis en confiance par le

nouveau tour de nos relations, c'est sans trop se faire prier qu'il me donna quelques détails plutôt flatteurs, dans ce français encore hésitant qu'il s'efforçait de parler en ma compagnie et dont je m'efforce moi-même de raboter les angles pour ne pas vous lasser.

« Je suis certes bien monté et de taille à tenir un bon moment, me confia-t-il, mais la dimension et la durée ne sont pas tout. Mon lieutenant d'Angers, qui est un chaud lapin très apprécié dans la garnison, m'a bien assuré que, pour faire jouir les femmes, il faut s'attarder à ce qu'il appelait " les préliminaires " dans son parler savant. J'ai saisi qu'il s'agissait de toutes sortes de caresses où chacun doit faire preuve d'imagination. Et il est plus facile de prolonger les préliminaires que l'acte proprement dit, car les hommes, s'en soucieraient-ils, n'ont pas toujours la maîtrise suffisante à cette fin, et recommencer la danse plusieurs fois, en dépit de beaucoup de vantardises, n'est pas à la portée de tout le monde. La devise de mon lieutenant était : " Baiser souvent, lécher toujours ! ", car la langue se fatigue moins vite que le vit.

« Je n'en sais guère plus, car je n'ai pas eu beaucoup de femmes. Quelques fermières d'abord, connues pour leur libéralité, qui m'invitaient à les venir visiter ou à chercher la truffe lorsque leur cocu était au travail. Puis ma fiancée, qui m'a ouvert son cœur avec le reste avant mon départ, dans l'espoir de me retenir. Puis une fille d'Angers, qui était une rapide et m'a coûté un mois de solde en un quart d'heure...

« J'ai en tout cas appris une chose : les dames de trente ans sont très friandes des puceaux, comme un maître d'école qui s'attache à un nouvel élève. Et pour mieux contenter les femmes du village, j'avais coutume de faire le puceau partout, ce qui m'amusait fort. Mais un jour que je braconnais au bord de la rivière, trois blanchisseuses me sont tombées dessus à coups de battoir en criant : " Haro sur le puceau ! " Et pourtant, l'une d'elles, la plus jolie, m'avait bien donné ma première leçon. On ne peut mentir longtemps à tout le monde. »

Ces rustiques confidences avaient le charme de la fraîcheur. Jacques ne savait pas mentir.

Mon père s'étant résolu à ne plus souffrir ma présence sans y être obligé par quelque convention, je soupai seule dans ma chambre, aussi satisfaite de ne plus le voir qu'il pouvait l'être de son côté. Et tout en soupant, je me réconfortais à l'idée d'une scène réjouissante : mon père annonçant lugubrement au prétendant enfariné, à sa descente de carrosse, que l'oiseau n'était plus au nid. C'est à cet instant que je songeai à retarder les recherches en abandonnant, le matin de ma fuite, ma robe turque auprès de l'étang jouxtant le château, l'un de mes grands chapeaux de paille flottant d'autre part sur les eaux tel un muet et douloureux reproche. J'en riais d'avance.

Dans la soirée, ne sachant que faire, je revins à la bibliothèque alors que tout dormait. J'étais prise malgré moi dans l'engrenage du vain savoir, par la fascination des vérités cachées, qui ne nous quitte plus dès que nous en avons tâté, et je me promettais de faire plus ample moisson sur un point qui ne m'avait pas retenue la première fois, et pour cause, puisque j'étais ignorante des premiers rudiments : celui des perversions. Et cette curiosité n'était pas si futile. Car enfin, si un mari se présente, qui vous a dissimulé son goût des garçons, un autre, d'apparence aussi rassurante et aussi aimable, pourra bien vous cacher quelque chose de pire...

Il est vrai que les médecins, par une sorte de pudeur, n'avaient guère abordé le problème, mais les Sade et d'autres romans de la même veine étaient assez explicites, même en faisant la part de l'exagération ou de la fantasmagorie, sur tout ce que les femmes pouvaient attendre des hommes.

En dehors de la sodomie et des complaisances orales, je notai une bizarre propension à violenter de toutes les manières afin d'émoustiller des sensations défaillantes, à combler d'ordures merdeuses la bouche des infortunées qu'une confiance aveugle avait amenées à cette extrémité, à les montrer dans le plus simple appareil à des amis ou à des domestiques, à les pénétrer de concert par tous les orifices disponibles, et à jouir infiniment de ces diverses humiliations. Sans doute n'était-ce pas le fait de la majorité des maris que de se conduire ainsi, mais si ces sinistres tableaux se trouvaient dans les romans, il fallait bien que tant d'abominations fussent en germe dans l'âme de boue d'un grand nombre, et s'abstenir d'atrocités parce qu'on n'ose s'y risquer, cela revient à ajouter la lâcheté à la dépravation.

Je passe sur des fantaisies vestimentaires qui semblaient indispensables à l'excitation de certains originaux, travers plus ridicule que méchant, mais un rapport de police, dont mon oncle avait pris soigneusement copie, acheva paradoxalement de me bouleverser, quoique les femmes n'y eussent aucune part. L'espion rapportait comme une mode déjà ancienne que certains amateurs, dont quelques grands noms, jetaient des bouts de pain aux alentours de ces baquets que l'on dispose au coin des rues pour des besoins pressants. Et lorsque le pain était bien imbibé, ces messieurs de le ramasser discrètement, de le humer et de le mâchouiller avec délice. J'imaginais mal une femme avoir plaisir à cette répugnante excentricité, qui démontrait vraiment que les hommes étaient capables de tout. Plus sage, Vespasien avait taxé une urine utilisée par les antiques foulons !

Je dois d'ailleurs déclarer, avec toute l'ouverture que je mets dans ce récit, que si j'ai certes connu trop d'hommes pour ma gloire, je n'en ai guère rencontré qui n'eussent un travers, une faille intime qui aurait pu se faire soudain béante si un grain de religion, un soupçon de respect humain, la crainte des moqueries, ou tout simplement la miséricorde des circonstances, ne les avaient retenus d'extérioriser plus avant leur penchant.

L'affreux Henri IV, par exemple, avait horreur de la

propreté et ne souffrait dans ses constants excès que les garces les plus puantes. Notre Corse, de son côté, sexuellement obsédé pourtant, avait une répulsion panique pour les vierges, qui lui retiraient tous ses moyens. D'autres n'éprouvent de jouissance qu'à se faire fouetter le derrière... Y a-t-il seulement un homme normal ? J'étais arrivée à en douter dans cette maudite bibliothèque, j'en doute moins aujourd'hui que le comte de Launais s'est enfin présenté à moi avec toutes les grâces du cœur et de l'esprit. Mais la question demeure, lancinante pour toutes les femmes méfiantes et craintives, qui n'ont d'armes que dans leur faiblesse. Nous examinerons, le cas échéant, votre futur mari sur toutes les coutures, ne fût-ce que pour l'empêcher de vous apporter la vérole en douaire, selon l'habitude des gens les plus honorables.

Au cœur de la nuit, je me disposais à lever le camp, lorsqu'une grande ombre furtive vint planer sur mes livres épars : mon père était là, entré sur la pointe des pieds, aussi surpris de me voir aux prises avec la bibliothèque interdite que je pouvais l'être de son apparition, et sans doute plus ennuyé encore. L'épouvante me pénétra, comme si j'étais en faute. Mais une meilleure appréciation des choses me rendit vite mon sang-froid, et, cherchant ce que je pouvais dire de plus cruel, j'avisai le gêneur et lui lançai : « Repassez, Monsieur, une autre fois : vous voyez bien que le marquis de Sade, qui se lit d'une main, ne saurait en souffrir quatre. Un peu de décence, s'il vous plaît ! » Tremblant de fureur, mon père fit mine de se jeter sur moi pour me mettre en pièces, mais s'il me vexait, je n'avais qu'un mot à dire pour que Chasseneuil fît faux bond. La justice immanente est parfois prompte à sanctionner les coupables. La queue entre les jambes, tel un chien puni, le barbon se retira lentement. L'argent se mérite.

Au petit matin, je descendis vers notre vaste étang, où j'avais coutume de nager à la belle saison. J'aimais ses eaux revigorantes, ses longues herbes vertes comme des chevelures d'Ophélie, sa vie cachée et sa vie de surface, et les oiseaux qui venaient le caresser de leur aile. C'est là que j'allais bientôt me noyer à corps perdu, ne laissant de moi qu'une robe et un chapeau...

Mon père avait toujours combattu mon penchant pour les lacs ou pour les rivières avec la dernière vigueur, estimant que les femmes ne doivent prendre de bains qu'à huis clos, et que si j'étais peut-être la seule en France à savoir nager, le tort n'en était que plus grand de suivre la mode de Tahiti plutôt que celle de Sarlat. *Paul et Virginie,* de ce crétin de Bernardin de Saint-Pierre, ne devait paraître que dans le cours de cette année 88, mais j'avais déjà expliqué à mes censeurs que si je faisais naufrage un jour, je serais bien aise de quitter ma robe et de voir se noyer tous ceux qui avaient peur de l'eau. Et j'avais en outre à ma disposition l'argument biblique de Suzanne au bain, contre lequel mon père n'avait rien à répondre, sinon que les vieillards ne doivent pas être lubriques. C'est avec l'étang de Caussenac que j'ai fait l'apprentissage d'une désobéissance intelligente, celle qui doit être fondée sur une bonne exégèse des Ecritures.

Rentrant au château, je trouvai un mot aimable de Monsieur de Chasseneuil :

« Je m'apprête, Mademoiselle, à paraître devant vous le cœur battant, avec l'ambition de ne jamais décevoir une jeune personne dont on m'a fait le portrait le plus charmeur et le plus touchant. J'ai peut-être le double de votre âge, mais j'ai conservé quelque attrait, et les ans qui ont passé sur moi sans me courber ni blanchir ma tête sont garants de mon sérieux, de mon aimable caractère, de toute une riche expérience qui me portera sans cesse, aussi longtemps que je vivrai, à vous prodiguer les soins les plus attentifs. Je vous appréciais déjà sans vous connaître, je sens bien que je vous chérirai plus encore dès qu'un sort favorable nous aura réunis. J'ai pour votre auguste père et pour votre si gracieuse belle-mère un infini respect qui me fait sentir tout le manque d'usage qu'il pourrait y avoir à vous écrire directement sans le truchement d'un censeur attaché à votre garde. Vous pardonnerez cette audace à un sentiment des plus forts et vous ne manquerez point de montrer ces lignes à vos proches : elles porteront un premier témoignage de la noblesse de mes intentions et de tout l'honneur que je ressens à être attaché par la plus heureuse et la plus indissoluble des unions à une famille illustre qui a tant fait pour le Périgord et pour la France. A bientôt donc, avec la chaleureuse expression d'un cœur dévoué et confiant. »

Pour un pédéraste qui me pinçait naguère les fesses dans un escalier, c'était on ne peut plus convenable.

Je me pris tout d'un coup à pleurer bêtement. Un homme digne d'être aimé et estimé aurait pu m'écrire ces phrases, où la « riche expérience » du scripteur sonnait au contraire comme une menace grinçante.

Dans l'après-midi, mon père me fit convoquer dans la salle des gardes du rez-de-chaussée, où toute la maisonnée était rassemblée : les valets et filles de service, le cuisinier et ses gâte-sauces, le cocher et les siens, les jardiniers, les surnuméraires engagés pour la réception du lendemain... Et le comte de faire un beau discours, sorte de répétition générale de l'ordonnance des cérémonies prévues, multipliant instructions et recommandations, ayant pour chacun un mot d'encouragement ou de menace, tel un capitaine qui harangue son monde avant un assaut décisif. Si tout se passait bien, les gages en retard seraient payés sans faute.

Enfin, renvoyant son monde, il me retint pour me glisser à voix basse devant ma belle-mère : « Quant à vous, coquine, si vous me manquez demain, je vous donne ma parole que vous trouverez entre quatre murs toute l'eau qui vous convient au fond de votre bassine à vaisselle ! » Je me bornai à lui répondre calmement : « Ne savez-vous point qu'un mariage forcé est nul et que vous avez médité un sacrilège qui vous portera malheur ? Qui êtes-vous donc, grand coquin, pour vous opposer à Jésus-Christ ? » La peur que je lui fisse là-dessus un supplément d'embarras le réduisit au silence, et ma belle-mère, qui allait s'interposer, se retint.

Je ne dormis guère de la soirée, passant et repassant dans ma tête tout ce que j'avais à faire pour assurer et couvrir ma fuite.

Vers quatre heures du matin, je constatai avec stupéfaction, puis avec une angoisse croissante, qu'on avait fermé à clef de l'extérieur l'épaisse porte de chêne de la chambre. Ce ne pouvait être qu'un mauvais tour de mon père pour m'interdire et se réserver l'accès de la bibliothèque, où l'innocent lecteur diurne avait tourné, semblait-il, au honteux lecteur nocturne, mais la méchanceté tombait au plus mal. Incapable de forcer cette porte, je désespérais et me voyais déjà contrainte de repousser ma fuite après les fiançailles, quand l'unique et simple solution m'apparut : la fenêtre de ma chambre, située au deuxième étage, n'avait pas de barreaux, et si le mur était lisse, dénué de plantes grimpantes capables de me soutenir, cette verticale d'une vingtaine de pieds plongeait dans les douves profondes qui ceinturaient le vieux château gothique sur trois côtés et que mon père entretenait avec le même soin que ses ancêtres pour y élever des carpes pleines d'arêtes, qui sentaient furieusement la vase.

Je me déshabillai donc, me suspendis par les mains au rebord de la fenêtre pour diminuer le saut de la longueur de mon corps, me jetai dans l'eau glaciale, et fus bientôt sur la rive à me sécher tant bien que mal en tremblant avec des herbes et des feuilles.

Contournant le bâtiment, je gagnai la façade où les douves, vers le milieu du XVIIe, avaient été comblées et remplacées par une terrasse, lorsque, de ce côté, l'aile gothique avait cédé la place à une ordonnance classique, dominant des jardins à la française tracés par des géomètres. Vous avez pu juger, ma chère fille, de cette enfilade de vastes pièces sans âme, sans latrines et sans couloir, que les architectes de cette époque, imbus de souvenirs gréco-romains — mais oublieux des thermes et de toutes les commodités — nous avaient aménagées par là. C'est sur cette terrasse qu'ouvrait, par deux grandes portes-fenêtres, la chambre de mon père. La froideur de son âme s'accordait à la magnifique froideur du lieu, et sous ses couvertures, il pouvait se croire à Versailles.

Le comte redoutait les voleurs et l'air frais de la nuit. Il dormait rideaux tirés, porte verrouillée, volets et fenêtres bien clos. Mais, ainsi que je l'avais déjà vérifié la veille, la fermeture d'un volet était déglinguée et nombre de vitres de la porte-fenêtre correspondante étaient en mauvais état, verres fêlés, mastic vieilli qui se délitait aisément. Grattant comme un rat, je parvins à détacher un carreau par morceaux, à faire jouer tout doucement l'espagnolette, et, entrouvrant le rideau, rassurée par un ronflement sonore, je me glissai dans la chambre à pas de loup.

Une maigre veilleuse éclairait de profil le dormeur, dont on ne distinguait que le nez noirci de tabac et la bouche édentée entre le bonnet de nuit à pompon et la courtepointe de duvet. Le long nez aux poils frémissants aspirait avec un vulgaire bruit de forge une goulée d'air que la bouche rejetait mollement, comme à regret, avec un immonde gargouillis. Les Romains recueillaient le dernier soupir de leur père en plaçant leur bouche sur la sienne, et c'est assurément pour échapper à cette corvée répugnante qu'ils s'étaient élancés à la conquête du monde. J'étais heureuse, avant de quitter mon père pour toujours, d'emporter de lui une image d'un tel pittoresque.

(Encore une chose, ma chère enfant, qu'il convient absolument de savoir avant de se marier : le prétendant ronfle-t-il, et comment ? Trois sur quatre de mes maris ronflaient. Le féroce défroqué, comme un sonneur ; le discret banquier, comme une huître ; et le général, comme un porc.)

La précieuse cassette reposait sur une commode, mais était fixée au mur par de solides crampons, alors que la clef devait normalement se trouver dans la poche droite du gilet négligemment jeté sur un fauteuil. Retenant mon souffle, je m'emparai de ladite clef, raflai l'argent, le remplaçai par la perruque laissée sur la table de nuit, refermai la cassette d'un tour de clef et glissai la clef sous un tapis. Mon père croirait avoir égaré sa clef et la chercherait un bon moment avant de se résoudre à faire forcer la cassette ou à appeler un serrurier, car il s'agissait d'un meuble de valeur, l'un des derniers que nous eussions conservés, avec sa marqueterie d'écaille de l'école de Boulle.

Alors que Monsieur de Sartine était encore lieutenant de police, son perruquier ayant eu un enfant mort-né, on avait, dans l'émotion du moment, envoyé le cadavre à Sartine dans une jolie boîte avec une faveur, et enterré la perruque avec les prières d'usage. La vision de la perruque paternelle et de la cassette m'avait rappelé cette plaisante histoire. Mon père perdrait encore un peu de temps à courir après sa perruque, et ce serait toujours ça de gagné.

Je passai dans la garde-robe, qu'un faible rayon de lune éclairait vaguement par une petite lucarne. Le comte, homme de la vieille école, affectionnait le port de la perruque, et il y en avait de tous les genres, pour toutes les circonstances, au garde-à-vous sur leur présentoir. Je choisis pour Jacques une perruque des plus simples, de celles qu'un gentilhomme attaché à cet usage pouvait porter en voyage. Je pris ensuite tout ce qu'il fallait pour vêtir noblement mon compagnon de route des pieds à la tête. Chapeau et bottes seraient un peu trop grands, linge et habits seraient un peu trop longs, mais un manteau court noierait provisoirement le poisson.

Tout bien pesé, Jacques et moi avions décidé qu'il jouerait

le rôle du maître et que celui du valet me reviendrait. Pour une randonnée rapide, le vêtement masculin serait pour moi beaucoup plus pratique, et il était bon que mon frère eût le premier rôle, détournant l'attention de mon obscure personne, qui ne pouvait parler à des tiers sans éveiller leur méfiance : vous savez, ma chère, que j'ai une voix bien posée de soprano.

Peut-être eût-il été plus avisé de déguiser Jacques en bourgeois circulant pour son commerce, car ses talents pour contrefaire l'homme bien né risquaient d'être assez limités. Mais je n'avais à portée aucun vêtement de ce genre et une mine de gentilhomme pouvait se révéler utile par l'autorité et les passe-droit qu'elle laissait présager.

Comme je quittais la garde-robe, je trébuchai dans la chaise percée et crus mourir de frayeur : le ronflement s'était interrompu. Mais il reprit bientôt avec une sonorité différente avant de revenir à sa marche de croisière.

Sur la commode, à côté de la cassette, était un gros trousseau de clefs. Mon père se sentait rassuré de dormir avec les clefs du logis sous la main. Toutes les portes de la maison m'étaient ainsi ouvertes.

Je découvris dans la lingerie quelques chemises et bas de jeune domestique à raccommoder, une veste et une culotte élimées qu'on se disposait à rajeunir, et je complétai cet attirail par des souliers éculés qui attendaient de partir chez le savetier. Un vieux chapeau informe dissimulerait mes cheveux.

M'étant ainsi habillée, je fourrai dans un petit sac de voyage un minimum d'affaires qui n'étaient pas susceptibles de trahir mon sexe — si ce n'est du linge pour les règles —, et je découvris dans un débarras un joli porte-manteau [1] afin

1. Le terme désignait d'abord à l'époque une valise en cuir ou en étoffe.

que Jacques pût cheminer selon son rang. Il ne lui manquait plus que l'épée de Fontenoy, dont j'étais bien aise de priver mon père puisqu'il ne méritait plus de la porter.

Sans oublier robe turque et chapeau de paille, je m'en retournai vers la chambre de mon père, où m'attendait une dernière épreuve indispensable. Il fallait en effet que le comte trouvât à son réveil sa porte fermée de l'intérieur et son trousseau au complet sur la commode. Il eût autrement donné l'alarme sans tarder.

Je devais donc ressortir par où j'étais entrée, refermer porte-fenêtre et volet, m'efforcer même de reconstituer en partie le carreau que j'avais démonté. J'étais toute en sueur à l'issue de ce travail.

La robe au bord de l'étang et le chapeau bien en évidence parmi les nénuphars, j'épinglai à la robe ce mot adéquat :

« Mon cher père, en dépit des immenses qualités du baron de Chasseneuil, je ne saurais me résoudre à l'épouser, aimant ailleurs, et, ne pouvant supporter la déception que je vous inflige, je préfère en finir avec la vie. Ma dernière pensée est pour vous, dont j'aurais tant aimé recueillir le dernier souffle. Pardonnez-moi, et montrez-vous aussi digne dans l'épreuve que vous l'avez été dans la prospérité. »

Restait à seller Phoebus, l'animal préféré de mon père, qui était d'ailleurs son seul cheval convenable, et à le sortir discrètement des écuries, ce qui n'était pas une mince affaire, mais il m'était décemment impossible d'exiger ce service de Jacques. Les paysans sont très formalistes : monter un cheval volé est tout autre chose que de le voler soi-même. Je n'avais jamais monté ce grand hongre noir, et je me méfiais fort des chevaux, grands, forts et bêtes, avec une mémoire d'éléphant dans une cervelle de souris.

Je me faufilai donc jusqu'au box de Phoebus, lui parlai gentiment en l'abordant par-derrière, ainsi que je l'avais vu faire à tout écuyer prudent : un cheval prend peur pour un rien. Mais je me rappelais le mot de Turenne qui, ayant donné ce bon conseil à un jeune garçon d'écurie, ajouta qu'il ne vivrait pas plus vieux pour ça.

Enfin j'évitai la ruade et me mis en devoir de harnacher l'animal, qui appartenait, hélas, à cette espèce trop connue de chevaux farceurs qui gonflent leur ventre comme une outre quand on les selle, pour le dégonfler brusquement quand leur cavalier les a enfourchés. La selle tourne alors, le cavalier se casse la tête et la monture rit de toutes ses dents jaunes. Le remède est de bourrer de coups de pied le ventre du récalcitrant jusqu'à ce qu'il comprenne que la plaisanterie a assez duré, mais j'avais peur de ce cheval et je craignais que le bruit de la correction ne réveillât le cocher. En désespoir de cause, ayant réussi à tirer Phoebus des écuries sans faire de bruit, je renonçai à le monter et l'amenai jusque chez Jacques par la bride.

Mon frère avait bouclé les chiens dans un appentis sur le derrière de la maison afin de les réduire au silence. Après avoir serré la selle comme il faut d'un coup de genou et attaché le cheval près de l'abreuvoir, il m'entraîna dans la grange, où il revêtit son noble costume, tandis que je mettais au fur et à mesure dans mon sac ses vêtements usagés qui me serviraient de rechange. Nous passâmes alors dans l'étable attenante, où étaient affalés deux couples de vaches de trait, et qui servait aussi d'écurie pour la mule du père Cadouin, laquelle rêvait debout. La vache peut se coucher, les équidés, d'esprit moins délié, dorment sur leurs quatre jambes et ne se couchent que morts. Le fait de dormir debout ne peut être favorable à l'intellect.

Jacques ayant sellé la mule à mon intention, l'animal refusa énergiquement de sortir à cette heure indue, et ce ne fut pas sans mal que nous réussîmes enfin à le pousser silencieusement dehors.

Avant de prendre le large sur son cheval noir suivi de ma mule récalcitrante, Jacques m'introduisit dans la pièce commune de la ferme où je lui tins la main pour tracer ces lignes, avec ce qu'il convenait de fautes d'orthographe — que je passe — pour faire authentique :

« Mon bien cher père, l'armée m'a déçu, et j'ai décidé de gagner l'Espagne sans attendre les fiançailles d'Eudoxie, qui m'a dit d'ailleurs ne pas vouloir se marier. Ne manquez pas de renvoyer mon uniforme à Angers, après l'avoir bien nettoyé et repassé. Si je ne reviens pas, ma part d'héritage sera pour mon frère cadet. Vous pouvez me faire écrire à Burgos, chez Pablo Moreno, qui tient une auberge en face de la cathédrale et doit me trouver du travail. Je pose sur ce mot d'adieu l'argent de la mule que j'emprunte, et je vous en donne un bon prix, car c'est une bonne mule quand elle ne fait pas de caprices. Embrassez pour moi la mère et mes frères et sœurs puînés. Votre fils respectueux et toujours bien reconnaissant. »

Tout était en ordre. Ni le père Cadouin ni ma nourrice ne savaient lire, mais les plus âgés des cinq enfants qui restaient à demeure avaient des notions, et l'on pouvait raisonnablement compter sur eux pour traduire. Ma nourrice n'avait perdu que quatre enfants en bas âge.

A première vue, les nourrissons mouraient encore plus aisément dans les familles aisées que chez les paysans. Peut-être parce qu'ils tétaient leur mère dans les campagnes, alors que noblesse et haute bourgeoisie avaient recours au déplorable système des nourrices. De toutes les divagations de ce père indigne de Rousseau, une vérité d'éducation surnage paradoxalement : rien ne vaut le lait d'une mère. Il est d'ailleurs bien connu que Jean-Jacques ne cessait de téter sa « maman » Madame de Warens, qui en était tout attendrie, car ses autres amants n'avaient pas cette prévenance [1].

1. L'assertion semble gratuite.

Bref, nous partîmes alors que le petit jour pointait. Avant de quitter ses terres pour des années ou pour toujours, Jacques se leva sur ses étriers et se retourna. Il me dit tristement qu'il abandonnait une trentaine d'arpents, soit une douzaine d'hectares en mesures modernes, étant entendu qu'il s'agissait de l'ancien arpent des Eaux et Forêts, et non pas des autres, de surface plus réduite. Je n'osai lui faire observer que j'en abandonnais trois mille : il se privait pour moi du peu qu'il avait, alors que je délaissais mon bien parce que ma dignité valait plus cher. Nous étions tous deux poussés par l'amour de ma personne, mais le marché n'était pas égal.

En attendant, la cassette, plus riche que je n'aurais cru, m'avait nanti de plus de deux mille livres : la pension annuelle d'un Académicien !

Pressant cheval et mule, nous avons progressé à bonne allure vers Périgueux, dans l'idée de gagner Nantes par Angoulême et Niort. Selon toutes probabilités, vu le côté infiniment douloureux et personnel de l'affaire, mon père allait bientôt se mettre en chasse. Si nous parvenions à brouiller nos traces un moment, à maintenir et même à accentuer notre avance, il était préférable de nous embarquer pour les libres Etats-Unis dans un port lointain plutôt qu'à Bordeaux, car un temps précieux pouvait s'écouler avant que nous ayons trouvé un navire en partance. Nantes se recommandait aussi par ce fait que c'était alors, et de loin, notre principal port sur l'Atlantique.

Jusque-là, le raisonnement en valait un autre. Mais je m'abusais lorsque je m'imaginais que les relations entre Nantes et les ex-colonies américaines de plantation étaient particulièrement fréquentes à partir de ce port en raison de la traite négrière dont la ville s'était fait une spécialité.

Lorsque le père Franklin, philosophe de gazette et scatologue amateur, était venu parler de liberté à Louis XVI, personne n'avait songé à la liberté des noirs, et jamais le trafic n'avait été plus florissant. Il s'agissait toutefois d'un commerce triangulaire, les navires apportant de la pacotille aux rois nègres esclavagistes du golfe de Guinée, d'où ils emmenaient leurs cargaisons humaines vers les colonies à sucre, avec une perte modérée de dix à quinze pour cent, pour rentrer finalement sur Nantes chargés de rhum ou d'autres produits exotiques. Il en est d'ailleurs toujours ainsi aujourd'hui.

Vous avez déjà saisi, ma chère fille — et d'autant plus vite que vous possédez vous-même des esclaves —, que pour aller de Nantes en Caroline du Sud, il fallait faire un crochet par l'Afrique noire, et sur des vaisseaux qui n'étaient nullement conçus pour des passagers à peau blanche. De plus, les négriers nantais voguaient plus volontiers vers les Antilles que vers le sud des anciennes treize colonies, où les commerçants d'Angleterre, malgré quelques brouilles, n'avaient pas renoncé à se tailler la part du lion. Pour un passage direct, que ce fût vers Savannah ou Boston, Nantes n'était pas mieux placé que ses concurrents. Au lieu d'étudier le sexe chez des médecins ou auteurs pleins d'imagination, j'aurais mieux fait de me renseigner sur les lignes maritimes.

Dès le milieu de la matinée, notre allure se ralentit, les montures tirant la langue. On voit dans les romans des cavaliers qui vont sans cesse à fond de train. En réalité, un animal poussé un peu fort se fatigue vite, il faut perdre du temps pour le laisser souffler, et ma mule trottinante avait du mal à se faire aux grandes enjambées de Phoebus.

Nous avions cependant préféré voyager sur des montures personnelles plutôt que par les voitures publiques, elles-mêmes fort lentes et tributaires d'arrêts nombreux, car je me méfiais des aubergistes et maîtres de poste, pour la plupart espions de police patentés, à l'affût de tout ce qui pouvait intéresser l'intendant local ou ses subdélégués.

Pour ce qui est des renseignements, la police de l'Ancien Régime était fort bien faite, les rapports s'accumulaient, et dans une langue volontiers plaisante de surcroît. Ce qui clochait, c'était l'efficacité de la police exécutive, des tribunaux et des prisons, organisations pleines d'aléas. La Révolution et l'Empire, ayant hérité d'une nuée d'informateurs, sauront en tirer un meilleur parti, une police renforcée pouvant dès lors opérer sans se soucier du droit, les tribunaux s'étant faits expéditifs, les prisons mieux gardées regorgeant de monde et l'échafaud ne chômant pas. La Révolution de la Liberté avait créé un Etat policier. On peut ériger en principe qu'une révolution aboutit toujours à des résultats inverses de ceux qui avaient été prévus.

Jusqu'au-delà de Périgueux, il était en tout cas préférable d'éviter, aux heures d'affluence, les routes principales où nous risquions d'être reconnus si un malencontreux hasard s'en mêlait.

Vers dix heures, comme nous faisions boire cheval et mule dans la Vézère aux environs de Payrac, je crus bon de donner une leçon à Jacques, dont l'attitude, depuis notre départ, ne me semblait pas adéquate.

« Notre sûreté, lui dis-je, réside plus encore dans le secret que dans la rapidité de notre marche, nos montures ayant décidément plus de goût pour le pas que pour le trot. Et tu n'es pas avec moi comme tu devrais être. Dès à présent, tu dois adopter des manières de maître à mon égard, de façon à ne pas tomber en faute par inadvertance lorsque nous aurons affaire à des tiers. N'oublie pas que tu es le chevalier de Miremont, et je suis ton valet, que tu as appelé Mareuil parce que j'étais originaire de ce bourg. »

Jacques me demanda ce que j'entendais par « manières de maître », et je poursuivis :

« Il y a bien des sortes de maîtres, qui se conduisent chacun selon sa position, et tu appartiens à l'ordre nobiliaire. Mets-toi bien dans la tête que tu es supérieur par naissance, quels que soient tes mérites, à ceux qui n'en font point partie, et même que ta supériorité est d'autant plus évidente que tes mérites sont plus minces, vu que les mérites se partagent, alors que la naissance met à part. Cette idée est si ancrée dans ta constitution que rien ne pourrait l'en faire sortir. Pourtant, ceux qui ne sont pas nobles, tu ne les méprises nullement, tu leur es même reconnaissant d'exister, car sans eux, non seulement tu mourrais de faim, mais tu ne serais plus supérieur à personne.

— Tout cela, dit Jacques en riant, je l'avais compris depuis longtemps, mais encore ?

— Avec ces gens qui sont d'une espèce subalterne sans qu'il y ait de leur faute, tu seras d'autant plus poli que ta noblesse est plus haute, afin de mieux marquer les distances. Chez un chevalier de province comme toi, la politesse peut se nuancer d'une pointe de condescendance ou d'une familiarité aimable. Le noble a le prudent souci de se faire bien voir du peuple, car il sait qu'il en est haï et jalousé sans remède. En effet, on ne lui en veut pas tant de sa position que du sentiment qu'il en a, et comme ce sentiment est illusoire — raison de plus pour y tenir ! —, il n'y a pas d'autre solution que de tuer le malade pour le guérir.

« Mais la politesse ne concerne que les gens du commun que le noble ne peut éviter. Les autres, qui seront l'objet de sa distraction constante, il les ignorera tout simplement, ce qui lui permettra de prendre partout les meilleures places sans que les humbles s'avisent de protester — quitte à s'excuser gracieusement en cas de contestation imprévue.

« A l'égard de ses domestiques, le noble fera montre d'un amour sincère, puisqu'ils sont comme sa chose et son bien, trop heureux d'être payés parfois alors qu'ils devraient tenir à honneur de travailler pour rien. Ici, la politesse distante n'est plus de mise. Le style va de la paternelle rudesse à la complicité canaille. Mais le noble ne s'intéresse vraiment à un domestique que lorsqu'il a besoin de lui, ce qui, malheureusement pour le valet, est des plus fréquents. Le noble peut ignorer le peuple, il ne peut ignorer ses domestiques, cette fraction du peuple qui a pour vocation de lui faciliter son existence journalière de façon que sa paresse native et parasite puisse toucher à l'absolu.

« Ainsi, ne me regarde point, si ce n'est pour me donner un ordre sur un ton bourru ou complice. C'est à moi de te regarder constamment pour guetter tes moindres désirs. Pour commencer, je vais te servir à déjeuner et je mangerai tes restes sur le pouce. En présence du maître, comme le cheval, le domestique ne s'assied que mort. »

Le comte de Launais offre le plus bel exemple d'une vraie politesse, qui consiste à ne faire acception de personne, à parler à un inconnu ou à son cocher comme il parlerait au duc de Richelieu. C'est ce type d'homme, ma chère fille, que les femmes doivent rechercher, car si l'on a le respect de n'importe qui, à plus forte raison aura-t-on celui de son épouse. Il m'arrive de me demander si le comte n'a pas oublié qu'il était noble comme j'ai voulu moi-même oublier le hasard d'une haute extraction qui ne m'a apporté que des malheurs.

Alors que nous déjeunions, Jacques m'a prié de lui révéler par quel signe particulier il pourrait sur-le-champ faire montre de noblesse en cas d'urgence, et je lui ai répondu :

« Je n'en vois qu'un : mettre la main à l'épée si un autre noble te fait le plus léger outrage. Richelieu ou Louis XIV avaient réduit les duels à rien à force d'énergie éclairée, mais Louis XV, si entiché de noblesse, a faibli, et le présent roi plus encore, malgré son évident dégoût du sang. Le duel, au fond, se porte bien. Tombé en sommeil quelque temps, il revient par crises, comme certaines fièvres, et tu seras avisé de ne pas en courir le risque. Fais donc tienne pour l'instant cette maxime que le coureur de salons Chamfort place dans la bouche d'un courtisan à toute épreuve : “ Ne se brouille pas avec moi qui veut ! ” Souplesse et prudence s'il te plaît ! Un duel peut te sauter à la figure à chaque détour du chemin. »

Il est extraordinaire de songer que toute la société qui définissait le bon ton sous Louis XIII se soit passionnée pour *Le Cid,* la pièce la plus bête et la plus immorale qui soit, élucubration d'un bourgeois qui rêvait de noblesse au-dessus de ses moyens. Rodrigue, sans même s'informer du sujet de la querelle, se bat en duel parce que son père a reçu une gifle. Les fameuses stances où il prétend se tracer une règle de conduite ne sont que du vent, puisque le résultat est connu d'avance : il se battra pour conserver l'estime de Chimène, une fille aussi sotte que lui, mais surtout l'estime de son concierge, le principal personnage de la pièce, qui manipule ses marionnettes des coulisses. Cette morale de concierge, qui impose de faire ce qui vous déplaît par plat respect de l'opinion, est ce que notre noblesse a conçu de plus honorable. Un noble parle d'honneur d'autant plus fort qu'il en a moins, et Monsieur de Launais ne parle jamais du sien.

Mon père ne s'était pas battu en duel depuis vingt ans, et une bonne paire de gifles aurait pu me débarrasser à temps de son odieuse personne. A quoi tiennent les choses ?

Le déjeuner expédié, je demandai à Jacques de me couper les cheveux, car j'étais à la merci d'un coup de vent qui m'eût enlevé mon chapeau, et d'ailleurs, les belles chevelures de femme valaient fort cher à l'époque, étant rares sur le marché. Jacques s'y résigna et rangea avec force soupirs mes cheveux dans son porte-manteau.

Ce faisant, il se déclara surpris que je parlasse des nobles, étant noble moi-même, avec si peu de considération, et il ajouta finement que je devais ainsi discourir contre mon cœur et ma conviction profonde, comme si je sacrifiais à une mode.

En effet, dans les temps qui ont précédé la Révolution, les attaques les plus vives et les plus impertinentes contre les privilèges et la mentalité nobiliaires ont souvent été le fait de nobles, ceux-là mêmes qui applaudissaient à Versailles au

Mariage de Figaro. Ou bien ils croyaient leur situation suffisamment assise pour en plaisanter, ou bien ils cédaient au vertige de se détruire. Les élites pourrissent par la tête.

C'était l'heure où mon prétendant arrivait à Caussenac la bouche en cœur.

J'ai eu par des témoins oculaires tous les détails souhaitables sur l'événement.

Le carrosse de Monsieur de Chasseneuil, au lieu de pousser jusqu'à la cour d'honneur alors déserte, avait longé l'étang que l'on avait commencé de sonder et au bord duquel il y avait foule : mon père, ma belle-mère et tout leur monde, sans parler de mon curé muet de douleur, de voisins et de curieux, les uns s'affairant, les autres regardant.

Mon père, qui n'était pas encore au courant de la disparition de son or, de son cheval et de son épée, annonça au visiteur, avec une sobriété spartiate, dès qu'il eut mis pied à terre, que sa future venait de se noyer. Vous jugez, ma chère, de la stupéfaction, des lamentations et des condoléances de Monsieur Minet, dont les rêves d'ascension sociale s'effondraient de la façon la plus subite et la plus cruelle.

Mais comment, pourquoi m'étais-je noyée à la fleur de l'âge alors qu'un avenir si prometteur me souriait ? N'était-ce pas un accident ?

La réponse, qui semblait d'autant plus évidente à mon père qu'on lui avait donné à lire mon billet d'adieu, n'était pas de celles qu'il pouvait livrer en public à un homme éploré. Mais ma belle-mère, ulcérée de déception, n'eut pas de ces ménagements, et puisque tout semblait perdu, elle agressa hurlante l'infortuné Chasseneuil estomaqué : « Cette petite si pure, si sensible, s'est jetée à l'eau, Monsieur, crainte de vous connaître, car elle ne vous connaissait que trop ! Si vous ne l'aviez pas pourchassée comme un bougre de satyre dans l'escalier de l'auberge de La Bachelerie, elle serait là ce matin, dans cette jolie robe turque, pour vous accueillir, heureuse et confiante, selon les mérites que vous ne nous aviez point cachés. Hélas, vos honteux débordements l'ont tuée plus sûrement que si vous l'aviez noyée de vos propres mains ! » D'abord ahuri au-delà de toute expression, notre baron comprit vite de quoi il retournait, et il en fut si saisi qu'il prit le parti de s'évanouir : on peut être bougre et sensible. Ce pourquoi, au lieu de s'en retourner debout avec toute sa confusion, il fut porté couché au lit qu'on avait prévu pour lui et où Henri III l'avait précédé.

En fin de matinée, notre giton des cuisines alla rôder dans la chambre du dolent pour lui demander s'il désirait à dîner, non sans l'espoir, sans doute, d'une complaisance tarifée par où il aurait joint l'utile à l'agréable. Mais, à ce que m'a raconté ce garçon, Chasseneuil l'aurait rembarré avec une surprenante brutalité, lui tenant alors un discours dont il ne pénétra que la moitié, mais que je puis à bon droit reconstituer de la sorte :

« Laisse-moi, petit misérable, je n'ai rien à faire de tes services ! Par ma faute, une innocente jeune fille qui ne m'avait rien fait, qui pouvait tout attendre de la vie, gît au fond d'un étang fangeux où sa chair virginale sera bientôt la proie des brochets et des écrevisses. Ah, comme nos fautes nous suivent ! Comme nos péchés nous étouffent tout d'un coup ! Avec quel art consommé une Providence, qui paraît tout d'abord fermer les yeux sur nos discrètes turpitudes, nous fait enfin tomber dans ses pièges éclatants ! Mais que faire à présent pour réparer l'irréparable, pour rendre le bonheur à une noble famille que mes excès ont endeuillée à jamais ? Vais-je devoir suivre le convoi funèbre comme un veuf en larmes ou comme un assassin cynique ? Ah, pauvre de moi ! Va-t'en, va-t'en, infâme suppôt de Satan ! »

A midi, alors que le cocher venait de lui apprendre la disparition de Phoebus, mon père fut sidéré par l'absence concomitante de l'épée dont il était si fier et dont il avait tiré tant d'ennuyeux bavardages. Son sang ne faisant qu'un tour, il se précipita à sa cassette, qu'il força sur-le-champ, pour constater que ses louis avaient également pris la fuite. Et comme si tous ces faits ne suffisaient pas à l'éclairer, le père Cadouin, vexé qu'on l'eût privé de la mule qui lui était si pratique pour aller au marché de Sarlat, et peu désireux de se faire complice du rapt du cheval, qui devait avoir pris le même chemin que la mule, ce père inquiet entra au château, la lettre de Jacques à la main. La drague de l'étang n'ayant rien donné, et pour cause, il devenait évident que la noyade avait été simulée et que deux fugitifs sans scrupule étaient sur les routes.

La rage de mon père était inexprimable et il tournait en rond en éjaculant des imprécations confuses et des menaces effroyables. A soixante-dix ans passés, la terre croulait sous ses pas. L'idée qu'il était le principal auteur de ses ennuis était loin de sa tête enfiévrée.

Quant aux premiers effets de cette rage sénile, je les dirai plus loin, Monsieur de Chasseneuil ayant eu l'occasion de me les narrer mieux que quiconque.

Vers une heure de l'après-midi, nous dînâmes sur l'herbe auprès d'un ruisseau, nous soupâmes de manière aussi champêtre — toujours, je dois l'avouer, avec des provisions soustraites au père Cadouin —, et comme ni la pluie ni le froid ne semblaient menacer, nous décidâmes de dormir à la belle étoile. A force d'exciter nos montures et de les gratifier d'avoine, nous étions parvenus à ces hauteurs boisées qui dominent de loin Périgueux. Nous avions abattu dans la journée une dizaine de lieues de poste, soit près de quarante mille mètres.

Monsieur de Launais déteste le terme de « kilomètre », qui lui paraît plus révolutionnaire encore que celui de « mètre ». Mais du train où vont les choses, arrivera-t-il bientôt à se faire entendre de ses valets de pied ? Les plus graves révolutions, contre lesquelles on ne peut pas grand-chose, ne se font ni dans les Chambres ni sur les places publiques, mais dans la langue, qui reflète si bien le changement des esprits. La Révolution, et c'est son plus grand crime, a gonflé notre style de phrases et d'idées vaines, affaibli, émasculé, détourné le sens des mots, et enrichi prétentieusement notre vocabulaire de hochets et de girouettes.

Peu avant de nous endormir, nous décidâmes de passer par Périgueux le lendemain. Nous avions pris le parti d'éviter autant que possible les grandes villes, où la police a aussi bonne mémoire que les maîtres de poste, mais c'est seulement à Périgueux que nous pouvions vendre ma chevelure, et le bénéfice valait ce petit détour. Comme j'y avais été tenue enfermée la plupart du temps, le risque qu'on m'y reconnût était bien mince.

Jacques me tira d'un premier sommeil pour me faire part d'une inquiétude qui le tourmentait : à Périgueux, arriverait-il à donner le change, lui qui parlait mieux patois que français ?

Je n'eus aucun mal à le rassurer :

« Tu es aussi lettré et beau parleur qu'une foule de gentilshommes attachés à leur terroir où l'impécuniosité les retient. Et depuis que les Jésuites ont été chassés, le dédain de la petite noblesse provinciale pour l'instruction, déjà traditionnel, s'est encore accru. Il y a là une parfaite logique, car dès que la naissance vous a rendu incomparable, il est inutile de mélanger des lettres à du sang bleu, qui tournerait en boudin. La naissance doit suffire. Passe donc partout la tête haute, en patois, en français de Sarlat, de Paris ou de Versailles. Si par hasard tu as fait quelques études, tu t'es empressé de les oublier, et ton premier soin est de te moquer des prêtres qui t'ont enseigné. Mais tu en auras retenu, à défaut d'orthographe, quelques expressions latines, dont tu émailleras opportunément ta conversation en société : *alea jacta est, vae victis, potius mori quam fœdari,* etc. »

Je lui expliquai le sens de ces formules et leur mode d'emploi, et il les nota soigneusement dans sa mémoire, qui était aussi bonne que la mienne.

A l'aube, comme nous faisions nos ablutions à une source, je dus lui donner un supplément de leçon sur la pudeur :

« Un noble qui se respecte n'a aucune pudeur à l'égard de ses domestiques, trop heureux de lui administrer des clystères ou de lui porter le coton. Mais le valet n'a pas le droit de se déculotter devant son maître, car il ferait ainsi la preuve qu'il est égal à bien d'autres. En été, ma belle-mère se promène quasiment nue au premier étage de Caussenac, telle l'autruche qui croit, dit-on, qu'on ne la voit point quand elle se cache la tête sous le sable. Beaucoup de dames de la noblesse parviennent à fermer les yeux en les gardant ouverts. C'est une race supérieure d'autruches. »

Après un petit silence, Jacques me dit, mi-figue, mi-raisin : « Pour un domestique, tu fais ta toilette avec trop de noblesse ! » Je le grondai pour cette réflexion déplacée. Mais d'ordinaire, il y avait plaisir à instruire Jacques de tout ce qu'il ignorait. Je lui révélais des mondes nouveaux et il buvait mes paroles.

Le chemin de Périgueux était encombré de paysans qui se rendaient à la ville, comme si ce fût jour de marché, mais beaucoup avaient étrangement soigné leur mise et les charrettes de légumes étaient rares. Peut-être y avait-il un quelconque pèlerinage à Saint-Front ou à Saint-Etienne, bien que nous fussions le vendredi 4 avril et non pas un dimanche où le peuple a plus de loisirs. Il est vrai que les festivités locales ou les fêtes religieuses chômées encombraient le calendrier sous un prétexte ou sous un autre, à ce point que les gens de métier se plaignaient qu'elles leur retirassent le pain de bouche. Les bourgeois seraient bientôt trop heureux de l'avènement du « décadi », qui leur permettrait, toutes églises fermées, de faire travailler leur monde neuf jours sur dix !

Depuis un moment, ma mule, qui n'avait que trop tendance à paresser depuis le départ, semblait nerveuse et allongeait le pas. Je fis remarquer à Jacques que nous avions donné un prix somme toute modique à son père de cet animal robuste au poil luisant, et il me rétorqua que la somme était du double de ce qu'il avait payé : la mule, qui avait appartenu au bourreau, n'était pas seulement capricieuse, mais fugueuse.

Ayant passé, en nombreuse compagnie, le pont qui franchissait l'Isle en contrebas de la vieille cité, nous abordâmes une rue en côte, et Jacques demanda l'adresse d'un perruquier, lequel était à deux pas, dans une belle maison Renaissance, qui avait dû connaître des jours meilleurs.

Alors que mon frère débattait du prix de ma chevelure, deux gentilshommes de bonne mine en tenue de ville entrèrent dans la boutique et s'impatientèrent bientôt de l'interminable négociation. Celui qui paraissait le plus important, et qui pouvait être dans la quarantaine, tirait sans cesse de son gousset une grosse montre en or enrichie d'émail, comme si sa consultation eût pu avancer les choses. L'autre, plus jeune, et qui était habillé avec une élégance plus voyante, tripotait nerveusement les perruques qui étaient à l'étalage.

L'important déclara soudain que son compagnon et lui-même étaient pressés, et il désigna au commerçant le genre de perruque qui les intéressait : un luxueux article, simple et léger, pour visite de cérémonie. Le perruquier, abandonnant sans façon sa première pratique, se mit au service des importuns, et Jacques, fort sagement, fit retraite sans protester.

J'eus alors le malheur de lui adresser un regard où il crut lire comme un reproche ou une déception, et, allant de l'avant, il déclara aux nouveaux venus qu'ils auraient pu attendre qu'il en eût fini pour se manifester.

« Je suis le marquis du Terme, dit l'important avec une hautaine indifférence, et ce monsieur est mon neveu, le vicomte de Beauregard. A qui ai-je l'honneur ? »

Redressant la tête, Jacques se nomma, et le marquis lui déclara : « Qui que vous soyez, Monsieur le chevalier, je vous supplie de croire que je n'avais nullement l'intention de vous offenser. Mais il se trouve que le vicomte a un urgent besoin d'une perruque neuve, la sienne ayant subitement cessé de lui plaire. Je vais de ce pas demander pour lui la main de Mademoiselle de La Gorce, cousine de notre intendant. Et vous devriez savoir que c'est l'usage en boutique que les acheteurs sérieux passent avant les colporteurs. Vous souffrirez donc que nous poursuivions notre affaire comme si vous n'étiez pas là. » Les choses prenaient mauvaise tournure et j'eus le pressentiment que nous allions au-devant des pires ennuis.

Je tirai discrètement Jacques par la manche pour lui faire entendre qu'il avait intérêt à s'effacer, mais je lui avais sans doute donné de trop bonnes leçons et le mot de « colporteur » l'avait touché au vif. Une réplique en entraînant une autre, le ton monta, et comme Jacques, exaspéré, mêlait français et patois, ces messieurs ne purent se retenir de rire, ce qui envenima encore la situation. Le marquis eut enfin une phrase des plus malheureuses : « Je vous trouve bien présomptueux, chevalier, de prétendre embarrasser le commerce sous couleur de vendre au rabais les cheveux de votre maîtresse. Un peu de pudeur, que Diable ! » Ne se possédant plus, Jacques tira à moitié du fourreau l'épée de Fontenoy, avec des injures grossières. Je me trouvai réduite à une désespérante impuissance.

Monsieur du Terme, avec le plus grand calme, fit compliment de la poignée de l'épée, où il croyait distinguer un travail espagnol de la meilleure facture. Il ne semblait pas qu'il eût envie d'en découdre avec un inconnu de passage. Un soupçon d'espoir revint en mon âme.

Pour mettre un terme au débat, le marquis signala négligemment qu'il ne se battait point avec des adversaires qui eussent moins de six quartiers, et Jacques s'empressa d'en avouer sept. Mon cœur se serra de nouveau et je glissai à l'oreille de mon frère : « Pour l'amour du Ciel, Monsieur, tenez-vous tranquille ! Ne voyez-vous pas que ce marquis est une fine lame ? Voulez-vous déjà perdre la vie comme un sot ? Et que deviendrais-je, privée d'emploi ? » J'avais parlé un peu haut, et le marquis du Terme vint à mon secours, un gros pavé de l'ours à la main : « Mais oui, suivez donc les conseils de votre joli valet ! Il ne suffit pas d'avoir une belle épée, encore faut-il savoir par quel bout la prendre. » D'où un redoublement d'injures, que Monsieur du Terme subit avec stoïcisme. Nous étions plongés en plein *Cid*, Jacques s'imaginant que mon estime pour lui faiblirait s'il ne commettait pas les plus fatales bêtises.

Le marquis dit au boutiquier : « Il était dit que nous serions un peu en retard ce matin. Vous nous réservez ces perruques, où nous ferons tout à l'heure notre choix à loisir. Je dois donner présentement satisfaction à ce bizarre chevalier, qui paraît avoir emprunté son épée et son costume à un père grabataire. »

Doutant peut-être de revenir, Jacques accepta pour ma chevelure le dernier prix proposé, et nous sortîmes là-dessus. Du Terme, qui connaissait bien Périgueux, nous pria de le suivre. L'oncle et le neveu, qui étaient à pied, descendirent par des raccourcis jusqu'au bord de la rivière, en amont de la ville, dans une région où divers moulins à eau avaient été bâtis sur des dérivations. Il y avait en ce temps-là des moulins partout, chaque fois que se trouvaient de l'eau courante ou des vents dominants. De ma mule, qui s'éloignait comme à regret du centre de Périgueux, je demandai à Jacques s'il avait jamais tenu une épée, et il me rétorqua qu'il avait une certaine expérience des fourches et des baïonnettes ! Mes ultimes supplications se heurtèrent à un mur. Il préférait mourir que déchoir.

Nous descendîmes de nos montures pour pénétrer avec du Terme et Beauregard dans un grand moulin à papier, dont le marquis semblait connaître le propriétaire. Lequel, avec un air entendu, pria la compagnie de monter après avoir étouffé une pièce au creux de sa main experte. Guidés par le papetier, nous longeâmes tous quatre la longue salle où les lourds maillets, munis de dents de finesse croissante, réduisaient les chiffons en pâte de plus en plus fine au creux des cuves de pierre, dans un bruit assourdissant. Puis l'homme nous fit apprécier au passage la cuve où la pâte était mise en forme et égouttée avant que les feuilles ne fussent placées sous presse entre des feutres. Il ne paraissait pas se rendre compte à quel point de tels commentaires étaient superflus en pareille circonstance. Mais, au bas de l'escalier où il nous abandonna, il dit à Jacques avec un bon sourire : « Si vous redescendez les pieds devant, vous aurez au moins appris quelque chose avant de mourir ! » Il devait être coutumier de la sinistre plaisanterie, qui était de mauvais augure.

Au dernier étage, était un vaste grenier plein de courants d'air, car les nombreuses fenêtres largement ouvertes étaient munies de volets à claires-voies qui s'opposaient à la pluie tout en laissant filtrer la lumière et le vent. Et la majeure partie de la pièce était encombrée par de grandes feuilles de papier qui séchaient sur des cordelettes tendues à hauteur d'homme.

Nous prîmes position dans l'espace disponible. Le marquis posa sa montre avec soin sur une table où étaient entassées des rames de papier, se mit en bras de chemise, et dit à Jacques, qui venait de l'imiter : « C'était autrefois, Monsieur, la coutume dans les tournois que les armes du vaincu revinssent au vainqueur. J'avoue que votre épée m'intéresse, la mienne étant également de première qualité. Vous plairaitil d'hériter de cette lame au cas où le sort me serait contraire ? » Jacques déclara que c'était la montre qui l'intéressait et du Terme fronça les sourcils en maugréant : « Voilà une ambition bien bourgeoise, mais soit ! *Vulnerant omnes, ultima necat !* » Jacques prit un air entendu et remercia.

Sur un ton las et sceptique, Beauregard invita les combattants à se réconcilier, car il eût été dommage de périr pour une perruque, fût-elle luxueuse. Cette objurgation infiniment raisonnable fit hausser les épaules au marquis, et Jacques cria fièrement à la cantonade : « *Alea jacta est ! Vae victis ! Potius mori quam foedari !* » Avec une étonnante présence d'esprit, il avait réussi à écouler tout son latin d'un coup.

Le vicomte invita alors les deux entêtés à se mettre en garde et, de sa propre épée qu'il devait ensuite remettre au fourreau, il sépara les deux fers d'un geste ample et noble. Jacques avait vécu. Mon père allait me rattraper et me martyriser. Je dus faire un héroïque effort pour garder les yeux ouverts.

Le marquis était visiblement surpris par la position et les manières du chevalier, dont les pieds n'étaient pas en ordre, dont la main gauche flottait avec indécision, mais dont la main droite demeurait immobile, comme pour indiquer la direction du cimetière. Les ferrailleurs se méfient beaucoup des nouveautés, et du Terme redoubla de prudence. Impatienté d'avoir affaire à cette bûche, il se fendit enfin, et Jacques, faisant un bond de côté, empoigna de sa main libre la lame triangulaire de la rapière adverse, qu'il ne voulut plus lâcher, tout en s'efforçant de crever son ennemi par des pointes redoublées. A l'instant que le vicomte poussait un hurlement d'indignation, le marquis était blessé à l'épaule gauche. Jacques, qui ignorait que saisir l'épée de l'adversaire était contraire à toutes les règles, lâcha prise et dit : « En avez-vous assez ? Allez-vous me donner cette montre ? » Fou furieux, du Terme se précipita sur mon frère, et il l'aurait tué sur place s'il n'avait couru chercher refuge parmi les feuilles blanches que la brise d'avril agitait.

L'affrontement connut une pause. Le marquis saignait passablement et son neveu l'invitait à ne pas poursuivre au-delà du premier sang contre un rustre dangereux qui s'était tapi dans le papier comme une bête aux abois dans des fourrés impénétrables ; on ne distinguait, et encore en se baissant, que les bottes poussiéreuses du fuyard.

« Avez-vous remarqué, mon oncle, ajouta Beauregard, les mains de cet individu quand il a ôté ses gants ? Des mains grossières, accoutumées au travail. L'épée, qui vous aura égaré un moment, est assurément de noble origine ; alors que ce prétendu chevalier, qui ne sait rien des règles, a des manières de goujat. Vous vous abaisseriez en le corrigeant vous-même. »

Avant la Révolution, deux espèces, disparues depuis, étaient fort répandues : les chevaliers et les abbés. Se présentaient comme chevaliers les cadets de famille noble, souvent turbulents, mais aussi beaucoup d'aventuriers sans aucun titre, qui ne l'étaient pas moins. Et les petits abbés qui couraient rues et ruelles [1] souffraient de la même indétermination.

Mon frère piaffait, s'escrimant contre des feuilles pour se faire la main, une main qui, pour grossière qu'elle fût, n'en était pas moins redoutable. « Viens donc, grand lâche, hurla-t-il, que je t'apprenne les règles du duel ! », et du Terme, ne se possédant plus, fonça tel un sanglier. Il y eut mémorable orgie de papier, et Jacques, tombant dans le dos du marquis au détour d'une allée de chiffon, parvint à lui percer l'épaule gauche de nouveau. Mais, se retournant comme s'il eût été piqué par un frelon, du Terme, d'un violent revers, brisa net

1. Jeu de mots : la ruelle est ici une chambre.

l'épée de Fontenoy et talonna son adversaire désarmé, qui rasait les murs pour trouver plus vite la sortie. A la seconde où le brutal passait à ma hauteur, je pris par la peau du cou un gros chat apeuré qui s'était mis en rond dans l'angle d'une fenêtre et le lui lançai à la tête. Le visage déchiré, le marquis lâcha son épée et poussa un grand cri de douleur qui fut aussi son dernier soupir : profitant de l'occasion, mon frère lui avait fendu le crâne d'un terrible coup d'une gaffe à crochet qui servait à manœuvrer les volets. C'eût été le cas de dire : « *Argumentum baculinum !* »

Un profond silence régna. Beauregard, dépassé par l'événement, demeurait bouche ouverte, la main à la poignée de son épée.

Jacques, gaffe en avant, vint lentement au vicomte et murmura avec politesse : « Voilà, mon bon Monsieur, c'est fini. J'ai appris à me battre en duel aux côtés de La Fayette, à la mode des colons d'Amérique, qui mettent de la liberté partout. Quand il s'agit de tuer pour gagner une rapière ou une montre, qu'importe le moyen, et quelle différence entre périr par le fer ou sous le bâton ? Notre âme immortelle ne s'en porte ni mieux ni plus mal. » Louchant sur la gaffe ensanglantée, Beauregard n'en eut pas moins le courage de parler d'assassinat et d'avancer une menace : « Les duellistes connaissent la mansuétude des tribunaux, les meurtriers sont promis à la corde. Vous pouvez compter que je ferai mon rapport à qui de droit, et d'autant plus circonstancié qu'aucun enfant de notre noblesse ne se serait conduit comme vous. » Mon frère m'interrogea du regard.

Il eût été tentant d'assommer aussi ce deuxième amateur de duel pour lui faire saisir que la mort est une chose sérieuse qui ne saurait se régler comme un jeu de société. Mais nous ne pouvions tuer tout le monde sous prétexte de morale : Robespierre allait s'en charger bientôt. Et le vicomte eût-il été corrigé qu'il restait encore d'autres témoins dont les dires auraient permis de reconstituer les faits. Laissant Beauregard à ses réflexions, j'entraînai Jacques, qui ne manqua point de rafler la montre au passage, et nous dévalâmes l'escalier.

Ralentissant le pas avec dignité dès qu'il aperçut le papetier, le glorieux vainqueur lui lança : « Avant de rendre son âme à Dieu, le marquis a appris comment on faisait le papier d'une main grossière. Il n'est pas mort tout à fait stupide — Mais, répliqua l'homme, il le savait depuis longtemps ! » Nous nous empressâmes de détaler.

Je trottais en tête le long de l'Isle en direction du pont qui nous conduirait au plus tôt en banlieue et en campagne, lorsqu'à peu de distance dudit pont, par lequel une foule étonnante gagnait toujours le centre de la ville, ma mule, qui avait déjà accéléré, vira soudain à droite pour emprunter un raidillon avec une telle ardeur qu'il m'était impossible de la freiner. Dès que la déclivité fut moins forte, elle gambada gaiement jusqu'à la proche cathédrale Saint-Front, longeant sa face nord à travers un peuple de plus en plus compact, déboucha enfin sur la place ouest, ouverte devant l'entrée principale du monument, et qui était noire de monde. Ce ne fut point pour la décourager, et elle se fraya intrépidement un chemin vers le centre de la place, malgré les protestations des personnes présentes, qui n'avaient rien d'autre à faire que de se ranger. J'avais renoncé à gouverner l'animal. Sauter de cette satanée mule, qui était comme possédée, m'eût d'ailleurs exposée à me rompre le cou et à perdre mon petit bagage. J'avais de plus en plus l'impression que ma monture venait participer à une cérémonie qui lui était connue et lui avait laissé de bons souvenirs.

Je compris de quoi il retournait lorsque j'aperçus, au fur et à mesure de ma progression, une capuche de bourreau, puis un échafaud avec son brigand, puis une roue, et enfin l'estrade entourée de soldats. Tout Périgueux et ses environs étaient venus goûter le spectacle, fort indiqué pour un jour maigre de pénitence, et les fenêtres donnant sur les lieux, surchargées de grappes humaines, devaient avoir été louées à prix d'or. Il était même bien connu que les exécutions publiques n'attiraient pas seulement des curieux. Dans chaque ville, et d'abord à Paris, des scènes de débauche inénarrables, dont les rapports de police discouraient longtemps, se déroulaient dans certaines maisons qui dominaient la mise à mort, l'excitation érotique étant sans cesse encouragée par la vision du supplice. Je vous ai déjà dit, ma chère fille, que les mâles sont ainsi faits que la souffrance d'autrui les pousse au rut mieux que ne sauraient le faire les bons sentiments. Si l'on doutait du péché originel, cette simple constatation suffirait à nous en persuader.

Le supplice de la roue, importé d'Allemagne vers la fin du règne de François Ier, était en principe réservé aux bandits de grand chemin qui avaient commis des atrocités particulières, et son raffinement plaisait beaucoup aux amateurs. La hache, la corde ou le bûcher ne promettaient que des joies dont la vivacité ne rachetait pas la relative brièveté. Mais une exécution sur la roue n'en finissait pas, tout l'art du bourreau, comme dans le supplice turc du pal, consistant à tuer sans léser dans l'immédiat aucun organe vital. Le pieu aigu de l'exécuteur oriental des hautes œuvres, introduit dans l'anus du patient, traverse ainsi son anatomie avec un extrême doigté pour ressortir au milieu du dos. Et nos bourreaux brisaient sur un échafaud à coups de barre les quatre membres des condamnés, allongés ensuite sur la roue, où ils avaient encore de longues heures devant eux à regarder un Ciel provisoirement muet.

Une fois que je faisais des courses à Sarlat, j'avais moi-même eu l'occasion d'assister par hasard à une pendaison au faubourg de Lendrevie, scène qui m'avait, il est vrai, peu impressionnée, car je suis beaucoup plus sensible aux idées qu'aux images. Sous l'Ancien Régime, les exécutions se déroulaient aux endroits les plus variés et les cadavres marqués d'infamie étaient longuement exposés à d'autres endroits choisis pour rappeler à tous le danger de se mal conduire.

Sans doute convient-il qu'un supplice soit public pour être exemplaire, mais il est superflu que des enfants y assistent et il est triste que l'Etat n'y gagne rien. Un vaste enclos avec places tarifées serait plus adéquat, et la foule s'y montrerait de toute façon plus sage. Telle est du moins l'idée de Monsieur de Launais, que je trouve excellente.

Vous remarquerez en passant que la Révolution, s'étant ingéniée à rendre la mort indolore, s'est rattrapée sur la quantité, à ce point qu'on ne savait plus quoi faire des cadavres. Toujours cette insoluble contradiction entre les sentiments et les actes, qui caractérise le dérèglement d'esprit jacobin.

Nous n'en étions pas encore là, et ma mule, d'un dernier coup de reins, franchit le maigre barrage de soldats qui regardaient le supplicié pour aller s'arrêter au pied de l'échafaud, le cou tendu et les oreilles pointées vers le bourreau.

Ce dernier, qui venait de disloquer une jambe à la hauteur du genou, interrompit un instant son office pour considérer la mule et s'exclama : « Bichette ! Ma Bichette ! Elle m'est revenue ! La deuxième fois qu'elle revient ! » Cassant une seconde jambe, il retourna à sa contemplation attendrie et, comme une traînée de poudre, le bruit se répandit que la mule fidèle avait retrouvé son maître. Tandis que le bourreau cassait les bras avec de gros soupirs de bûcheron, l'attendrissement devint général, et un vieux soldat écrasa une larme. Le supplicié, entre deux gémissements atroces, s'écria alors sans souci de sa réputation : « Si j'en réchappe, ton compte est bon, sale bête ! », indignité qui souleva un long cri d'horreur et de réprobation.

Je profitai du tumulte pour glisser de Bichette, prendre mon bagage et vider la place. Je retrouvai Jacques à l'arrière-plan, grimpai derrière lui sur Phoebus, et nous nous éloignâmes en hâte du théâtre de la fête par les ruelles sinueuses du vieux Périgueux, qui se faisaient de plus en plus désertes. Au détour d'une ruelle, un puits et un banc de pierre apparurent, où nous nous assîmes un moment pour souffler et aviser.

Quelle que fût l'urgence d'une situation désastreuse, je fis à Jacques un bref compliment de sa conduite. Eu égard à son intérêt, il avait sottement agi en ajoutant à son dossier le chef d'assassinat aux chefs de désertion, de vol et de rapt ; eu égard au mien, il avait gravement compromis la sûreté dont il avait la charge ; mais il n'aurait servi à rien d'insister là-dessus, et je lui parlai comme Chimène à Rodrigue. Il n'y manquait que les alexandrins rugueux du père Corneille. La rixe de barrière devint donc « héroïque trait de noblesse », et il se rengorgea, prêt à recommencer. Ce serait à moi de lui épargner les occasions.

Sachez, ma chère enfant, que pour vous faire bien voir d'un homme et le manœuvrer à votre guise, il importe avant tout de louer son courage et sa virilité. Vous pouvez traiter votre mari de voleur, d'hypocrite, de goujat, d'hérétique, de goinfre, d'abruti, de pourceau ou de libertin, il n'en sera pas trop satisfait, mais il n'y aura rien de cassé. En revanche, si vous le traitez de pleutre ou si vous vous moquez de ses capacités amoureuses après un rapport rapide et distrait où le sujet exténué aura exprimé quelques gouttes ridicules, il ne l'oubliera jamais. Et gardez-vous bien aussi de lui révéler qu'il ronfle, car cette tare, de même que les différents aspects de la virilité, est en rapport avec le lit, domaine où le mâle chatouilleux ne souffre que des éloges. Les hommes au-dessus de ces vanités sont très rares et un mari bien dressé se mène par la verge comme l'âne par la carotte.

Comme l'actuel théâtre populaire du Boulevard du Temple en témoigne, le peuple a d'ailleurs fait siens les plus stupides préjugés d'une noblesse que la Révolution avait socialement anéantie, et si la mentalité politique a évolué de façon radicale et difficilement réversible, notre aristocratie a imposé partout son point de vue le plus étroit, au fur et à mesure que les titres étaient galvaudés par le Corse à tous les degrés d'une population ébahie. Mon général d'Empire, fraîchement sorti de ses écuries, parlait d'honneur comme un grand d'Espagne, et ses laquais se mettaient à l'unisson. Rien de surprenant à ce que Jacques eût joué déjà en 88, à l'époque de la comédie bourgeoise, le premier rôle d'une tragédie nobiliaire pour cousettes et garçons bouchers. Ma présence l'avait galvanisé.

Après notre coup d'éclat, vu les hautes relations du défunt, notre signalement allait faire le tour du pays, et notre identité serait d'autant plus évidente que nous avions négligemment laissé sur place l'épée brisée révélatrice. Que convenait-il de faire ? Quitter Périgueux au plus vite, bien sûr, alors que la ville était toujours en liesse et bourrée d'un peuple avide de sang, mais en quel équipage ?

On rechercherait bientôt un paysan travesti en gentilhomme et une noble jeune fille déguisée en valet. Pour égarer les poursuites, il fallait de nouveau changer d'apparence et adopter une mise qui n'éveillât point l'attention au cours du voyage en diligence qui paraissait désormais indispensable en dépit de ses dangers. Maréchaussées et inspecteurs urbains, avec leurs sergents et exempts, sans parler des espions de tout poil, allaient courir après deux cavaliers du sexe fort : modifier du tout au tout notre costume et nous fondre dans la foule des relais présenterait une double sécurité. Nous résolûmes par conséquent de nous habiller en femme, moi-même tenant le rôle de maîtresse, et Jacques, celui de suivante. Des gants cacheraient encore ses mains rustiques, que le travail avait honorées ou déshonorées selon les préjugés, son habit le retiendrait désormais de se battre à l'aveuglette, et j'aurais l'avantage de pouvoir mener le jeu en parlant sans contrainte.

Jacques présenta Phoebus à un maquignon de banlieue, et tandis qu'il négociait la vente de l'animal et de son bel harnachement, je me procurai chez un fripier de quoi figurer en jeune bourgeoise décente, le vêtement de ma suivante étant adapté à sa nouvelle condition. De grands bonnets dissimuleraient les cheveux courts de mon frère comme les miens qui l'étaient davantage. Dans le même quartier, j'acquis également des souliers convenables, des bas et de la lingerie, et aussi deux valises, car on pouvait se souvenir de nos anciens bagages. Et derrière la palissade qui entourait une maison en ruine, nous procédâmes à notre habillage féminin, enterrant nos attributs masculins sous des pierres au fond d'un trou.

Durant l'exécution du condamné, le ciel s'était couvert, l'air avait fraîchi, et nous fûmes surpris par une pluie battante peu avant notre arrivée au relais où nous devions attendre la diligence d'Angoulême, qui avait heureusement un grand retard. Les diligences partent généralement de bonne heure, mais les incidents de route sont fréquents.

Nous nous assîmes modestement dans un coin de la salle commune et je commandai un en-cas bien restaurant. Le duel avait donné grand-faim à Jacques, et je dus le modérer, lui expliquer doucement qu'une femme, à plus forte raison une suivante, se devait de manger par petites touches avec la délicatesse d'un oiseau.

Mon frère me dit tout bas qu'il ne cessait de ressentir des courants d'air à la partie la plus intime de sa personne, et je lui répondis que c'était une habitude à prendre, le seul palliatif étant de multiplier les jupons. Il regrettait d'avoir enterré sa culotte et se demandait s'il ne pourrait pas, à la première occasion, en acheter une autre qu'il enfilerait sous sa robe. Je l'en dissuadai fermement : « Outre que l'acquisition semblerait suspecte, elle t'exposerait à de dangereux inconvénients. Ayant le derrière nu sous leur robe, les dames ont au moins l'avantage de pouvoir faire leurs besoins à leur aise. Tu dois prendre l'habitude de t'accroupir, et si ton affaire est pressée, s'il y a quelque risque que tu sois surpris par l'un de ces indiscrets qui ont le vice de guetter le beau sexe à cet instant, songe un peu à l'embarras d'avoir à ouvrir et refermer sous une longue robe le pan avant ou arrière de ta culotte. Ton déguisement ne résisterait pas à l'épreuve. » Jacques en convint et dut faire contre mauvaise fortune bon cœur.

Il nourrissait une autre inquiétude : qu'adviendrait-il si on lui adressait la parole ? Mais je devais me charger de tous les contacts nécessaires, et si un inconnu a l'audace d'importuner une femme de rencontre, cette dernière peut aisément se tirer d'affaire en faisant mine de n'avoir rien entendu. Les hommes sont habitués à une telle réaction de pudeur et de défense. Plus ennuyeuse était cependant l'hypothèse — qui n'était que trop probable — d'une bavarde désireuse d'entrer en relations pour tromper l'ennui du parcours...

Une idée assez ingénieuse me vint alors. Avant de quitter l'abri de la palissade, Jacques s'était rasé de près, mais la repousse de cette barbe, qu'il avait assez drue, soulevait un épineux problème. Je conseillai à mon frère de s'envelopper tête, joues et menton, d'un vaste mouchoir, signe qu'il souffrait d'une fluxion dentaire. Le plus clair de la repousse en serait caché, et si une femme l'agaçait, il lui suffirait, pour décourager la conversation, de porter la main à sa bouche avec un faible gémissement. C'est ainsi que Jacques s'isola pour se mettre autour de la tête le voile qu'il avait espéré se mettre au derrière. En se rasant le plus souvent possible et en gémissant au lieu de parler, Berthe, suivante de Madame Fenouillet, devait être à l'abri de toute mauvaise surprise.

C'est avec un immense soulagement que nous vîmes les dômes à moitié ruinés de Saint-Front s'effacer à l'horizon entre deux averses. Nous avions trouvé place dans le coupé avant d'une petite diligence à deux compartiments, au cul pétaradant des chevaux, et sur l'impériale qui dominait coupé et rotonde, nos maigres bagages étaient recouverts d'une bâche qui prenait l'eau. Les grandes diligences à trois compartiments étaient d'ordinaire réservées aux lignes qui allaient de Paris vers les provinces comme des toiles d'araignées. Les routes y étaient souvent bien entretenues. Tel n'était pas le cas des lignes transversales, à plus forte raison des chemins de traverse, qui étaient au mieux desservis par des voitures à « journées réglées ». C'est surtout par des lignes de ce genre que nous devions gagner Nantes par Saint-Jean-d'Angély, Niort, Fontenay et Bourbon-Vendée, sur des routes cahoteuses, mais avec l'avantage que les lignes secondaires et leurs gîtes d'étape étaient moins exposés aux curiosités policières que les lignes principales de messageries et leurs vastes relais grouillant de monde.

Jacques faisait le dolent à ravir, et je n'avais pas de mal à rester sur la réserve en consultant l'une de ces cartes routières qui existaient déjà en grand nombre.

Nous cassâmes en descendant la côte du col de Puy-de-Fourches, et Jacques profita de ce qu'on réparait pour aller pisser derrière des buissons avec le naturel et la discrétion d'une parfaite suivante. Je me rassurais peu à peu.

Nous couchâmes à Brantôme sans la moindre histoire, heureux d'être enfin seuls derrière une porte close. Et nous fîmes halte le lendemain soir, c'est-à-dire le samedi 5 avril, du côté de la Rochebeaucourt, dans une auberge assez proprement tenue, où nous eûmes encore le plaisir d'obtenir une chambre particulière, vu le peu d'affluence sur cet itinéraire et en cette saison.

Durant le souper, nous vîmes arriver en voiture privée un gras chanoine entre deux âges, un fluet petit abbé de Cour au rabat bien repassé, et une élégante religieuse qui touchait au terme de la première jeunesse. Ces trois personnages prirent place à une table proche de la nôtre et, d'après les échos qui me parvinrent de leur conversation, j'appris qu'au lieu de poursuivre sur Angoulême par Dignac, ils se disposaient le lendemain matin à piquer vers le nord par de mauvais chemins en direction d'une abbaye située entre les forêts d'Horte et de la Rochebeaucourt, du côté de Charras.

La religieuse, qui était fort jolie, devait prendre la direction de l'établissement, et le petit abbé, y faire fonction de directeur de conscience et d'aumônier. Fréquenter par les trous de la grille du confessionnal ou de la clôture une bande de femmes aux péchés monotones ne le consolait point de cet affreux exil, dont il apparaissait en filigrane qu'il était sans doute la punition d'une imprudence carabinée. Il n'avait pas l'air plus doué pour la direction de conscience que la religieuse pour l'administration d'une abbaye, mais dans une Eglise où trop de vocations étaient contraintes, on ne pouvait être bien regardant sur les compétences. Quant au chanoine, qui s'efforçait de réconforter l'abbé tout en dévorant d'incroyable manière des platées de jambon et de truffes, on l'avait ramassé en route, et il allait encore plus au nord, jusqu'à Rochechouart.

Un certain clergé d'Ancien Régime — accompagné, il est vrai, par nombre de médecins et de fermiers [1] — était d'une gourmandise sans frein et engloutissait du meilleur à longueur d'année.

De temps à autre, l'abbé louchait avec une discrète concupiscence sur la carrure de ma suivante et détournait précipitamment les yeux lorsque je lui adressais un regard de reproche.

Apprenez, ma chère fille, que chez l'homme comme chez les animaux supérieurs, le mâle cherche normalement à dominer la femelle, qui tente de découvrir son salut dans une obéissance tempérée de ruse. Mais dans l'espèce humaine, il est de notables exceptions. Certaines femmes ont un tempé-

1. Il s'agit, bien entendu, des gros Fermiers généraux qui avançaient à l'Etat l'argent de certains impôts.

rament autoritaire, qu'elles dissimuleront durant les fiançailles pour le laisser éclater ensuite. Alors que certains hommes aiment à se soumettre au lit et à y recevoir des corrections. Pour élire un conjoint avec quelques chances de succès, il est bon d'avoir ces connaissances à l'esprit, étant entendu que le lit est un monde à part, qui n'a guère de rapport avec les grimaces mondaines et sociales.

Apprenez en outre que les femmes doivent se méfier de la promiscuité des voyages et de l'ébranlement que les cahots de la route ou les vagues de l'océan infligent à leur physiologie si délicate, les plongeant dans un état de moindre résistance à un moment où l'homme, sans cesse à l'affût, se trouve lui-même excité par une atmosphère de nouveauté et de licence où tout lui semble permis. Rousseau, si peu entreprenant de nature, nous raconte, dans ses impudentes *Confessions*, comment, à l'occasion d'un voyage, il a osé sauter sur une dame distinguée — avec des résultats d'ailleurs pitoyables. Notre abbé devait avoir lu Rousseau.

Agacé, Jacques me glissa à l'oreille : « Ce gamin m'emmerde ; il a diable au corps ; a-t-on idée de s'en prendre à une fille qui a une rage de dents ? Je vais pisser, ce qui le calmera. » Car notre récente intimité, sans aucunement affaiblir le profond respect qu'il me portait, avait plus ou moins relâché son vocabulaire sans que j'eusse le cœur de l'en gronder.

Mon frère se retira donc dans la cour qui était à l'arrière du bâtiment, et où un baquet était à la disposition des buveurs.

Peu de temps après, l'abbé, à mon grand ennui, suivit le même chemin. Et je vis bientôt revenir un Jacques énervé, marchant à grands pas, puis un petit abbé dont la joue gauche était très rouge et qui marchait sur des œufs.

S'étant rassis à mon côté, Jacques me souffla : « L'abbé m'a entrepris alors que j'avais l'imprudence de pisser debout dans le baquet, comme si ce spectacle lui avait fait perdre la tête, et j'ai cru bien faire de lui coller une bonne claque.

Heureusement, il n'a rien vu de ce qu'il aurait pu voir ! » Le malentendu était superflu, mais il n'y avait pas péril en la demeure. Je fis les gros yeux à l'abbé confus, qui y répondit par un pauvre sourire : l'air de dire que la chair était faible et qu'il ne fallait discuter des goûts de personne. Je devais voir beaucoup plus étrange.

Je montai enfin me coucher avec ma suivante. A la poursuite du sommeil, Jacques me fit cette réflexion naïve que cela portait peut-être malheur de voler son père. Qu'étaient donc devenus la jolie mule, le beau cheval noir, l'habit de gentilhomme et la brillante épée ? Un sort contraire n'était-il pas contre nous ?

Je lui répliquai qu'à l'encontre des pères abusifs, le vol était la moindre des choses et qu'il n'y avait sur cette terre ni sort favorable ni sort contraire. Dieu laisse jouer la liberté qu'il nous a octroyée dans l'idée de se rattraper là-haut avec usure, l'enfer ou le paradis réduisant enfin notre libre arbitre à une fiction. Car, si les mauvais anges ont reçu permission de choir du Ciel en catastrophe, personne n'aura licence de quitter le paradis, même si les truffes y sont mal cuites.

Les abstractions, même les plus simples, ont besoin d'être soutenues par de bons exemples quand l'élève est débutant, et j'ajoutai : « Tu sais que dans chaque village, il est un paysan qui a pris coutume de violer régulièrement ses filles alors qu'elles sortent à peine de l'enfance. La justice n'est pas pressée de lever de pareils lièvres, car la preuve est difficile à apporter et le scandale serait peut-être pire que le mal. Que deviendraient ces pauvres filles une fois qu'elles auraient été déshonorées aux yeux de toute la contrée ? On fait donc semblant de ne pas savoir. Crois-tu que la victime d'un tel père n'est pas en droit de le voler, voire de le saigner comme un porc, si telle est la seule issue pour se libérer au plus vite ? Et ne vois-tu point que mon père n'avait d'autre ambition que de me faire violer par n'importe qui ? » Jacques fut très frappé de ce clair raisonnement.

Après une longue hésitation, comme je l'encourageais à parler, il me confia : « Il n'y a pas que les paysans pour abuser des filles. Ma mère m'a raconté une histoire qui s'est passée il y a longtemps. A cette époque, ton père aimait bien couchailler à droite et à gauche. Un jour, lors d'une partie de chasse, il a violé avec deux amis une petite de treize ans qui ramassait du bois mort dans la forêt, ne lui donnant qu'un maigre saucisson pour la consoler : les affaires du comte n'allaient déjà pas fort. L'enfant rapporta en pleurant le saucisson à sa mère, qui vint au château soutenir à Monsieur de Caussenac qu'il était le père de l'infortunée. Vérité ou mensonge inspiré par un désir de vengeance — qui le dira ? —, la chose était en tout cas possible, à ce point que le comte en fut très chagrin. C'est depuis qu'il a versé dans la piété. » Le récit était digne d'un conte de Perrault : l'Ogre avait eu une indigestion.

Inquiet, ne pouvant trouver le sommeil, mon frère descendit prendre l'air : la pluie avait cessé et la nuit était limpide. Je lui recommandai la plus extrême prudence : une jeune fille qui pisse debout ne se promène pas seule sous la lune, et il pouvait rencontrer l'abbé désireux de pousser sa pointe. Lorsqu'il ouvrit la porte de notre chambre, j'entendis une rumeur monter de la salle, qui devait être mieux achalandée qu'au moment du souper. Beaucoup d'auberges de poste servaient de taverne jusqu'à une heure assez tardive si l'autorité fermait les yeux. Je me déshabillai et enfilai ma chemise.

Bientôt, Jacques revenait hagard et me narrait de façon désordonnée ce qui pourrait se résumer de la sorte : Monsieur de Chasseneuil, en tenue de cavalier, était attablé en bas, assis sur une couronne de six livres, dont le pain était plus tendre que le bois du banc ; il mangeait un chapon avec appétit et buvait sec, en homme soucieux de se restaurer après une longue route ; son manteau, qui séchait devant l'âtre, était d'ailleurs trempé de pluie, et ses bottes, crottées jusqu'à mi-tige. Que Diable pouvait-il faire là ? Plus extraordinaire encore que cette présence, il avait reconnu Jacques sur-le-champ, malgré son travesti et sa fluxion, et lui avait fait un discret signe d'amitié. Il était en tout cas peu probable qu'il s'attardât dans la salle, car le fait de s'être assis sur du pain l'avait mis en butte aux réflexions désagréables d'une troupe d'ivrognes, qui ne pouvaient évidemment soupçonner le caractère thérapeutique de la mesure. Un bougre qui vient de se taper des heures de cheval a bien le droit de se soigner. C'est pourtant avec de tels malentendus qu'un climat révolutionnaire se développe.

Avant que nous ayons pu prendre la moindre décision raisonnable dans cette situation extravagante où les conjectures étaient si incertaines, on frappa à la porte, et Monsieur de Chasseneuil fit son entrée. J'étais au lit en chemise, et Jacques désemparé, tête nue et sans mouchoir, insoucieux de froisser sa robe, s'était effondré à côté de moi et me serrait la main, comme si j'eusse pu le préserver de la potence.

« Eh bien, dit gaillardement le visiteur pour rompre la glace, la dernière fois que je vous ai aperçus tous deux, vous étiez en soldat, et vous voici en femme ! Les jours se suivent et ne se ressemblent pas. »

Il s'assit délicatement sur une chaise branlante et poursuivit avec gravité :

« Le temps presse, Mademoiselle, et je ne m'étendrai point sur les excuses que j'ai à vous présenter pour mon indigne conduite, non qu'elles ne soient pas sincères, mais il y a mieux à faire, et les regrets se prouvent d'abord par des actes. »

Et Monsieur de Chasseneuil de nous brosser en termes colorés et sensibles son arrivée à Caussenac, que j'ai retracée plus haut, ajoutant ce qui suit :

« Dans l'après-midi du même jour, alors que j'avais du mal à me remettre du choc que j'avais reçu, votre père est monté m'informer de votre résurrection, précisant que, selon toute apparence, vous aviez pris la fuite avec votre frère de lait, après avoir, en tout cas, fait main basse sur sa cassette, son plus fringant cheval et sa plus belle épée. Un paysan qui soignait ses ruches dans l'air engourdi du petit matin prétendait avoir vu passer sur la route de Montignac le cheval noir du comte et la mule de Monsieur Cadouin : une route qui, vous le savez, conduit vers Limoges, avec des bifurcations pour Tulle, à l'est, et pour Périgueux, à l'ouest.

« Votre père, qui était dans un état de rage froide et concentrée, de désespoir et d'amertume sans bornes, m'exprima avec beaucoup de civilité tout l'ennui qu'il ressentait de ce qu'il appelait votre " inconduite ", me dit qu'en pareille circonstance, les torts étant partagés, il y aurait peut-être lieu de revenir d'un commun accord sur la promesse de mariage, qu'il ne me retenait donc point, et qu'après avoir déposé plainte pour rapt et vol auprès du procureur, il allait se mettre incessamment en campagne avec ce qu'il pourrait réunir de monde afin de capturer au plus tôt une fille ingrate, doutant de l'efficacité des pouvoirs publics pour le satisfaire à brefs délais.

« Ne songeant, Mademoiselle, qu'à vous être utile en considération de mes torts, je déclarai que l'appréhension qui vous avait éloignée était aussi compréhensible qu'excusable, qu'elle témoignait plutôt de votre piété et de l'excellence de votre éducation, que je n'avais jamais eu l'audace, quels que fussent mes mérites, de prétendre m'imposer à un cœur qui ne m'aurait pas souffert, et que je tenais à honneur de participer à la poursuite, afin d'être dans les premiers à vous assurer de mon estime.

« Il m'étonnait d'ailleurs d'une plainte pour rapt, et surtout pour vol, les pères n'ayant pas coutume de déshonorer leurs enfants sans plus longues réflexions.

« Ces paroles surprirent infiniment — et de façon assez désagréable — Monsieur de Caussenac, qui ne put cependant faire autrement que de m'inviter à l'expédition.

J'avais, bien sûr, l'arrière-pensée d'égarer les recherches ou de vous prévenir, le cas échéant, de l'imminence du danger. »

Vous pensez bien, ma chère fille, que je remerciai le baron de Chasseneuil avec effusion et que je lui dis toutes les gracieusetés possibles, insistant bien sur le fait, qu'on m'avait fait valoir de toute part, que les bougres faisaient les meilleurs maris, et que cette seule qualité m'eût fait pencher de son côté si j'avais eu la vocation bien affirmée du mariage.

La chaise de paille étant dure, cet excellent homme me demanda courtoisement l'autorisation de s'asseoir près de moi sur le lit, puis il acheva de m'informer :

« Le lendemain à l'aube, le comte avait sous la main une véritable meute d'amis et de domestiques, avec ce qu'il fallait de bourriches et de bouteilles pour les haltes et de chiens pour battre les buissons. Une inquiétante excitation régnait, que j'avais du mal à combattre, comme si votre père, qui avait tant aimé la chasse, voyait dans cette ultime curée le couronnement d'une carrière cynégétique bien remplie. Nous partîmes donc vers Montignac et La Bachelerie, bien montés, et même avec nombre de chevaux de remonte.

« Comme vous aviez bientôt quitté la route principale pour obliquer vers Périgueux par des traverses, nous perdîmes heureusement beaucoup de temps à retrouver vos traces, et nous n'arrivâmes dans cette capitale que le soir du jour où le marquis du Terme avait perdu la vie au cours d'un duel... euh... original. C'était à Périgueux l'événement de ce vendredi, qui avait presque éclipsé l'exécution si courue de la matinée. Je ne vous dépeindrai pas, Mademoiselle, la douleur de votre père à retrouver sa lame de Fontenoy brisée après avoir figuré dans une rencontre où les règles ordinaires des tueries n'avaient pas été respectées, la peine de Monsieur de Beauregard d'avoir perdu de manière si soudaine et si cruelle un oncle bien aimé, son ahurissement d'apprendre que Mademoiselle de Caussenac avait pour ainsi dire servi de témoin en l'occurrence à son frère de lait roturier. Je ne vous dépeindrai pas non plus la sombre affliction de Monsieur le Subdélégué à l'idée qu'un parent de l'Intendant de Toulouse avait été meurtri dans ses murs...

« Comme nous pensions que vous aviez dû acquérir une autre monture pour remplacer la mule revenue de façon si étrange au bourreau, nous avons fait de bon matin le tour des maquignons et loueurs de chevaux du lieu, pour retrouver au contraire le cheval Phoebus, ce qui nous a naturellement orientés vers le service des diligences. Et un fait a retenu notre attention : deux jeunes bourgeoises, dont l'une souffrait de fluxion, étaient parties la veille vers Angoulême. Cette fluxion était suspecte, qui pouvait cacher un soupçon de barbe, et cette route d'Angoulême, qui menait vers La Rochelle ou vers Nantes, était tout indiquée pour des fugitifs qui auraient eu le dessein de s'embarquer vers une terre lointaine.

« Nous avons donc couru vers Brantôme, et là, dans la chambre que vous aviez occupée, Mademoiselle, les chiens, à qui l'on avait fait flairer l'un de vos sous-vêtements, ont manifestement reconnu une odeur familière. Votre père ne douta plus que l'hallali fût proche et sa joie sauvage éclata en alexandrins incongrus. Cette manie des alexandrins lui est venue tout récemment, et je n'en augure rien de bon. Je n'avais jusqu'alors pu faire grand-chose pour vous aider sans me découvrir, et d'autant plus qu'on se défiait de moi, puisque j'étais le seul à montrer un peu d'humanité.

« J'ai le regret de dire que les épreuves inouïes qui se sont abattues sur le comte semblent lui avoir troublé l'esprit, et je tremble à l'idée des excès qu'il pourrait commettre s'il vous rencontrait seul à seule.

« Nos montures avaient impérativement besoin de repos, et nous avons remis à demain le soin de pousser plus avant. En fin d'après-midi, j'ai quitté la compagnie sous prétexte de rendre visite à un ami dans les environs, j'ai acheté à prix d'or le meilleur cheval que j'ai pu trouver, et j'ai crevé l'animal pour vous joindre ce soir au plus tôt.

« Comment pouvez-vous à présent échapper à cette bande de furieux, qui n'ont pas de mal à aller plus vite qu'une voiture publique ? Si vous continuez sur Angoulême, vous serez rejoints avant d'y parvenir. Mais il est une berline à la porte de l'auberge, qui doit conduire trois ecclésiastique à une abbaye au milieu des bois. Je me suis permis de leur signaler que ma nièce et sa femme de chambre aimeraient à y faire retraite, et ils sont disposés à vous prendre en leur compagnie. Le petit abbé m'a même paru enthousiaste du projet, et il a décidé les deux autres, qui étaient plutôt hésitants. Vous seriez ainsi partis demain bien avant l'arrivée du comte et de ses limiers, qui n'auront pas motif de s'arrêter ici pour quêter des renseignements, puisqu'ils vous croiront dans la voiture d'Angoulême. De cette abbaye, renonçant à votre retraite, vous trouverez bien moyen de pousser plus loin, d'une manière ou d'une autre, sous un déguisement ou sous un autre, jusqu'à ce que vos traces s'évanouissent pour de bon...

« Voici sept mille livres de billets sur la banque d'Amsterdam, contre lesquels vous aurez de l'argent comptant dans le port que vous voudrez. Je n'ai pu réunir davantage en si peu de temps. La somme vous aidera quand même à vous faire une vie nouvelle, car je ne pense pas qu'il faille trop compter sur Monsieur de Caussenac pour vous l'assurer. »

J'embrassai Monsieur de Chasseneuil en pleurant, et ce fut la scène la plus attendrissante du monde.

Avec un soupçon de gêne, Chasseneuil suggéra :

« Il n'est pas question que je retourne à Brantôme ce soir. Je suis épuisé et mon cheval est à moitié mort. Votre père se passera bien de moi et se dira sans doute que, las de courir les routes, je me suis retiré de la chasse. Comme il n'y a plus une chambre de libre dans cette petite auberge après l'arrivée du clergé, pourriez-vous m'abriter pour la nuit ? »

J'aidai mon ex-prétendant à retirer ses bottes, ce qui fut pour lui l'occasion de soupirer poliment : « Ah, comme j'aurais aimé dormir avec vous sans témoin et dans un climat plus calme ! » Puis nous nous poussâmes pour lui faire une place, et il s'étendit avec un grand soupir d'aise. Je soufflai la chandelle.

Monsieur Minet sentait furieusement le cheval, mais c'était un moindre mal. Tandis que Jacques ronflait avec cœur, il me renouvela en chuchotant l'expression de ses regrets, m'affirmant avec l'accent de la sincérité que son écart de La Bachelerie plaidait paradoxalement pour la pureté de ses intentions : s'il n'avait pas été décidé à faire un mari modèle, il n'aurait pas si facilement succombé à l'attrait d'un dernier plaisir interdit.

Je lui serrai la main avec une tendresse qui n'était pas feinte et, pour mieux dominer l'émotion qui me gagnait, je mis l'entretien sur un sujet plus général : pourquoi certains hommes entraient-ils en bougrerie au lieu de suivre le chemin habituel ?

« Ma chère petite, me dit cet expert, il y a, je crois, au départ, des expériences de jeunesse ou d'adolescence qui inclinent la sensibilité de ce côté, mais le problème n'est pas résolu de savoir quel rôle pourraient jouer des dispositions naturelles innées ou précoces. Platon et Descartes s'opposent ici à Locke et à Hume. On incrimine aussi parfois l'étouffante influence d'une mère jalouse. Il est certain que ma mère ne m'a pas fait de bien. La plupart des enfants gagneraient à être orphelins de bonne heure. Avez-vous remarqué la brillante carrière d'enfants naturels abandonnés de tout le monde, tel Monsieur d'Alembert ? En tout cas, lorsque le pli est pris, il est certes malaisé de s'en défaire. »

Je lui demandai franchement pourquoi il préférait le derrière à l'orifice féminin, et le derrière des hommes à celui des femmes ou des animaux. (J'avais lu quelque part que certains bougres étaient amateurs de gros dindons dodus.)

Pourquoi enfin il consentait qu'on l'attaquât par un fondement si sensible, sans cesse en quête de coussins ou de pain frais.

Monsieur de Chasseneuil poussa un grand soupir et me répondit qu'il était impossible d'expliquer à une jeune fille une chose qu'il avait du mal à s'expliquer lui-même et qui devait relever de la mythologie. Je le crus sur parole puisqu'il m'inspirait confiance.

Vexé peut-être de l'innocente audace de mes questions, il abandonna ma main, se détourna et s'endormit. Bientôt, il émit un ronflement doux et sonore, comme un ronronnement de chat paisible au coin du feu, très différent du ronflement viril de mon frère. J'ai compris cette nuit-là pourquoi la polyandrie était insupportable à tant de femmes.

Au matin, sans oser réveiller Chasseneuil qui avait encore besoin de se refaire, nous prîmes langue avec les trois ecclésiastiques dès qu'ils furent visibles, et ils nous confirmèrent aimablement tout le plaisir qu'ils auraient à nous obliger. Quand la diligence partit, nos nouveaux amis étaient encore loin d'être prêts. L'abbé faisait cirer trois paires de souliers à boucles ; la religieuse, qui se plaignait d'être distraite, comptait et recomptait bagages et accessoires ; et le chanoine faisait entasser dans la berline des provisions de bouche pour soutenir un siège. Les yeux fixés sur l'horizon où mon père pouvait apparaître d'un moment à l'autre, je bouillais d'impatience et Jacques ne vivait plus.

Enfin, notre voiture s'ébranla tout doucement, conduite par un vieux cocher perclus. Charité toujours en éveil ou désir d'avoir son monde au rabais, les gens d'Eglise se font une spécialité d'engager des infirmes, qui reconnaissent leurs bons soins en cultivant une animosité sournoise.

Chemin faisant, l'abbé félicitait ma suivante de sa prompte guérison et s'efforçait de prendre langue — nous avions évidemment renoncé à la fiction de la rage de dents après les révélations de Chasseneuil —, tandis que le chanoine, qui déjeunait de cœurs d'oies confits farcis au foie gras, et l'abbesse encore un peu somnolente bavardaient avec cette retenue compassée qui est particulière au clergé lorsqu'il est en représentation devant des tiers. Je complimentai la religieuse d'une piété si haute qu'elle l'avait conduite encore jeune à une telle position, et elle me répondit modestement que cette position finale était surtout le fruit d'une position première : la fortune de sa noble famille ayant été écornée par les mariages de ses deux sœurs aînées, il ne lui restait d'autre solution que de faire carrière dans les ordres avec, par bonheur, d'efficaces appuis : elle avait un frère évêque et son grand-oncle avait été cardinal.

Les chevaux allaient à un train de sénateur, et les accrocs se multipliaient au hasard des rochers et des fondrières. Le cocher incapable avait même réussi à nous égarer un moment sous prétexte de nous faire prendre un raccourci.

Près d'un village qui s'appelait, je crois, « Clédou », nous dînâmes dans une clairière alors que le soleil était déjà sur son déclin, et ce repas, vu la voracité du chanoine et les agréments d'une conversation qui avait pris un tour plus naturel, se poursuivit jusqu'au milieu de l'après-midi.

Alors que j'étais de plus en plus anxieuse — car si mon père ne nous voyait pas dans la diligence d'Angoulême, il aurait tôt fait de rebrousser chemin et de nous retrouver —, je dus satisfaire la sympathique curiosité de l'abbesse sur mon mari et mes parents, qui étaient censés s'occuper d'une fabrique d'indiennes à Nantes, sur mes deux enfants... Malheureusement, la jeune femme connaissait fort bien cette ville, où je n'avais jamais mis les pieds, et lorsqu'elle me demanda où en étaient les travaux du théâtre Graslin, dont l'inauguration avait été prévue pour Pâques de la même année, je ne fus sauvée de la confusion que par un pitoyable gémissement de ma suivante.

C'est dans ce théâtre Graslin, du nom du mécène qui l'avait fait bâtir de ses deniers, un receveur des Fermes du roi et de la Ferme des tabacs, que fut donné un grand bal en février 95, en l'honneur de la Paix de la Jaunaie, en présence des généraux républicains et vendéens. Ces messieurs n'ont pas si souvent dansé ensemble ! Mais dès 96 le monument était incendié. Je crois que le Corse l'a fait retaper.

Notre progression reprit, désespérément lente, tandis que les ombres s'allongeaient. Pour nous distraire, l'abbé ne trouvait rien de mieux que de nous raconter des histoires de brigands. Celui qui avait été roué à Périgueux avait fait les beaux jours d'une bande qui courait encore et se faisait bien voir du peuple en chauffant les pieds des riches pour distribuer quelques aumônes de loin en loin. Les pauvres, qui n'ont rien à perdre, ont toujours chéri les brigands qui savaient soigner leur réputation. A en croire l'abbé, le chef de la bande, un certain Briscard — nom ou surnom ? —, ancien commis des gabelles perdu par le jeu et les femmes, était l'incarnation du mal, un parangon de cruauté et de licence, dont la tête avait été mise à prix. A Noël, avant de lui emprunter son chapeau, qu'il avait agrémenté de plumes multicolores, il avait fait crucifier, entouré de chouettes, à la porte d'une grange, un ex-jésuite qui s'était reconverti dans le commerce d'un baume miraculeux.

L'abbesse en avait la chair de poule, et elle répétait : « Taisez-vous, d'Artigues ! Taisez-vous, de grâce ! Quand on parle du loup... A force de l'invoquer, vous allez faire apparaître ce monstre qui vit au sein des forêts. » Et d'une voix timide, qui prit bientôt de l'assurance, elle entonna une chanson à hisser de corsaires nantais, que nous reprîmes en chœur avec elle pour chasser la crainte qui nous avait pénétrés :

Nos prises, au bout de six mois,
Ont pu se monter à trois :
Un bateau plein de patates,
Chaviré plus qu'à moitié,

Un deuxième de savates,
Et le dernier de fumier...

Nous étions entre Clédou et Charras, au fin fond d'un bois épais, quand nous fûmes arrêtés soudain par six individus à la mine patibulaire, qui, l'escopette ou le pistolet à la main, nous firent descendre de voiture avant de procéder à une fouille minutieuse de nos bagages et de faire main basse sur tout ce qui pouvait les intéresser. C'est ainsi que l'or dont nous pouvions disposer changea prestement de main. Durant cette opération, le chef, dont le chapeau à plumes était remarquable, nous interrogeait sur nos identités et relations de famille. Nous étions sans aucun doute tombés entre les griffes du trop fameux Briscard.

Je me félicitais d'avoir caché les billets de la banque d'Amsterdam dans une poche que j'avais grossièrement cousue à l'envers d'un de mes jupons, mais on nous intima l'ordre de nous déshabiller complètement afin que fussent examinés nos habits et nos personnes.

Plus morte que vive, l'abbesse révéla toute une série de dessous du dernier luxe où la dentelle le disputait à la soie, et Jacques dut bientôt exhiber une anatomie qui causa une sensation des plus vives. Nous étions nus comme vers lorsqu'on découvrit enfin mes billets. L'odieux Briscard, vu que certaines femmes, lors d'agressions de ce genre, s'empressaient de dissimuler un rouleau de louis dans leur nature, osa fourrer ses doigts crochus dans l'intimité de la pauvre abbesse, où la voie avait déjà manifestement été frayée par quelques autres. Ayant en revanche constaté que j'étais vierge, le gredin s'exclama d'une voix tonnante : « Mais, parole d'honneur, on cherche une fois de plus à me tromper ! La mère de famille est pucelle ! La suivante est un homme ! L'abbesse se fait foutre ! Le chanoine a le ventre si rond qu'on ne voit plus de quel sexe il est et l'abbé a un robinet de rossignol ! Quelle société est-ce donc là ? Il n'y a plus d'honnêteté que chez nous. Ah, je sens que je vais me fâcher pour de bon ! » Il y avait de quoi trembler. A quelle sauce allions-nous être mangés ?

Pour l'abbesse et pour moi, l'hésitation ne fut pas longue : avec beaucoup de naturel, les brigands se déculottaient déjà et mettaient à l'air des organes que des exercices répétés semblaient avoir musclés de manière inquiétante...

C'est un fait, ma chère fille, que la tendance au viol est constante chez l'homme. Dès que les circonstances sont favorables, dès que l'impunité paraît acquise, la brute se déchaîne à huis clos, quand elle ne cherche pas dans le viol collectif un piquant particulier. Après la prise d'une ville, toutes les femmes connaissent cette injure, sur laquelle les distingués généraux ferment les yeux, et ces mêmes soldats qui s'en sont donné à cœur joie feront peut-être un jour des maris et des pères décents. Du moins en apparence, car beaucoup de nos tristes mariages ne commencent-ils point par un viol ?

Mais je ne veux pas vous faire languir...

Grâce au Ciel, avant que ces barbares, pour lesquels la roue est trop douce, aient pu nous mettre à mal, une troupe de cavaliers accompagnés de chiens tomba tout d'un coup sur notre berline, dont le misérable cocher, qui n'avait intéressé personne, était demeuré philosophiquement assis sur son siège. La confusion fut aussitôt à son comble, les pistolets tonnant, les épées ferraillant, le vieux cocher fouettant ses chevaux pour se soustraire au plus vite au péril. Avant de courir le long d'un sentier me mettre à l'abri au creux du bois, suivie de quatre autres nudités en fuite, j'avais eu le stérile plaisir de voir mon père casser d'un coup de pistolet le crâne de Briscard que sa lubricité avait perdu : il n'est pas aisé de combattre quand on connaît des embarras de culotte.

Dans la pénombre d'une cabane déserte de charbonnier, où nous avions trouvé un refuge illusoire qui n'abritait que notre pudeur, les échos du carnage nous parvenaient assourdis. « Prions, prions ! » disait l'abbesse en claquant des dents. Mais quels vœux pouvais-je formuler ? Si mon père restait en vie, c'était à coup sûr la mort pour Jacques et l'esclavage pour moi. Si les brigands triomphaient, c'était le viol immédiat, sans préjudice d'autres sévices. Mais un sûr instinct me disait qu'un bandit était quand même préférable au père dont j'avais hérité.

Le silence tomba sur la forêt, rompu seulement par le chant des oiseaux à la veille de se coucher. Cette bataille, qui avait paru durer un siècle, n'avait pris sans doute que quelques minutes.

Une silhouette apparut enfin. C'était mon père, qui avait tiré l'épée après avoir déchargé son pistolet, et il marchait très lentement, épuisé, du sang coulant de sa cuisse.

Le blessé était parvenu à proximité de la cabane lorsque l'abbesse joyeuse se précipita pour rejoindre ses habits, faisant au passage une pudique petite révérence de profil au comte de Caussenac en se nommant. L'abbé et le chanoine suivirent le même chemin, avec les mêmes présentations hâtives et les mêmes saluts courtois.

L'esprit un peu perdu devant ces étranges apparitions, mon père s'écria : « Juste Ciel ! Quelle Eglise avons-nous aujourd'hui ? Et qu'aurons-nous demain à ce train-là ? » Mais sa hantise le reprit vite, et il s'avança l'épée nue vers la porte ouverte de notre abri, où il semblait avoir deviné que mon frère et moi étions demeurés immobiles comme dans un terrier, osant à peine respirer.

A peu de distance de la porte, il déclama d'une voix chevrotante quelques vers improvisés qui paraissaient sortir d'une vieille tragédie :

> Sombre et digne Brutus qui se trompe d'époque,
> Père déshonoré d'une fille aux abois,
> Je m'enfonce à pas lents tout au fond de ces bois
> Pour percer de mon fer l'ingrate qui se moque !

Jacques murmura : « Il est devenu fou ! Qu'allons-nous devenir ? » La légitime défense ne faisait pas question. Mon frère étant paralysé par des siècles de servage, je m'emparai d'un tabouret qui avait perdu deux pieds sur trois, et lorsque le comte franchit la porte en clignant des yeux comme un vieux hibou en quête d'une souris, j'abattis de toutes mes forces le meuble sur son crâne fêlé.

TROISIÈME PARTIE

J'avais cependant agi sans réflexion, car mon destin était suspendu au fait qu'un des bandits au moins avait réussi à s'enfuir. Si ce doute m'était venu à l'esprit, peut-être mon geste libérateur eût-il été plus hésitant.

En me rhabillant, je comptais du coin de l'œil avec angoisse les corps qui m'intéressaient : quatre cadavres de brigands étaient sur le terrain, dont les vits avaient repris les modestes proportions en rapport avec leur état. La femme est toujours belle, qu'elle soit chaste ou en appétit ; la plupart des hommes, punis de leurs prétentions, ne peuvent connaître que l'obscénité ou le ridicule [1].

On rapporta bientôt la dépouille du comte, qui avait semé le plus clair de sa cervelle en chemin. La fuite de deux bandits sur six m'apparaissait comme le signe qu'une Providence éclairée n'avait cessé de bénir mes efforts.

Méfiez-vous, ma chère fille, de voir des signes partout. Il n'est plus déplorable superstition. Le seul signe qui nous est donné est celui de notre conscience et des vertus sans défaillance qui s'en inspirent. Mais, dès que notre conscience va bien, il est pardonnable de distinguer dans un heureux événement la sanction de notre piété.

---

1. Note marginale de Monsieur de Launais : Merci pour « la plupart » ! Une délicatesse digne de l'Ancien Régime.

Lorsque chaque victime de l'agression eut réparé ses pertes, la troupe du comte défunt tint un bref conciliabule. Le disparu avait dû se rendre insupportable à tous ses compagnons depuis le départ, car son oraison funèbre fut courte. Si l'on excepte trois ou quatre domestiques du château de Caussenac, il y avait là sept gentilshommes de médiocre mine, connus pour devoir depuis des éternités un peu d'argent à mon père, et Monsieur Moustier, l'intendant prévaricateur de nos domaines. Il était urgent de ramener à la Rochebeaucourt deux gentilshommes gravement blessés qui perdaient leur sang en abondance. Le problème était de savoir si l'on y ramènerait aussi Jacques et moi-même pour nous remettre à la maréchaussée. La noblesse présente ne voyait aucune objection à cette procédure expéditive, mais Moustier, qui avait, par la force des choses, quelques notions de droit, était fort hésitant, flairant des embûches.

Depuis nombre d'années, philosophes et Parlementaires menaient grand tapage à propos des Lettres de cachet, ce qui avait familiarisé beaucoup de monde avec la question des libertés individuelles, dont on s'imaginait, bien à tort, qu'elles étaient mieux préservées aux Etats-Unis ou en Angleterre qu'en France. Et cette affaire était devenue à Caussenac sujet de conversation courant lorsque nous donnions à souper. Fort ignorante des procès et des prisons, j'étais donc en revanche des plus ferrées sur le sujet des arrestations.

Le soulagement que j'éprouvais à la mort si opportune de mon père, qui était pour moi comme une seconde naissance, aiguisait mes esprits, en dépit des émotions que je venais de subir, et j'interrompis le conciliabule avec hauteur :

« Cessez donc de bavarder en l'air, Messieurs : deux d'entre vous sont grièvement atteints, et je dois poursuivre ma route.

— Mais, fit observer Moustier, votre père nous a dit avoir déposé auprès du procureur de Sarlat une plainte pour rapt et vol, qui, relevant du droit criminel, suit son cours après le décès du plaignant. Et le procureur de Périgueux a en outre été saisi d'une plainte pour assassinat et complicité sur la demande de la famille du Terme. Les Lieutenants criminels des deux cités instruisent ces affaires avec diligence...

— Peu m'en chaut pour l'instant !

— Vraiment, Mademoiselle ?

— Vous savez bien que, ni à Sarlat ni à Périgueux, nous ne sommes dans le cas du flagrant délit, où la police, voire un simple particulier, peuvent intervenir librement. Quand une plainte a été formulée après le fait, personne n'a le droit d'attenter à la liberté d'un suspect sans décret de prise de corps en bonne et due forme. Ce décret exige une information préalable, soutenue et éclairée par des témoins qui ont reçu des assignations particulières pour les requérir de déposer. Et ces assignations sont elles-mêmes subordonnées à la permission d'informer, qui fait suite à l'enregistrement de la plainte par l'autorité compétente.

« C'est fort lent, certes, mais on ne saurait agir différemment dans un Etat policé soucieux des libertés publiques. Car si l'évidence d'un fait est démonstrative dans l'instant pour tous ceux qui en sont témoins, cette évidence pâlit par la suite au fur et à mesure que les heures s'écoulent, et la justice n'a plus alors d'autre ressource que d'interroger *a posteriori* les témoins pour vérifier si une action criminelle s'impose ou non.

« Vous osez me parler, par exemple — et avec une légèreté bien coupable ! — d'un prétendu assassinat à Périgueux. Si tel avait été le cas, le vicomte de Beauregard, à charge pour lui de s'en justifier par la suite, eût appréhendé sur-le-champ mon serviteur, dont tout le monde sait qu'il est incapable de tenir une lame plus de trois minutes. Mais le vicomte n'a pas pipé, et c'est à présent à un Lieutenant criminel de juger si les dires partiaux de cet unique témoin ont quelque vraisemblance. Pour ma part, j'ai vu le marquis, blessé à deux reprises à coups d'épée de la façon la plus courtoise, une fois de face, et une autre fois qu'il s'était détourné pour prendre du champ. Puis il a marché par mégarde sur la queue d'un gros chat qui lui a sauté au visage, a perdu l'équilibre et s'est fendu le crâne contre un mur. Nous n'avons pu le ranimer.

« Saisissez-vous, Monsieur Moustier, le bien-fondé de notre procédure, qui n'a d'autre dessein que de faire éclater toute la vérité ? Pour le moment, unique héritière d'un père vénéré, riche et libre, je voyage innocemment avec un serviteur de mon choix. Telle est la situation présente, à laquelle il n'y a rien à redire. Vous n'ignorez pas, je pense, que les individus qui lèvent la main sur autrui sans mandat, usurpant les privilèges de la justice royale, sont passibles des peines les plus sévères. Voulez-vous aller en prison avant moi ? »

Ebranlé, Moustier expliqua aux ahuris qui l'entouraient que, dans ces conditions, arrêter des fugitifs qui ne l'étaient plus risquait en effet d'être illégal. Il était sans doute préférable d'attendre les décrets de prise de corps.

Le comte de Saint-Pardoux, un vieux cornard dont la jeune femme faisait scandale, parla alors de Lettres de cachet, et j'eus plaisir à lui river son clou :

« Il m'étonne, Monsieur, d'entendre ce mot de votre bouche, alors que mon regretté père y voyait la négation des dernières libertés de la noblesse. Mais à quelles Lettres faites-vous donc allusion ?

« Deux ou trois fois sur mille, le roi peut avoir recours à une Lettre de cachet à l'égard d'un plumitif trublion qui est tout heureux de connaître l'honneur et les agréments d'une Bastille plutôt que d'aller gémir sur la paille pourrie et infamante des cachots ; et la même Lettre pourra régler une affaire d'Etat qui exige le secret. Or je ne suis, que je sache, ni écrivain ni espion.

« S'agirait-il des Lettres de cachet dans l'intérêt des familles ? Lorsque des parents désespérés de l'inconduite d'un enfant demandent au roi de l'envoyer discrètement réfléchir entre quatre murs ? Lorsqu'un cocu qui est la fable de la contrée supplie qu'on le débarrasse un moment d'une dévergondée notoire ? Mais, Monsieur, il y a beaucoup plus de postulants que d'élus, et de telles grâces se méritent par une longue attente. Chaque requête exige l'avis du maire, du commissaire et du curé. Et au reste, mon père, dans sa sagesse, n'a pas daigné suivre cette voie pleine de mansuétude.

« Ah, je saisis où vous voulez en venir ! La plupart des Lettres de cachet, en effet, sont utilisées à la demande des juges pour pallier la désespérante lenteur de cette procédure de prise de corps, dont j'entretenais tout à l'heure cet excellent Monsieur Moustier. Et lorsque le décret de prise de corps est enfin signé, la Lettre est abolie. Mais un tel expédient, auquel répugne un pouvoir formaliste, n'est consenti que dans des cas d'extrême urgence et dans des affaires de haute gravité, pour empêcher un criminel de sang de prendre le large. Le rapt ou le duel ne sont guère concernés par cette procédure d'exception... »

Je tenais la troupe sous mon verbe, et j'étais d'autant moins fâchée de déployer ma petite science que les deux blessés, qui s'affaiblissaient d'instant en instant, n'avaient plus la force de gémir. J'avais dansé avec l'un, qui pouvait avoir une trentaine d'années, dans les jardins de Bénac un soir de juin, et l'autre, qui était un peu plus âgé, m'avait aimablement donné des leçons d'équitation. Et ces deux fripons, parce qu'ils devaient quelque argent, m'avaient poursuivie sans relâche pour me remettre enchaînée aux mains d'un père indigne ! Sur le théâtre même de leur forfait, ils avaient été frappés, et mon éloquence achevait tout doucement de les saigner. J'avais eu trop peur pour faire quartier et ne pas m'associer avec discrétion aux apparents décrets du Ciel.

Il me semblait que Monsieur Moustier ne s'était pas

montré très combatif et que je l'avais persuadé bien vite. Tout en discourant avec le cornard, j'en compris subitement le motif. Une fructueuse idée avait germé dans sa tête de fouine : si je passais à l'étranger ou si, me faisant prendre, j'étais l'objet d'un interminable procès, il aurait une merveilleuse latitude de tripoter dans mes biens.

Ma sûreté l'emportant alors sur toute autre considération, j'assurai Moustier de mon entière confiance, lui confirmai verbalement, mais devant témoins, l'intendance de Caussenac, et le priai de mettre ma belle-mère à la porte si aucune clause explicite du testament de mon père ne l'interdisait. « Ma belle-mère, dis-je à cette canaille, est très regardante pour les questions d'argent, qu'elle connaît d'ailleurs assez mal. Votre gestion sera d'autant plus rigoureuse et facile que vous ne l'aurez pas sur le dos. » Le visage de Monsieur Moustier s'éclaira. Il m'avait comprise à demi-mot. J'étais libre.

Gagnant la voiture de mes ecclésiastiques, je me penchai sur les deux moribonds et leur déclarai à mi-voix : « La chasse aux brigands est plus dangereuse que la chasse à la fille pour des lâches de votre espèce. J'espère que vous en crèverez promptement et que les chiens de mon père, si ardents à flairer mon jupon à Brantôme, se disputeront vos restes. » C'était d'autant mieux trouvé que, durant mon discours, les chiens, excités par le sang, n'avaient cessé de rôder autour des cadavres présents ou futurs.

Mon danseur me considéra avec une horreur profonde, mais l'écuyer murmura dans un souffle : « Pardonnez-moi. Je ne savais ce que je faisais. » Je lui serrai la main et lui souhaitai bonne chance. Justice étant consommée, toutes précautions étant prises contre les récidives, nous devons pardonner sans relâche et sans arrière-pensées.

Malheureusement, c'est le danseur qui s'en est tiré. Peut-être n'était-il pas mûr pour le repentir et trouvera-t-il plus tard son chemin de Damas ?

Nous reprîmes notre route cahin-caha. L'abbesse avait été impressionnée d'apprendre que j'étais Eudoxie de Caussenac : nous avions par hasard de vagues cousins communs. Pour achever de rassurer mes hôtes, je leur narrai mes mésaventures de la façon la plus touchante, avec des accents à attendrir une pierre, glissant toutefois sur quelques points de détail qui auraient pu les effaroucher. Autant les personnes d'ordre qui sont complices, par intérêt, par démission ou par indifférence, de tous les abus possibles, s'apitoient sur les victimes quand cela ne leur coûte rien, autant elles se méfient des révoltés qui leur font honte et qui dérangent leur quiétude. Malgré tout, je voyais bien que notre présence était désormais à charge, et pour des motifs faciles à saisir : Briscard, tel un satanique prédicateur, avait mis à nu d'un revers de main les âmes comme les corps, et les hommes ne peuvent se supporter qu'au prix d'un minimum de déguisement. Toute nudité physique ou morale les réduit au piteux état de l'escargot qui a perdu sa coquille. Il fut entendu que nous quitterions l'abbaye dès le lendemain matin, l'abbé ayant la méritoire bonté de nous offrir deux chambres dans le presbytère qu'il allait occuper hors les murs — aussi tristement que le cardinal de Rohan exilé à La Chaise-Dieu pour stupidité. Nous avions d'ailleurs le plus grand avantage à ne nous attarder nulle part.

Notre berline arriva dans la nuit, et l'abbé nous fit gracieusement monter dans ma chambre des viandes froides et une bouteille de bon vin.

Jacques, qui avait senti la corde autour de son cou, était sidéré du retournement que nous venions de vivre, et qui avait pour lui quelque chose de magique. Il me considérait comme s'il ne m'avait encore jamais vue, avec un mélange d'admiration et de malaise, car la distance qui nous séparait déjà semblait avoir crû en un moment de façon incommensurable.

Je tâchai de lui faire comprendre que, même sous les meilleurs Princes, les lois étaient conçues pour protéger les criminels dans toute la mesure du possible, et que les choses ne feraient qu'empirer avec les progrès de la richesse publique. Il fallait bien que les gens de finances fussent soustraits au châtiment pour que la machine continuât de tourner, et les humbles voleurs en tout genre étaient si nombreux qu'il en était de leur répression comme de ces battues que les riches organisaient de temps à autre dans leurs enclos grouillant de cerfs et de chevreuils : on se bornait à faire tomber quelques têtes pour éliminer la population en excès.

« Imagine, lui dis-je, que tous les trafiquants, tous les agioteurs, tous les banquiers qui se moquent des lois, tous les assassins, tous les voleurs, tous les chapardeurs, tous les escrocs, tous les avorteurs, tous les tripoteurs, tous les incestueux, tous les déserteurs, tous les fraudeurs, tous les sacrilèges, tous les amateurs de viol, tous les bourreaux d'enfants soient fourrés en prison, le budget entier de l'Etat ne suffirait point à la tâche et il y aurait plus de monde dedans que dehors. Les lois sont donc conçues comme un grand filet, qui laisse passer les gros poissons et la foule des petits pour ne retenir que quelques malchanceux, sur lesquels on s'acharne pour l'exemple. Lorsqu'on parle de défense des libertés individuelles, il s'agit au fond de ne pas embouteiller les tribunaux et de réduire au supportable les frais de justice. Rien d'extraordinaire, dans ces conditions, à ce que les décrets de prise de corps qui nous concernent occupent plus de chats fourrés dans leurs bureaux que d'archers dans la nature. La première qualité de la machine est d'être inefficace. »

Et je crois, ma chère fille, qu'il y avait une certaine sagesse là-dedans. Le grand rêve d'un peuple vertueux que la

Révolution a nourri avec un fol acharnement, rêve antichrétien car faisant fi du péché originel, a abouti, comme on pouvait s'y attendre, à une fantastique multiplication des crimes et au progrès parallèle de leur impunité. Une nature humaine viciée sans remède se moque de ceux qui prétendent la corriger et la modifier, et les doctrinaires sont enfin réduits au silence et au ridicule par l'écrasante leçon des faits. La vertu est un art d'agrément confiné qui ne doit pas viser plus haut que la chambre à coucher ou le salon. Elle tourne à l'aigre sur la place publique, où le prochain se fait humanité dérisoire.

Jacques était passablement choqué qu'après avoir assommé mon père avec un vieux tabouret de charbonnier, je ne poussasse point l'hypocrisie jusqu'à encenser sa mémoire et que je fisse même montre d'un vif soulagement et d'une sereine gaieté. Son âme toujours superstitieuse, liée par tant de préjugés à des principes superficiels, avait du mal à se faire à notre bonheur.

« En effet, reconnus-je de bonne grâce, je n'ai aucun remords, et encore moins de regrets. La belle expression de légitime défense n'a-t-elle point commandé toute ma conduite dès l'origine ? Lorsqu'une tyrannie s'arroge la prétention de mépriser le droit naturel, ce sans quoi la vie n'est plus digne d'être vécue, l'être humain a l'ineffaçable privilège de résister et de réagir par tous les moyens dont il dispose, pourvu qu'ils soient adaptés au dommage menaçant ou subi et n'aillent pas faire le malheur d'innocents qui n'ont rien à voir dans la querelle. J'ai ainsi exercé mon droit à la fuite, première mesure de défense, et quand le tyran, devenu fou de sa propre tyrannie, a prétendu m'assassiner, je l'ai rappelé à la raison en lui faisant sauter la cervelle.

« Tu me diras peut-être, mon cher Jacques, qu'il n'était pas absolument certain qu'en nous découvrant nus dans cette cabane, mon père se fût porté aux dernières extrémités. A l'ultime instant, une hésitation aurait pu faire trembler son fer. Mais, si le crime n'était pas certain, l'hésitation ne l'était pas non plus, et dans le doute, notre innocente vie avait plus de valeur que celle de celui qui la mettait en péril, qu'il fût père, prince ou savetier. »

Ne croyez point, Gisèle, qu'il y eût dans mon attitude quelque chose de révolutionnaire avant la lettre. C'était au contraire l'Indissolubilité du mariage, instituée par notre Maître Jésus-Christ, que j'avais défendue à coups de tabouret. Car, on ne le répétera jamais assez, l'Indissolubilité est vide de tout contenu moral si la parfaite liberté de choisir son conjoint n'est pas assurée par une société vraiment chrétienne. Ce n'était pas ma faute si l'Eglise et l'Etat avaient trahi l'Evangile en souffrant que certains pères déploient une autorité excessive et malsaine.

La grande Révolution, qui parlera beaucoup de tyrannie, au lieu de s'en prendre à la seule tyrannie des pères, dont la faiblesse de l'Eglise et la corruption des mœurs étaient encore plus responsables que le roi, mettra en fait de la tyrannie partout, remplaçant le décret de prise de corps, si long à obtenir, par de simples mandats d'amener à la discrétion de bureaucrates quelconques, supprimant les Lettres de cachet, réglées de façon coutumière et sage, pour multiplier les arrestations arbitraires, livrant enfin l'individu isolé et sans force à la toute-puissance d'un Etat sectaire et sanguinaire, qu'il fût jacobin ou bonapartiste.

Le lendemain, l'abbé nous ayant cédé deux vieilles soutanelles et deux chapeaux assortis, nous trouvâmes un voiturier à Charras pour nous remettre sur la route d'Angoulême au premier relais après la Rochebeaucourt, où nous reprîmes notre voyage interrompu. L'hypothèque présentée par mon père, qui aurait eu seul le droit, en l'absence de décret de prise de corps ou de Lettre de cachet, de porter la main sur moi, avait certes été levée, mais il va de soi que les polices n'attendaient point que décret ou Lettre fussent signés pour se préoccuper de repérer les suspects, et de plus, Jacques serait bientôt recherché comme déserteur de son régiment d'Anjou par une justice militaire qui ne se souciait point de paperasses civiles. Un déguisement était plus que jamais utile.

A l'époque, il y avait désaffection pour la soutane, souvent remplacée par la courte soutanelle dans les voyages, et beaucoup de clercs avaient même adopté sans façon l'habit à la française.

Ce nouvel expédient comportait toutefois un risque désagréable : les ecclésiastiques de rencontre lient aisément conversation, le jeune prêtre instruit ne pouvait rien dire parce qu'il était femme, et le jeune prêtre sans instruction ne pouvait pas dire grand-chose parce que ses compétences en latin et en théologie étaient nulles. Mais nous prétendre étrangers n'aurait pas résolu le problème : les gens d'Eglise de toutes nationalités parlaient ou baragouinaient le latin avec une identique conviction, le français était devenu au cours du siècle une langue universelle que les Anglais distingués eux-mêmes avaient dû apprendre, et le va-et-vient des étrangers dans le royaume intéressait traditionnellement la police. La soutanelle avait en tout cas pour Jacques cette supériorité sur la robe qu'elle autorisait, qu'elle recommandait même, le port d'une culotte de dessous, avantage auquel j'étais personnellement sensible de mon côté.

En prenant grand soin de ne pas bavarder inconsidérément, nous comptions relier Angoulême à Nantes en une dizaine de jours, et notre avance monotone et fatigante se poursuivit sous la poussière et sous la pluie, au gré des cahots et des intempéries, le danger ne venant pas pour nous, tout compte fait, des membres du clergé, mais plutôt des voyageurs laïques.

Car l'agitation parlementaire était alors des plus vives et des plus déterminées, les esprits s'échauffaient partout, et la passion politique ou l'inquiétude poussaient chacun à faire réflexion, à exprimer son avis ou à solliciter celui d'autrui.

Il n'y avait pas plus attachés que les Parlements, rétablis dans leur ancienne splendeur et insolence par la sottise de Louis XVI, qui s'était empressé de détruire l'œuvre salutaire du chancelier Maupeou, plus acharnés que ces Messieurs de la robe à la défense des privilèges les plus anachroniques, et ils avaient réussi à faire croire qu'ils étaient les apôtres d'une Liberté qui ferait le bonheur du genre humain. Mais la bête révolutionnaire, par une justice immanente et distributive, allait rejeter au néant tous les apprentis sorciers qui s'étaient flattés de l'apprivoiser, jusqu'à ce que les derniers bataillons de sans-culottes mal repentis aillent se perdre dans les steppes de la Sainte Russie sous la houlette d'un hobereau méridional qui avait la folie des grandeurs.

Chaque soir, porte close, je donnai un supplément d'instruction à mon frère, tant sur des points en rapport avec le voyage que sur des sujets plus généraux : n'étais-je pas destinée à vivre avec ce garçon des mois, des années peut-être ? Bien décidée à ne lui point céder et à ne le point épouser, j'étais non moins résolue à ne pas l'abandonner tant que ma présence pourrait lui être salutaire. J'avais heureusement sous la main un élève docile qui ne demandait qu'à me faire honneur, sa mémoire, son esprit et son bon sens naturel facilitant les choses.

Je ne vois aucun incident digne d'être rapporté jusqu'au lundi 21 avril, mais il fut de taille et des plus gênants.

Nous avions atteint cette Vendée que les Colonnes infernales des « bleus » devaient réduire à l'état de désert quelques années plus tard, entassant dans les Eglises les populations désarmées, vieillards, femmes et enfants, pour faire des feux de joie du tout. Les doctrines humanitaires des francs-maçons de 89 avaient tourné au vinaigre et l'extermination massive des civils avait, pour la première fois dans l'histoire, été érigée en principe de gouvernement. Il est à craindre que la leçon ne soit pas perdue.

Au soir de ce jour, nous étions descendus pour la nuit dans

une auberge au-delà de Sainte-Hermine, sur la route de Bourbon-Vendée, lorsqu'on vint nous annoncer, au cœur de la nuit, qu'un jeune homme se mourait dans une chambre voisine et désirait ardemment un prêtre avant qu'il ne fût trop tard.

C'était bien la chose du monde la plus imprévue et la plus épineuse.

Si j'avais été moins ennuyée, j'aurais pu faire cette réflexion qu'il n'était pas de tout repos de sortir des sentiers battus, de lutter solitaire contre un univers d'outrageantes sottises, que de battre en brèche les autorités les mieux établies dès que le manteau du droit formel palliait des abus qu'aucune conscience droite ne saurait souffrir. Qu'un père interdise un mariage à une fille mineure, passe encore ; qu'il prétende contraindre son choix était évidemment intolérable. Mais ma rébellion avait déjà entraîné la mort de Monsieur du Terme, puis de quelques brigands déguisés en gentilshommes ou brigands tout court, qui avaient eu du moins le mérite de la franchise, et voici que je ne pouvais me refuser à une indiscrète et sacrilège parodie de religion sans remettre en cause le résultat espéré de tant d'efforts ! Qu'aurais-je pu cependant avancer pour me soustraire à cette pressante et émouvante invite ?

Je passai en hâte ma soutanelle, me coiffai de mon chapeau, et me soumis à l'inévitable.

Une mère et une sœur éplorées me laissèrent seule avec le mourant, un tout jeune homme d'excellente naissance, qui était au dernier degré de la consomption pulmonaire. Sa santé ne s'étant pas améliorée à la campagne, malgré une cure de lait frais[1] et de viande rouge, on le ramenait à Nantes, lorsqu'une hémorragie soudaine, qui avait inondé de sang sa

1. Eventuellement bourré de bacilles de Koch, le lait frais de ces cures risquait d'achever le patient.

literie, avait amené à le remiser provisoirement, sur un matelas à même le sol, dans un cagibi attenant à sa chambre.

Le malheureux fut très soulagé de me voir et, m'asseyant à son chevet, je me penchai vers son oreille diaphane et ses lèvres exsangues pour m'informer, d'une voix douce et sans timbre, des services qu'il sollicitait de mon ministère.

Il désirait naturellement se confesser, bien qu'il eût déjà reçu l'absolution deux jours plus tôt, à la veille de son départ. Comme je lui faisais observer que, dans ces conditions, une nouvelle confession était peut-être superflue, il insista tant, si pénétré de la fréquence et de l'immensité de ses fautes, que je me résignai à l'entendre.

Le pénitent, qui n'avait jamais connu de femmes, espèce pour laquelle il éprouvait naturellement une brûlante curiosité, s'était répandu, depuis sa prime adolescence, en pratiques solitaires dont il avait le sentiment qu'elles avaient abrégé ses jours. (Il est bien connu, d'ailleurs, que la phtisie échauffe les humeurs et énerve le sexe.) Et c'est dans un dernier effort pour se procurer une misérable jouissance que la mortelle hémorragie était survenue. Cette déplorable coïncidence avait frappé l'incontinent outre mesure, qui y voyait comme l'amorce de sa damnation.

Je lui fis valoir que Dieu ne nous jugeait pas sur de futiles et trop humaines coïncidences, que son péché si courant, auquel Jésus-Christ et la Vierge avaient seuls échappé, ne méritait point une pareille considération, et qu'il importait à cette heure d'élever son âme immortelle à des visions plus hautes.

« J'ai peine à les distinguer, me dit-il en soupirant. Je me vois consumé à la fleur de l'âge par la fièvre létale d'une maladie implacable comme par la fièvre non moins implacable du désir, et si je me retourne vers mon bref passé, un grand vide m'apparaît. En dehors du péché dont vous avez l'indulgence de m'affirmer, mon père, qu'il serait plus véniel que je l'avais cru, je n'ai fait ni bien ni mal, aussi inutile à mon prochain qu'à moi-même, et je ne saurais dire si cette insigne médiocrité est un fait de naissance ou si le temps m'aura manqué de montrer quelque valeur. J'arriverai au grand Jugement tout nu, sans autre bagage qu'une pancarte d'onaniste de province autour du cou. O Ciel, qu'il est dur de périr avant son temps ! De laisser à d'autres les péchés les plus éclatants comme les plus hautes vertus... »

Emue de cette modeste détresse, je m'évertuai à consoler le moribond par les banalités d'usage, mais mieux vaut une banalité vraie qu'une vérité douteuse.

« Vos plaintes, mon cher fils, étaient déjà celles de notre Seigneur Jésus, mort à trente-trois ans sous le poids de nos fautes. Lui aussi n'avait pas fréquenté de femmes, et son existence d'aide-charpentier, vue du Calvaire, devait lui paraître bien terne. Mais la médiocrité de notre position, de nos bienfaits comme de nos faiblesses, n'enlève rien à l'amour infini que Dieu porte à chacune de ses créatures. Sachez donc vous ouvrir à cet amour que la brièveté de vos pauvres expériences ne rend pas moins ardent. Ceux qui meurent jeunes, ainsi préservés de tant de tentations, de tant de démissions, de tant de déchéances, ne sont-ils pas aimés des dieux ? Vous absolvant des péchés que la mort vous épargne, on vous tiendra compte là-haut des vertus dont la mort vous aura privé. Et ces années qui vous font défaut, vous les vivrez plus pleinement encore, comme suspendu entre le temps et l'espace, dans une éblouissante éternité où il n'est pas dit que quelques joies terrestres ne se mêlent point aux joies sublimes qui sont de rigueur en ces lieux sans limites. Jésus-Christ ressuscité ne mangeait-il pas avec appétit du poisson grillé sur les bords du lac de Tibériade ? »

Que pouvais-je dire de plus ?

Le malade fut pris d'une horrible quinte de toux, et je dus protéger de la main la chandelle vacillante qui était entre nous.

On me demanda inconsidérément l'extrême onction, et je

répondis, bien sûr, que je n'avais pas les saintes huiles sous la main. Comme le jeune homme semblait très déçu, je lui expliquai que ce sacrement, basé sur une courte phrase de saint Jacques, n'avait qu'un intérêt fort restreint : son efficacité thérapeutique était à démontrer et son efficacité pénitentielle faisait en bonne partie double emploi avec le sacrement de pénitence ordinaire, dont il devrait se contenter.

Je fus priée de faire vite, car l'infortuné se sentait partir, et une certaine confusion pointait déjà dans son propos. Je lui donnai donc une absolution qui avait pour seule orthodoxie d'être sincère.

J'aurais aimé me retirer, mais on me prit la main et me supplia de rester un moment.

« Parlez-moi encore, me dit mon pénitent. Quelle joie de rencontrer enfin un vrai prêtre après tant de déceptions ! Il y a une étoffe céleste en vous et mon âme qui se détache croit apercevoir des choses charmantes qui valent bien du poisson grillé... »

Je dois vous dire, ma chère fille, que la soutanelle de voyage ne descend guère au-dessous du genou, et que, réveillée en pleine nuit pour administrer d'urgence un mourant, j'avais négligé d'enfiler ma culotte. Et une femme qui prend l'habitude de porter culotte écarte les jambes sans songer à mal.

Sur le point de défaillir, le jeune homme regardait donc fixement, avec une béatitude croissante, cet endroit qui distingue les hommes des femmes et qui n'était qu'à quelques mains de son visage. Des années d'aspirations fébriles venaient de se concrétiser à ses yeux.

Avec tous les ménagements possibles, j'abandonnai mon vis-à-vis à ses rêves paradisiaques.

Un médecin venait d'arriver. Dans la pénombre du couloir, je murmurai à ces dames quelques paroles de consolation, mais je crus bon d'ajouter : « J'ai trouvé le pénitent dans les dispositions les plus édifiantes, mais son esprit, hélas, a commencé de faiblir sur la fin, et lorsque je me suis retirée, il avait des visions de femmes nues. Ne soyez pas choquées de cet effet de fièvre s'il se renouvelle. Le sujet n'en est point responsable et sa piété n'en demeure pas moins fervente. » On me remercia à m'en rendre confuse et je dus refuser une bourse pour mes pauvres.

Jacques se montra outré et inquiet plus que de raison de l'incident, et il m'en fit des reproches si amers qu'une jalousie déplacée s'y discernait à l'évidence. « Tu montres ton derrière au premier mourant venu, me dit-il, et je vois bien que je n'en profiterai que mort ! » Je lui promis sèchement de ne plus oublier ma culotte.

Nantes, où nous fûmes bientôt sans encombres, était dans ces années-là l'une des plus belles villes de France avec Bordeaux, et ses eaux calmes où Carrier allait noyer, à hauteur de l'île Cheviré, en décembre 93, près de cinq mille personnes étaient alors sillonnées d'une foule de navires et de barques. Mais ne plaignons pas trop toutes ces victimes. La plupart avaient accueilli dans des transports d'allégresse la nouvelle de la prise de la Bastille et de l'assassinat de son gouverneur. Si la méchanceté est parfois punie en ce monde, l'aveuglement l'est toujours.

Nos billets transformés en argent comptant chez un banquier de la place Royale, nous remplaçâmes nos soutanelles, qui ne nous avaient donné que des satisfactions mitigées, par des tenues de marin et allâmes prendre pension dans une modeste taverne sise dans l'une de ces ruelles assez mal famées qui débouchent sur le quai de la Fosse. Le commun des marins de guerre ou de commerce ne portaient pas alors d'uniforme, mais certains vêtements ou couvre-chefs leur étaient depuis longtemps particuliers, notamment le bonnet à gros pompon, afin d'amortir le choc des têtes distraites contre les plafonds bas des entreponts des navires.

Malheureusement, le premier vaisseau en partance pour

Boston, le *Phénix*, qui était en radoub, ne devait pas quitter Nantes avant la mi-mai, et le premier départ pour un Etat sucrier de la République américaine était encore plus lointain.

Ce contretemps, dont j'ai mentionné plus haut les raisons, était des plus fâcheux, la machine administrative et policière mise en marche par la plainte de mon père et celle de la famille du Terme risquant de nous rattraper. Mais il n'y avait rien d'autre à faire qu'à attendre. Le commandant du *Phénix*, une sorte de vieux pirate de la Nouvelle-Angleterre, était disposé à nous prendre sans trop regarder à notre jeunesse ni à notre identité, ce qui n'était pas le cas des officiers qui auraient pu nous transporter à Londres, Anvers ou Amsterdam, ports dont nous avions songé un moment à nous servir comme d'étapes intermédiaires.

Vous vivez, ma chère fille, dans un nouveau monde de suspicion, auquel la longue crise révolutionnaire a donné la manie des certificats d'identité ou de civisme, des laissez-passer ou des passeports... Chose difficile à croire de nos jours, les frontières terrestres de notre Europe se franchissaient le nez en l'air en 1788, quels que fussent l'âge, le sexe ou la condition. Il n'existait pas de polices frontalières permanentes, mais quelques postes de militaires ou de douaniers.

Seules deux catégories de sujets ne pouvaient circuler librement : les nobles présentés et résidant à la Cour, qui devaient avoir la politesse de demander au roi la permission de s'absenter ; et les amateurs de pèlerinages, qui ne s'ébranlaient, en principe, qu'avec un satisfecit de leur curé. Car, au fur et à mesure que le pèlerinage déclinait et perdait de son importance économique, la proportion s'était faite croissante des individus suspects en rupture de ban, qui, sous de pieux prétextes, s'empressaient d'abandonner un vieux père malade ou une épouse enceinte. Louis XIV s'était enfin résolu à établir un contrôle sur ces piétés excessives.

A la fin de l'Ancien Régime, nos frontières étaient donc des passoires. Les Français théoriquement exilés rentraient comme dans un moulin avec des bagages de livres subversifs imprimés à Londres, La Haye ou Genève, et les criminels les plus chevronnés passaient d'un pays à un autre comme d'innocents voyageurs.

Mais il en allait autrement des frontières maritimes, tout simplement parce que les commandants de bord, maîtres après Dieu sur leur navire, traditionnellement attachés à la concorde et à l'harmonie au cours de longs périples qui mettaient nerfs et santé à rude épreuve, s'efforçaient, dans la mesure du possible, d'accueillir des passagers qui ne risquassent point de leur attirer des ennuis.

Vu cette méfiance endémique des capitaines sérieux, Jacques et moi allions donc devoir passer près de trois semaines, dans l'espérance de notre *Phénix*, à nous regarder dans le blanc des yeux, avec un énervement croissant. Et il va sans dire que ces semaines se passèrent plutôt mal.

Notre commune diversion était de flâner le nez en l'air dans cette ville si bien bâtie et prodigieusement vivante, avec ses îles et ses ponts multiples, où l'on trafiquait de tout à longueur d'année : sel, vins, rhum et eaux-de-vie, coquillages et poissons, draps et indiennes, nègres et pacotilles... Lorsque je rentrais dans notre chambre, j'avais encore la ressource des livres pour me distraire, mais mon frère se morfondait.

Et plus il se morfondait, plus il s'égarait en réflexions qui, pour être logiques, n'en étaient pas moins superflues : si nous étions pris avant d'avoir pu embarquer, il serait supplicié sans avoir eu le bonheur de me posséder, une bien mauvaise affaire après de si beaux soins.

Je fis d'abord semblant de ne pas comprendre où il voulait en venir, selon la politique qui m'avait déjà réussi lors des menus écarts précédents. Et quand il me fut impossible de faire l'aveugle plus longtemps, je tâchai de le raisonner. Mais on ne raisonne point avec une idée bien ancrée, à laquelle chaque instant de promiscuité ajoute une saveur nouvelle. « Les livres ne valent pas cher, me répétait-il ; je vois bien que toutes les sottises que tu as dû lire t'ont dégoûtée de l'amour. » C'était peut-être en partie vrai, mais le mal était fait, et quand bien même je n'eusse rien lu, je me serais forgé une autre idée d'un mari ou d'un amant.

J'avais dissuadé Jacques de sortir trop souvent. Je le poussai désormais à se promener, dans l'espérance que le printemps et l'animation du port lui rafraîchiraient les esprits. Mais le remède fut pire que le mal car, au lieu de reprendre bon sens, il commença de boire et de courir la gueuse avec l'argent que je n'osais lui marchander. Ce n'étaient pas les bordels qui manquaient dans le quartier ! Et ces excès, qui pouvaient l'entraîner à des bavardages inconsidérés, n'avaient pas même pour effet de le distraire de son obsession. Rentrant ivre au milieu de la nuit, il se jetait lourdement sur le matelas que je lui avais fait mettre dans un coin, d'où il me lançait bientôt en gémissant : « Je peux me payer toutes les filles que je veux : c'est toujours toi que je vois ! Quand saisiras-tu combien je t'aime ? » C'était déchirant, mais je n'y pouvais rien.

Il y a chez l'homme passionné une curieuse propension à compter pour rien les coucheries les plus sordides quand il a un grand amour en tête.

Le vendredi 9 mai, excédée de cette situation lamentable, je lui remis la quasi-totalité de l'argent dont nous disposions et le priai de louer une chambre ailleurs, lui donnant rendez-vous sur le *Phénix,* qui devait enfin appareiller dans la matinée du mercredi 16. Puisque je n'étais plus en mesure de le conseiller ni de le surveiller, faire chambre commune n'avait désormais que des inconvénients. Il se résigna en pleurant à cette disgrâce. « Je ne peux me passer de toi, me dit-il, et je sens que je ne te reverrai plus, plus jamais ! » Le pressentiment était faux puisque je l'ai revu en 1815.

A l'aube du dimanche 11 mai, un inspecteur et un sergent du commissariat de Nantes, avec une grande politesse, me surprirent au gîte, nantis d'un décret de prise de corps parfaitement en règle, daté du 4 mai, et qui était venu annuler une Lettre de cachet signée dès le mois précédent. Le Lieutenant criminel de Sarlat me réclamait pour instruire mon affaire.

Ma logeuse s'était étonnée qu'un petit matelot au visage pâle fût à ce point épris de lecture. Voilà, ma chère, à quoi tient notre destin !

La police rata Jacques d'un poil, et ce me fut une immense consolation dans mon malheur. Dieu ne pouvait permettre qu'un garçon si aimant et si dévoué tombât victime de ses bons sentiments. Il ne l'a pas permis.

Le commissaire de Nantes me fit conduire chez le Lieutenant criminel de la ville, qui s'assura officiellement de mon identité. Avant que de me renvoyer à Sarlat, encore fallait-il être bien certain qu'il n'y avait pas erreur sur la personne.

Ma description étant des plus vagues, mon premier mouvement avait été de nier que je fusse Mademoiselle de Caussenac, et comme le Lieutenant hésitait entre deux jeunes filles en situation de rapt, j'avais tenté tout d'abord de jouer le rôle d'une troisième à laquelle on n'aurait rien eu à reprocher.

Mais le Lieutenant criminel me dit paternellement :

« Admettons que vous ne soyez ni l'une ni l'autre. Dans ce cas, vous avez intérêt à me permettre de le vérifier à brefs délais. Si, en revanche, vous êtes Mademoiselle Eudoxie de Caussenac, ainsi que je le présume, votre intérêt est encore plus pressant de l'avouer. Car si vos mensonges m'entraînent à de vaines et interminables enquêtes, je n'aurai d'autre solution — vu que l'argent vous fait défaut pour un entretien prolongé — que de vous garder en prison le temps que votre confusion éclate, et la prison de Nantes, faute de crédits, est littéralement infernale pour les désargentés qui y croupissent. Mise en adjudication au profit d'entrepreneurs besogneux, elle se trouve livrée à des geôliers prévaricateurs et cyniques, et des brigands avinés, souillés de crimes et de débauches, d'antiques prostituées pourries de vérole, d'énormes nègres brutaux y font la loi aux êtres faibles et sans défense, abreuvés d'insultes et de mépris, réduits à grignoter quelques miettes sur une paille grouillante de vermine... Les plus forts y mangent comme quatre avant de prendre la clef des champs, des avocats y pénètrent, qui n'ont rien à y faire, et le gros des affamés, tantôt battus, tantôt violés, impuissants à fuir ce calvaire, n'y font pas de vieux os. Ah, mon enfant, comme j'aimerais vous savoir ailleurs, après l'éduca tion que vous avez reçue ! »

Il exagérait peut-être un peu, mais enfin, tout le monde se doutait bien que les prisons ordinaires du roi étaient infectes pour le tout-venant. Il valait mieux y aller voir le plus tard possible.

En ce temps-là, il était permis aux prisonniers de droit commun de s'entretenir à leurs frais, ce qui était autant d'économisé par l'Etat. Dans la mesure des locaux disponibles, les riches avaient donc leurs aises, alors que la situation des pauvres était lamentable. Autre différence entre la France d'aujourd'hui et celle de Louis XVI, les prisons — exception faite des délits de nature politique et du bagne — y étaient surtout préventives. On condamnait volontiers à l'exil ou au bannissement, aisément à mort, pratiquement pas à la prison, système qui avait des avantages économiques aussi bien que moraux. Car chacun sait que la prison coûte cher et que le criminel, qui s'y corrompt et endurcit, ne songe qu'à récidiver dès qu'on le libère. Mieux vaut s'en débarrasser par l'échafaud ou l'envoyer peupler des colonies lointaines.

Mais depuis la Révolution (encore un coup de la Vertu !) il

y a dans l'air des idées de prisons régénératrices, qui auront toujours crédit chez quelques rêveurs jusqu'à ce que les contribuables se lassent.

Tout bien pesé, j'avouai sans me faire prier davantage, ce qui remplit d'aise le Lieutenant. Ruse recuite ou excellent naturel, cet homme replet aurait eu l'air d'un honorable père de famille sans sa robe noire et son bonnet qui le faisaient plutôt ressembler à un confesseur. Je lui résumai assez honnêtement mon histoire, qui lui tira quelques soupirs, et il s'inquiéta d'assurer dans les meilleures conditions mon voyage de retour vers Sarlat.

A l'entendre — toujours faute de crédits —, rien n'était régulièrement prévu pour le transport des prisonniers en instance de jugement, qui relevait des hasards de l'improvisation. Les forçats enchaînés étaient poussés le long des routes comme du bétail, mais les prévenus, qui avaient évidemment droit à plus d'égards, allaient à pied, à cheval ou en voiture selon les moyens dont ils disposaient. La maréchaussée était toujours charmée d'escorter un suspect généreux, alors que le convoi des pauvres pouvait être, par exemple, affermé à des geôliers, qui y trouvaient un supplément de bénéfices.

Il me restait par bonheur de quoi embarquer sur un navire qui partait pour Bordeaux le soir même, et assurer l'entretien des deux archers qui m'escorteraient paresseusement de Bordeaux à Sarlat.

Comme on ne faisait aucune allusion à la capture de Jacques, j'en conclus qu'il avait échappé. J'aurais volontiers sacrifié ma liberté pour assurer sa sauvegarde.

L'audience terminée, je m'enhardis à demander au Lieutenant criminel pourquoi les avocats n'avaient pas le droit de pénétrer dans les prisons, et quand il me serait permis de voir l'un de ces messieurs, naïveté qui tira un petit ricanement au greffier.

« Vous confondez, me dit le Lieutenant, le civil avec le criminel. En France, pays chicaneur par excellence, chaque

Français ayant quelques procès en cours depuis Chilpéric, une nuée d'avocats entassent grimoire sur grimoire dans les procès civils, et ils ont alors naturellement toute liberté de fréquenter les plaideurs qui les rétribuent. Au criminel, en revanche, que nous appelons l' " extraordinaire ", tout contact est interdit entre les accusés et les avocats chargés de leur cause. L'instruction étant secrète, c'est en interrogeant des tiers que l'avocat pourra se faire une idée de son affaire, de façon à rédiger une plaidoirie qui figurera à un procès dont il sera lui-même absent. A Sarlat, des parents, des proches, des amis, vous recruteront un avocat si vous le souhaitez. Ce n'est pas urgent.

« Mais en fait, les prisons sont si mal tenues que des avocats s'y faufilent, quand ils n'obtiennent pas des renseignements indus en soudoyant un misérable greffier. »

Ce disant, le gros Lieutenant criminel fixa tout à coup d'un air terrible le maigre greffier qui baissa les yeux et rentra la tête dans les épaules. L'individu s'était sans doute déjà fait prendre en flagrant délit d'indiscrétion avocassière.

Je me déclarai surprise que fussent privés de la compagnie d'avocats ceux qui en auraient retiré le plus grand réconfort, mais la réflexion donna de l'humeur...

« Que voilà une idée philosophique et fumeuse, Mademoiselle, défendue par des gens qui n'ont aucune notion de procédure efficace, aucun souci des deniers de l'Etat !

« Du train où vont les choses, pourrait-on demander à un avocat de presser son client d'avouer et de dire toute la vérité ? Et cette vérité obtenue rapidement et sans détour n'est-elle pas la chose du monde la plus conforme à la justice et à l'économie ? Si les avocats — ce qu'à Dieu ne plaise ! — avaient licence de converser sans témoin avec des bandits, ils en prendraient bientôt la mentalité, se feraient les apôtres du mensonge et seraient eux-mêmes perdus de réputation. »

Avec un grand soupir, le Lieutenant ajouta :

« Cette idée aberrante a aujourd'hui, je dois le reconnaître, quelques partisans, et d'abord chez les avocats, qui y ont flairé depuis longtemps un supplément de honteux bavardages et de profits inavouables. Comme si, au droit absolu pour l'Etat de mettre promptement la vérité à jour, s'opposait un droit de la canaille à conserver par-devers soi les aveux les plus nécessaires à l'ordre public et aux finances ! Signe alarmant, l'édifice de la torture, à moitié ruiné il y a huit ans, le sera tout à fait ce mois-ci, le roi ayant été circonvenu par des rhéteurs. Vous voyez où l'on va ? »

Je crus politique de hocher la tête avec compréhension.

« Eh non, vous ne voyez rien, innocente que vous êtes ! Si les prisons demeurent atroces, l'ordre judiciaire s'honorait au moins de traiter ses pratiques avec humanité et politesse. A quoi bon brusquer et humilier des gens qui pouvaient tôt ou tard être contraints d'avouer dans les formes légales ce qu'ils auraient prétendu cacher ? La torture était une garantie pour la justice comme pour les coupables. On ne torturait d'ailleurs que bien rarement, et sous le contrôle des Parlements, car le droit d'appel des prévenus était automatique en la matière. Mais cette torture de dernier recours n'en subsistait pas moins et sa seule hantise suffisait à obtenir nombre d'aveux confondants. A présent — retenez cet avis d'un homme qui a consacré sa vie à la justice ! —, la situation va se dégrader sans cesse. De rage d'être privés d'un moyen légal d'obtenir leur dû, juges et policiers vont exposer leurs victimes à une foule de brutalités et de vexations, et cette gale d'avocats n'aura rien de plus pressé que de venir compter les coups. Faute de torturer parfois officiellement sous l'autorité du Prince, on torturera un peu tous les jours à huis clos. Ah, Mademoiselle, je crains fort que nous ne vivions les derniers beaux jours d'un système qui avait le respect de l'individu et de ses véritables droits ! Tout ce qui nous restera jusqu'à nouvel ordre, c'est la torture inhérente au procédé d'exécution lui-même, une bien futile et dérisoire consolation, en dépit d'un certain pittoresque, lorsque tortures préalables et préparatoires ont disparu. »

Je demandai au Lieutenant de rafraîchir ma mémoire quant au sens exact de « préalable » et de « préparatoire », et il me confia aimablement :

« La torture " préparatoire " était appliquée aux prévenus réticents contre lesquels des charges écrasantes avaient été réunies. La torture " préalable " préparait à l'exécution capitale : on voulait notamment s'assurer par un dernier effort que le condamné avait bien livré les noms de tous ses complices. Mais la " préparatoire " a vécu, et la " préalable " se meurt. »

C'était en tout cas rassurant pour mon pauvre Jacques.

Maintenant que nous avons pu prendre du recul au point d'oublier la situation d'antan, il me semble, ma chère fille, que les propos outrés du Lieutenant criminel de Nantes étaient marqués au coin d'un certain bon sens. La Révolution aura confirmé et développé un prétendu droit des criminels à se taire, et la justice en est devenue tout embouteillée, maussade et incertaine : à la grande et salutaire Loi de vérité s'est substituée la loi du silence, comme si les gredins avaient imposé leurs vues et leurs intérêts aux juges, avec la complicité de leurs amis les avocats. Et parallèlement, pour achever d'encourager au mal, d'atroces qu'elles étaient pour les prévenus pauvres, les prisons égalitaires sont devenues supportables pour une foule de condamnés échappés par mégarde à l'échafaud ou à la Guyane. Bref, la situation des coupables a été plus ou moins améliorée sur tous les plans, ce qui ne saurait se faire qu'au mépris de la cassette et des intérêts des honnêtes gens.

Il est étrange de songer que si la Terreur a excité une légion de défroqués, l'esprit de la Révolution en général a été la plupart du temps diffusé et entretenu par des gens de robe, et tout spécialement par des bataillons compacts d'avocats de tout poil. Ils étaient en majorité dans le Tiers des Etats Généraux de 89 et n'ont cessé de donner par la suite le ton à toutes les Assemblées. Ces gens-là ont apporté aux troubles la caution de leur vocabulaire enflé et inconsistant et se sont distingués par une sympathie instinctive et démagogique pour les assassins les plus ordinaires. Dans chaque crapule, l'avocat distingue une pratique possible, et si la vertu tant prônée par la Convention était passée dans les faits, ces messieurs auraient perdu leur gagne-pain.

Mon identité ainsi avouée à l'amiable, le Lieutenant me fit reconduire chez le commissaire, où je devais attendre d'être confiée dans l'après-midi au commandant de l'*Intrépide,* chargé d'eaux-de-vie pour Bordeaux. S'excusant gracieusement de l'incommodité, mais il n'avait sous la main aucun sergent ni exempt pour me surveiller, le commissaire s'empara d'une énorme clef et me conduisit en personne jusqu'à un sous-sol obscur, qui servait de cave à bois, de débarras et de dépôt d'archives moisies. Là, il m'enferma à double tour dans une minuscule cellule où je découvris, à la lueur d'un jour gris qui tombait d'un étroit soupirail, deux filles efflanquées, une paillasse, et un seau rouillé rempli d'immondices.

Cet endroit était prodigieusement déprimant. On peut souhaiter, en principe, que les conditions de détention soient dissuasives sans être enchanté pour autant d'en avoir un avant-goût.

Ces demoiselles me racontèrent qu'elles étaient là depuis trois semaines, au brouet clair et à l'eau saumâtre, ayant été prises sur le fait alors qu'elles faisaient les poches d'un gros marchand qui venait de louer leurs services et qui était moins ivre qu'elles ne l'avaient cru. Leur maquereau commun niait tout rapport avec elles, et elles défendaient avec un héroïsme digne d'une meilleure cause cet égoïste sacripant qui prélevait pourtant l'essentiel de leurs gains ou larcins. Il y a chez la femme sans instruction un besoin de dévouement tout à fait extraordinaire.

Lors de ma première apparition à ce commissariat, on était allé me quérir sur mon argent de quoi me vêtir en femme assez proprement, et les doléances dont j'étais témoin étaient d'autant plus franches que j'avais eu le bon goût, en voyant aussitôt à qui j'avais à faire, de me présenter comme une pensionnaire d'une bonne maison de la ville, le *Chat perché*, qui jouxtait l'auberge où j'avais séjourné avec mon frère.

La prostitution a toujours été pour moi une sorte de mystère. Qu'une femme se donne après mûre réflexion afin d'en tirer avantage, c'est hélas la loi de nature pour beaucoup, mais de là à se vendre trois fois rien à n'importe qui !...

Mes deux consœurs étaient fort inquiètes. Si elles persistaient à ne pas charger leur maquereau, combien de temps allait-on les oublier dans ce cul-de-basse-fosse réfrigérant et humide, où de gros rats dansaient la nuit des sarabandes épouvantables ? Et en fin de compte, ne seraient-elles pas mises à la question ?

Je m'empressai de les rassurer : un roi pieux et vertueux qui voulait du bien aux putes avait réglé d'un trait toutes ces histoires pénibles pour faire plaisir au défunt Voltaire. L'ombre même de la torture ayant disparu, le maquereau inquiet allait s'en tirer une fois de plus à son honneur. Vous pensez, ma chère fille, quel enthousiasme monarchique entraîna ma déclaration ! Enfin un roi était né qui avait tout pour être populaire.

Mais, lorsque je tentais de m'informer des motifs qui avaient pu pousser ces filles à ce désastreux métier, je n'obtins rien de bien intéressant. Il m'a paru qu'une prétendue misère, une remarquable paresse, le goût d'une certaine dépravation, l'attrait illusoire de l'argent facile n'étaient que des prétextes. Au fond, la pute se présente comme une grande amoureuse. Faute du maquereau qui l'exploite avant de la rejeter quand elle sera hors d'âge, la prostituée ne tiendrait pas longtemps. Ce parasite fripon occupe toutes les pensées de ses victimes et leur sert de constante référence. La pute ne respire que par son homme. Elle est en somme le plus bel exemple de ce que l'amour sait faire d'une femme et peu d'épouses sont dévouées à leur mari comme le sont les putes à leur proxénète.

Avec un étonnement qui n'était pas dénué d'admiration, j'ai même noté que mes compagnes se faisaient gloire de ne jamais jouir avec leurs pratiques : les hauts sentiments qui réglaient leur vie avaient apparemment fermé leur sensibilité à toute contingence indigne. Et ce beau souci de relier l'amour au plaisir avait quelque chose de moral. Une femme qui jouit de se vendre ne vole-t-elle pas sa jouissance, comme si elle était payée deux fois ?

J'ai constaté plus tard que maquerelles et marchandes à la toilette s'occupaient de prostituées d'intelligence nettement supérieure, soucieuses de monter dans leur profession en sacrifiant au besoin des amours superflues. Madame du Barry, avant de donner sa tête à l'Etat Moloch, a représenté à ravir ce type de pute débrouillarde, mais sans les talents de Madame de Pompadour, qui était une pute d'origine bourgeoise.

Faisant au commandant de l'*Intrépide* une cour platonique et assidue — fort méritoire, car il était laid comme un singe —, j'ai joui à bord d'une grande liberté, d'un gîte et d'un couvert des plus convenables, au cours de cette traversée favorisée par un beau temps perpétuel, le vent du nord-ouest soufflant constamment de trois quarts arrière. Je ne fus enfermée qu'à l'escale de La Rochelle, où nous débarquâmes une part de nos eaux-de-vie.

Ne connaissant rien en fait de marine, j'étais surprise de tout ce que je voyais et ne cessais de poser des questions, auxquelles on me répondait dans un idiome incompréhensible. Les marins ont un langage bien à eux, qui ne se laisse pas facilement pénétrer. Les hommes de loi aussi.

Il y avait à bord un jeune et charmant avocat de Nantes, Monsieur de Beaufort, qui me dit aller à Bordeaux afin d'épouser dans l'une des meilleures familles de cette ville, et je profitai naturellement de l'occasion pour lui faire les yeux doux et solliciter des conseils. Quelle était dans mon affaire la plus solide défense ? Que devais-je dire ou ne pas dire au Lieutenant criminel de Sarlat qui allait bientôt m'interroger sans relâche ?

J'avais narré à Monsieur de Beaufort une histoire aussi émouvante que vraie, me bornant à déguiser avec pudeur la mort exemplaire de mon père, et il m'avait écouté tout d'abord avec un sympathique attendrissement. Mais peu à peu j'ai bien vu que le sinistre démon de la compétence s'emparait parfois de son esprit, et que je n'étais plus alors à ses yeux qu'un cas intéressant, et même passionnant, digne de faire jurisprudence dans les siècles futurs. Les médecins aussi ont cette sorte de satisfaction profonde à la vue d'une plaie hors du commun.

Un soir que nous devisions sur le gaillard d'arrière, en plein Pertuis d'Antioche, entre Ré et Oléron, Beaufort me dit :

« Savez-vous qu'avec un peu de chance et de savoir-faire, votre procès s'annonce au mieux ?

« Je passe sur ce malheureux duel. Si Beauregard est honnête, il témoignera que vous avez tenté de dissuader votre Cadouin d'en courir le risque. Et quand il soutiendra que vous avez jeté un chat à la figure du marquis — lequel poursuivait d'ailleurs l'épée nue un homme désarmé — ce sera le moment de lui rappeler le bel adage : *Testis unus, testis nullus*. Pour ce que les juges connaissent des chats, la bête affolée aura même pu bondir sans prendre l'avis de personne.

« Je passe aussi sur le vol si excusable dont s'est plaint Monsieur votre père avec un manque de cœur qui fait frémir. Vous en êtes incontestablement l'auteur, mais si l'affaire, en principe, est susceptible de suivre son cours, la prompte mort du plaignant ne peut que dissuader la justice de faire du zèle.

« Reste le rapt, qui est le gros morceau.

« Dans notre pays, il faut bien distinguer, en matière judiciaire, entre la théorie et la pratique, chacune menant sa vie propre sur une planète différente, avec des points de rencontre qui semblent plutôt gouvernés par le hasard.

« Où en est, de nos jours, arrivée la théorie ?

« Vu, en particulier, les édits et déclarations de 1556, 1579, 1639 et 1730, la situation est on ne peut plus nette. Le rapt de séduction, dans l'idée du législateur, est assimilé au rapt de violence, et l'élément constitutif du rapt est de soustraire un mineur ou une mineure — même une veuve ! — de moins de vingt-cinq ans à l'autorité de ses parents ou tuteurs. La fuite une fois consommée, le fait qu'il y ait eu ou non rapports intimes entre le ravisseur et la ravie, voire entre la ravisseuse et le ravi, ne change rien à la nature du crime ni à sa gravité. Et le coupable doit être toujours puni de mort par pendaison, le roi s'interdisant par avance d'accorder des lettres de grâce et même d'abolition. Sont de même punis de mort ceux qui ont porté secours au ravisseur ou l'ont assisté dans sa fuite. Est encore puni de mort le ravisseur qui se serait fait ecclésiastique pour échapper au mariage. Et les parents de la personne enlevée ont le droit de tuer le ravisseur comme un chien si jamais ils l'attrapent.

« Autre droit accordé au père : celui de déshériter un enfant fugueur.

« D'autre part, en 1563, par le décret “ Tametsi ”, le Concile de Trente a déclaré nul tout mariage clandestin conclu durant un rapt, et ce, pour défaut de consentement supposé.

« Vous noterez qu'une telle union ne saurait sauver le ravisseur de la potence, et les édits royaux reviennent sans cesse sur la nécessité de ne pas épargner le ou la coupable sous prétexte qu'il ou elle consentirait au mariage.

« Cette orgie de rigueurs traduit la permanente obsession de conforter le droit des pères et d'éviter toute mésalliance.

« Quant à la pratique, elle découle en fait de l'attitude des divers Parlements, dont les Conseillers jugent en appel des causes de rapt. D'une manière générale, les Parlementaires en prennent à leur aise avec les édits du roi, renforçant ou atténuant selon leur humeur la sévérité des sanctions. Le juriste Muyart de Vouglans constate par exemple que la peine pour rapt, en dépit de la volonté royale, n'a rien d'automatique, mais qu'elle tient compte " de l'inégalité de la fortune, de l'âge et de la condition ". Ce que les Parlementaires ne peuvent souffrir, c'est qu'un pauvre roturier embarque dans sa galère une riche héritière noble. Mais, si une noble dame mûre s'enfuit avec le gamin d'une blanchisseuse pour le vampiriser à loisir, c'est moins grave. Le Parlement de Bordeaux, dont dépend Sarlat, est d'ordinaire plus coulant que celui de Toulouse, où un soleil de plomb échauffe les esprits entre des murs de briques. »

Depuis un instant, Monsieur de Beaufort louchait avec inquiétude tantôt vers les rivages de Ré tantôt vers ceux d'Oléron, tandis que l'*Intrépide,* qui avait quitté La Rochelle dans l'après-midi, affrontait le vent d'ouest pour regagner la pleine mer. « Bon Dieu, s'exclama-t-il, mais ce vieux rafiot pourri est incapable de venir au lof ! Il ne louvoie point, il zigzague, et la toile va encore faseyer. Nous sommes bons pour dériver sur les récifs... L'équipage est encore saoul perdu ! » Né dans un grand port, l'avocat se piquait de connaissances nautiques, et effectivement, depuis notre départ, nos marins ne cessaient de descendre dans les cales avec de l'eau douce pour remplacer les eaux-de-vie qui les imbibaient peu à peu, et l'escale à La Rochelle n'avait rien arrangé. Il est vrai que nous transportions de quoi hébéter toute l'armée russe.

Beaufort courut à la barre, où l'homme de gouverne s'était endormi, alors que le commandant, qui avait dû être tiré de son ivresse par quelque fausse manœuvre, surgissait sur le pont en titubant et en rugissant.

L'alerte passée, mon conseiller, le regard vers le couchant où la déesse de la Chicane venait de se lever, poursuivit son instruction.

« Où en étais-je, chère Mademoiselle ?

« Ah, oui ! Vous avez saisi qu'en pareille affaire, la question capitale, sans jeu de mots, est de savoir qui a enlevé qui. Car il serait absolument contraire à toute l'histoire du droit, qui reflète elle-même l'histoire des mœurs et des préjugés, qu'il puisse y avoir responsabilité conjointe, même si la chose crève les yeux. Pour un Lieutenant criminel, pour un Conseiller au Parlement, il faut absolument un acteur et une victime, qui aura été soustraite à l'autorité paternelle par une ouverte violence ou par les artifices cauteleux de la séduction. En aucun cas, le rapt ne doit devenir un détour qui permettrait d'imposer au père, sous couleur de fait accompli, un parti qui ne lui plaît point.

« La plupart du temps, le coupable qui doit combler les vœux du tribunal est aisé à discerner : on est fautif parce qu'on est majeur ou de sexe masculin.

« Mais votre petit roman présente de notables particularités, qui ont de quoi exciter les réflexions d'un juriste averti.

« Premier point, on doit bien reconnaître que si c'est la fuite qui constitue le rapt, indépendamment de ses suites, il ne s'agit point, pour la jurisprudence, d'une fuite comme une autre, mais d'une fuite à deux, avec des arrière-pensées de concubinage ou de mariage. Une fuite solitaire n'est pas un rapt. Or votre équipée en compagnie d'un domestique fraîchement issu du servage, qui ne pouvait nourrir aucun espoir de vous séduire et de vous épouser, n'est-elle pas assimilable, au fond, à une fuite solitaire, malgré une première apparence trompeuse ?

« Il y a malheureusement grand risque qu'un tribunal soucieux de faire un exemple n'aille pas au-delà des faux-semblants qui lui suffisent pour établir une inculpation. Et l'on en revient à la fameuse question : qui a enlevé qui ?

« Ce Cadouin et vous, m'avez-vous dit, êtes frères de lait, par conséquent mineurs du même âge, une exacte égalité peu courante en cette sorte de procès. Mais est-il vraisemblable qu'un rustre sans instruction ni moyen d'aucune sorte ait eu l'ambition de faire sa vie avec une demoiselle de condition et le talent oratoire de la pousser à la fuite ? Le tribunal, qui connaît de reste la nature humaine, ira plutôt songer que vous vous êtes servie de votre charme et de votre ascendant pour tourner la tête de ce malheureux, disposé à admettre aveuglément tout ce qui sortait de votre bouche. Il y aurait là, à votre discrédit, un soupçon des plus dangereux.

« Comment y parer ?

« Je ne distingue d'autre solution, en l'absence de Cadouin, dont il faut espérer qu'il ne reparaîtra jamais, que de faire " porter le chapeau " à ce naïf, selon la savoureuse expression des voleurs. Faites donc de ce Jacques un coq de village aventureux qui aura tourné la tête d'une sotte — si vous avez assez d'esprit pour faire la sotte, ce dont je ne doute point ! On rentre là dans un schéma classique et rassurant aux yeux prévenus d'une justice qui condamne plus aisément un homme de rien qu'une fille de haute noblesse, et si l'on ne vous croit pas tout à fait, on vous fera sans doute l'honneur de vous croire quand même.

« On peut du moins s'attendre à cette réaction classique de la part du Parlement de Bordeaux.

« Il ne serait pas mauvais, pour éclairer votre cause dans ce sens salvateur, que vous missiez à la poste, dès notre débarquement à Bordeaux, une belle lettre à l'adresse du Lieutenant criminel de Sarlat, qui lui parviendrait quelque temps avant votre arrivée dans cette ville. Je ne demande qu'à vous aider à la rédiger. »

Je remerciai bien vivement Monsieur de Beaufort de ces conseils d'expérience qui démontraient une fois de plus toute l'utilité des avocats, et nous gagnâmes sa cabine, beaucoup plus grande que la mienne, où l'on trouvait de quoi écrire et tout le luminaire convenable.

La tombée de la nuit encourageait ce bon jeune homme à enterrer sa vie de garçon de manière orthodoxe, et j'eus quelque mal à lui faire saisir que j'entendais repousser sa récompense après la rédaction de ma lettre.

J'écrivis donc ce qui suit sous son regard caressant :

« Monsieur le Lieutenant criminel,

A peine débarquée à Bordeaux, je m'empresse de vous communiquer, afin de faciliter votre lourde tâche, des éléments d'appréciation dans le procès qui m'est intenté par votre autorité, éléments que les déclarations de Monsieur Cadouin ne pourraient que confirmer s'il venait un jour à comparaître.

J'ai pris la décision de quitter le domicile paternel pour échapper à un mariage qui ne me convenait point et auquel on prétendait m'obliger dans le mépris des préceptes chrétiens les plus constants et des usages les plus respectables. Vous trouverez chez mon curé de Caussenac un mot à ce sujet où je prends déjà position en vue d'un éventuel procès d'annulation en Cour de Rome.

Afin de donner de meilleures chances à ma fuite, je me suis fait accompagner de mon frère de lait Jacques Cadouin, qui était alors fiancé lui-même. Ce n'est pas sans mal que j'ai convaincu cet honnête garçon de me prêter assistance, à titre de simple domestique, dans une affaire où il avait tant à perdre et rien de tangible à espérer. Il va de soi que l'hypothèse de relations amoureuses entre un ancien serf à peu près analphabète et une Eudoxie de Caussenac serait parfaitement bouffonne, et d'autant plus impensable qu'un certain parfum d'inceste aurait pénétré ces honteux ébats. Seule une confiante et chaste amitié, née sur le sein d'une même nourrice, a pu entraîner mon frère à me servir avec un si beau désintéressement.

M'étant résolue de mon propre chef au départ, ayant pris en personne l'argent, le cheval et l'épée, je distingue mal comment Monsieur Cadouin pourrait tomber sous le coup d'une accusation de vol ou de rapt. Et cette accusation de rapt me paraîtrait tout aussi déplacée en ce qui me concerne, vu l'absence du moindre arrière-plan amoureux à notre tentative.

Mais s'il suffisait qu'une fille noble s'absentât de chez elle avec un valet pour qu'une justice formaliste parlât de rapt, alors j'en revendiquerais hautement la pleine et entière responsabilité et j'aurais en tout cas la satisfaction d'être pendue pour peu de chose à la place d'un innocent.

Telle est, Monsieur, l'absolue vérité que j'aurai bientôt l'honneur, comme votre humble et dévouée servante, de défendre de vive voix devant une instance également ouverte au bon sens et à l'équité. »

Monsieur de Beaufort ne songeait plus aux caresses. Très rouge, il se leva, manqua tomber, car il n'avait pas le pied marin, se rattrapa à la table...

Dans l'univers de mensonges où évolue par profession l'avocat, des éclairs de conscience subsistent comme des feux follets dans une nuit profonde. Mais le mien se reprit vite et me fit observer avec une certaine justesse :

« Vous m'aviez demandé conseil, et j'avais le devoir de vous éclairer sur votre sûreté. Une autre que vous aurait pu me reprocher de ne l'avoir point fait. Notre rôle est d'étudier toutes les possibilités, mais les personnes qui ont recours à nos lumières — et vous en êtes bien la meilleure preuve — ne font en définitive que ce qu'elles veulent. Je vous souhaite une heureuse issue avec une telle tactique, et surtout de ne pas avoir de regrets si ça tourne mal. Avez-vous pensé que vous adoptez cette attitude digne et courageuse pour sauver la mise de Cadouin s'il se fait prendre, mais que, s'il échappe, vous aurez risqué d'énormes ennuis pour rien ? Pouvais-je, en conscience, vous recommander un pareil sacrifice ? »

J'assurai Monsieur de Beaufort de toute mon estime, mais sur un ton peu convaincu qui acheva de blesser.

Alors que je prenais congé, il me retint et me déclara :

« On ment toujours à son avocat. Vous avez dû me cacher un fait important... peut-être plusieurs. Mais je ne vous en veux point — quoiqu'une telle dissimulation ait de quoi inciter la cachottière à l'indulgence quand on lui recommande un mensonge efficace. Et je vous en veux si peu que je m'en vais vous prescrire gracieusement un autre mensonge qui vient de me venir à l'esprit, et qui pourrait avoir comme vertu de préserver les intérêts de ce Cadouin, dont le sort vous touche apparemment si fort, sans nuire aucunement, bien au contraire, à votre défense. Au lieu de vanter les séductions irrésistibles de votre Jacques, refaites donc cette lettre au Lieutenant criminel de Sarlat en y glissant une phrase de ce genre : " Le soupçon de rapt est d'autant plus odieux qu'il est de notoriété publique à Caussenac que mon frère de lait Jacques Cadouin est aussi mon véritable demi-frère, l'un de ces enfants que le comte mon père avait semés dans la campagne quand il était encore vert. Etc. " Comprenez-vous la portée de la manœuvre ? Il est difficile de ne pas faire enquête sur une pareille affirmation, qui changerait toutes les données du procès si elle était vraie. Mais des enquêtes d'une telle nature débouchent toujours sur l'incertitude. Votre nourrice niera l'allégation par pudeur ou avouera à la réflexion par souci de préserver son fils. Quoi qu'il en soit, l'idée sera en l'air et influencera le tribunal. N'êtes-vous pas en droit, vu votre innocence foncière, de lancer un mensonge qui ne nuit à personne et a tant d'avantages pour votre cause ? Une étroite parenté fraternelle exclut évidemment toute accusation de rapt contre Cadouin ou contre vous-même... à condition, ajouta-t-il après un brin d'hésitation, qu'aucune preuve ne puisse être apportée de relations intimes entre vous deux. »

Pour le coup, la trouvaille était séduisante. Je complimentai sans réserve Monsieur de Beaufort d'une si belle ingéniosité, et je remaniai sur-le-champ ma lettre dans le sens indiqué, mon conseiller corrigeant telle ou telle tournure qui aurait pu faire mauvaise impression à un chat fourré chatouilleux.

« Vous voyez, me dit-il en riant, que les avocats ont du bon. Les mensonges que nous imaginons ne sont pas toujours coupables. N'aurai-je point un baiser en récompense ? »

Il était temps que j'allasse me coucher. Sorti du Pertuis d'Antioche, l'alcoolique *Intrépide* avait mis cap au sud. A l'entrée de la Gironde, nous manquâmes emboutir le phare de Cordouan, mais le 17 mai, nous étions à quai avec un minimum de casse, devant les magnifiques perspectives du Bordeaux tout neuf.

Comme nos matelots, impatients de boire dans les tavernes du port, amarraient avec entrain le navire aux grosses bittes moussues verdies par les ondées, Beaufort, détournant mon attention du site, me fit enfin une proposition avouable :

« Ma carrière débute. J'ai besoin d'illustration. Et votre cause, vu l'ancienneté de votre famille et sa position en Périgord, est destinée, sans doute, à produire quelque bruit. Que diriez-vous de me prendre pour avocat ? J'ai l'avantage d'avoir pu m'entretenir librement avec vous et de bien connaître — si vous avez été suffisamment franche — les données générales de l'affaire. Epousant à Bordeaux, où mon futur beau-père est procureur, je dois m'installer dans cette capitale, qui n'est pas trop loin de Sarlat, et je serais en mesure de m'occuper de vos intérêts, ce que je ferais avec d'autant plus de plaisir que vous êtes une jeune personne vraiment touchante. »

Je lui demandai ce qu'il pouvait faire de plus pour moi, puisqu'en matière criminelle « extraordinaire » un avocat n'avait pas même le privilège de parler à l'accusé.

« Mais nous pouvons faire beaucoup plus que vous ne pensez ! se récria-t-il. Il n'est pas exclu que j'aie le bonheur de vous revoir ou de communiquer avec vous par l'une de ces ruses dont les avocats sont coutumiers. Et d'autre part, nous avons toute liberté de nous entretenir avec les témoins pour les influencer. Par exemple, personnellement ou par le biais d'un représentant discret, je pourrais convaincre votre nourrice de mettre Cadouin au crédit de votre père. Dans ce cas, tout compte fait, il vaudrait mieux ne rien écrire au Lieutenant de Sarlat, de sorte que le douloureux aveu de votre nourrice — dont il est possible qu'il la flatte plus ou moins — ait une allure spontanée. Enfin, si nous autres avocats sommes gênés dans l'exercice de la défense proprement dite par des règles de procédure qui s'inspirent fortement de la vieille Inquisition romaine, nous sommes passés maîtres dès qu'il s'agit de préparer et de manipuler l'opinion. Non seulement nous faisons courir sous le manteau des bruits favorables, mais nos écrits ne se bornent point aux attendus que juge et assesseurs prennent en considération le jour du jugement : rappelez-vous les efforts de publicité dépensés par un Voltaire dans maintes causes qui flattaient ses penchants. D'ailleurs, la présence d'un avocat a encore pour heureuse conséquence d'inciter la justice à respecter ses propres lois. Alors, qu'en dites-vous ? »

Le temps pressait. Je déchirai en petits morceaux qui tombèrent à l'eau ma lettre au Lieutenant et j'acceptai ce défenseur d'occasion.

Beaufort, afin de pouvoir prendre langue avec le responsable, était inquiet de savoir à qui ma tutelle d'orpheline avait été confiée. Mais je n'en savais alors pas plus que lui à ce sujet.

Le commandant s'approchait pour me souhaiter bonne

chance et me remettre aux gens de police qui montaient à bord. Mon avocat me serra la main avec effusion, me répétant qu'il me tirerait d'affaire...

En fait, depuis la disparition de mon père, cette grande ombre qui obscurcissait mes jours s'étant dissipée, l'espoir était revenu dans mon cœur et je n'avais jamais douté de m'en sortir à mon honneur d'une façon ou d'une autre.

La police de la ville me confia aux archers de la maréchaussée montée chargée de surveiller les routes, et je gagnai Sarlat en quatre petites journées, ma voiture étant suivie de deux cavaliers fort courtois, que je ne manquai point de régaler aux étapes. Les hommes de la maréchaussée savent beaucoup de choses et leur conversation est intéressante. A leur avis, pour ce qu'ils avaient appris de l'histoire, j'aurais dû me faire enlever par un homme de ma condition, coïncidence qui met les juges de bonne humeur.

Alors que nous approchions de Sarlat en début d'après-midi, je priai mon escorte de consentir à un petit détour pour me permettre d'embrasser ma nourrice. A cette heure, hommes et enfants en âge de travailler devaient être aux champs, et j'avais de bonnes chances de pouvoir lui parler sans témoin.

Effectivement, elle était au logis avec une fillette.

Je passe sur son émotion, sur ses amers reproches, sur ses cruelles inquiétudes à l'égard du fils perdu. Je m'efforçai de la rassurer, mais sans exclure l'hypothèse que Jacques se fît prendre, et je dus lui expliquer longuement de quel intérêt serait, pour sa sûreté comme pour la mienne, la déclaration que j'espérais. Egalement préoccupé par le sort de son fils, Monsieur Cadouin ne pourrait qu'approuver.

Ma nourrice soupirait, hésitait. « Oh, que c'est ennuyeux ! » répétait-elle. Il y avait une anguille sous roche que je ne distinguais point.

« C'est que, me dit-elle enfin, du temps que j'étais belle,

ton père m'a troussée comme tant d'autres, et Cadouin en a été plus jaloux que flatté.

— Mais Jacques est bien de lui ?

— Assurément ! N'a-t-il pas été conçu alors que la lune était pleine ?

— Alors, c'est parfait. Tes anciennes relations avec mon père ne font que fortifier le mensonge. »

J'écrivis quelques phrases sans ambiguïté, j'appelai mes gardiens qui surveillaient leurs chevaux devant la porte, ma nourrice signa d'une croix, et je demandai aux deux hommes de signer à leur tour pour authentifier l'acte autant que faire se pouvait. Le plus jeune eut la bonté de signer, mais le plus vieux ne savait pas écrire ! Il déposa donc une seconde croix et je notai son nom au-dessous.

Armée de cette pièce, j'éprouvai un vif soulagement. Les gendarmes eux-mêmes semblaient apprécier la manœuvre à sa juste valeur, et ce satisfecit était rassurant.

En 1641 avait été rétabli à Sarlat l'éphémère présidial fondé par Henri II, dont je rappelle qu'il s'agissait d'une cour supérieure de justice intermédiaire en droit et dignité entre les sénéchaussées — nommées « bailliages » au nord de la Loire — et les Parlements. Sur la fin du règne de Louis XVI, ce présidial, qui portait ombrage à celui de Périgueux, employait notamment un premier président, un Lieutenant général, un Lieutenant particulier, un Lieutenant assesseur civil et criminel, neuf conseillers, un procureur et deux avocats royaux, un Lieutenant de maréchaussée et un commissaire général aux saisies réelles, sans parler du menu fretin. Si l'on y ajoute la foule des procureurs et avocats de la sénéchaussée, on voit que la ville était alors bien montée en gens de loi.

Dès notre arrivée à Sarlat, mon escorte me remit à la maréchaussée du lieu, qui se chargea de me conduire au siège du présidial, où officiait le Lieutenant général qui devait personnellement instruire mon affaire, vu l'importance de la cause et la notoriété de ma famille, dont les fiefs comptaient parmi les principales baronnies du Périgord. Mon père, qui était l'un des rares à avoir conservé des droits de haute justice, avait d'ailleurs porté plainte auprès du procureur de ce présidial.

Le Lieutenant criminel, qui me fit attendre plus de deux heures, était pour l'heure Monsieur de Chaunes, propriétaire de sa charge depuis plus de vingt ans, un petit monsieur vieillissant, veuf et misogyne, aussi maigre que le Lieutenant de Nantes était replet. Son office ne devait pas lui rapporter grand-chose, mais, ainsi que bien d'autres qui avaient une certaine aisance, il considérait plutôt la magistrature comme un distingué passe-temps. C'est en tout cas ce qu'il m'avait déclaré lors d'une chasse à la bécasse où mon père l'avait invité. Du moins prenait-il cette distraction au sérieux et le bruit courait qu'il était intègre. L'Etat apprécie les juges fortunés dans l'espoir, trop souvent déçu, que leur corruption sera nulle ou discrète.

Par la vénalité des charges, si agréable pour ses finances, le roi s'assurait que ses officiers de justice n'étaient pas des pouilleux. Mais ces avantages étaient contrebalancés par quelques inconvénients. De façon générale, l'indépendance des magistrats les poussait à déployer peu de zèle dans la conduite des affaires, à montrer volontiers à l'encontre de l'Etat un esprit chicaneur et subversif, tourné vers la conservation ou l'accentuation de leurs privilèges, à rechercher enfin sur le dos des administrés des compensations financières abusives pour la somme rondelette que la charge avait coûté et pour la modicité des traitements qu'on leur versait à regret.

Je ferai en passant, ma chère fille, cette remarque que nos irresponsables Révolutionnaires, inspirés notamment par Montesquieu, rêvaient d'un exécutif, d'un législatif et d'un judiciaire œuvrant harmonieusement en toute indépendance. Or c'est bien la Révolution qui, en réduisant les juges à un rôle de misérables fonctionnaires, les a privés de leur indépendance traditionnelle. Le juge à la botte du pouvoir est l'une des conséquences paradoxales de la prise de la Bastille.

Mais par une plaisante justice immanente, ces Parlementaires, dont l'agitation avait déchaîné les troubles dont nous venons à peine de sortir, ont été remboursés du prix de leur charge en assignats sans valeur !

Monsieur de Chaunes n'en était pas encore là, et d'ailleurs, il était loin d'avoir la morgue et l'imprévoyance d'un Parlementaire. Le gros des officiers de justice était alors plus attaché que ces messieurs à l'ordre public. Il est vrai qu'ils étaient en contact direct avec les criminels et les plaideurs, expérience qui est toujours génératrice d'un certain bon sens.

Le bureau du Lieutenant criminel était une pièce fort agréable, dont la grande fenêtre ouvrait sur les toits de Sarlat. Le greffier d'usage était discrètement assis dans son coin, et la grande table, qui était surchargée de dossiers, était ornée du portrait d'un sympathique jeune homme : le fils unique du maître des lieux, qui m'avait naguère fait un brin de cour avant de tomber victime d'un cheval.

C'est avec une politesse un peu froide que Monsieur de Chaunes m'accueillit. Il tenait à me signaler par là que, si nous appartenions à la même société, il était d'abord au service du roi.

Le greffier m'ayant avancé une chaise, le Lieutenant procéda à un interrogatoire d'identité très formel par la force des choses, et il me dit que c'était un plaisir pour lui, le problème de l'identité de beaucoup de prévenus le rendant chèvre. Des théories de criminels récidivaient sous des noms différents et il venait de confondre un bigame qui avait épousé de Bayonne à Nancy et de Toulouse à Rouffignac.

Puis Monsieur de Chaunes me posa deux heures durant une foule de questions sur les motifs de ma fuite et sur les détails de mon équipée, le greffier enregistrant les réponses dans le lourd style indirect en usage depuis des siècles.

Séance assez éprouvante, car les questions, très variées, étaient volontairement présentées dans le plus complet désordre et on ne semblait tenir aucun compte de mes réponses. On se gardait bien aussi de me notifier à ce stade quelles inculpations pourraient être retenues. En tout cas — et c'était encore une chance ! —, le pénible incident de la dernière confession du phtisique n'était pas parvenu aux oreilles du juge. Mais en revanche, le Lieutenant était extrêmement intéressé par la mort violente du comte de Caussenac, dont il soupçonnait Jacques visiblement.

Je crus bon de sortir alors la déclaration de ma nourrice : un fils irait-il tuer son père ? !

Monsieur de Chaunes médita là-dessus un bon moment et me demanda si j'avais pris un avocat. Je lui répondis que j'avais l'intention d'engager Monsieur de Beaufort, dont on m'avait dit du bien. « Il se pourrait que vous l'eussiez déjà engagé, me rétorqua-t-il, car cet ingénieux papier ressemble bien à un tour d'avocat. » Je lui fis observer que, si ma nourrice ne doutait point que Jacques eût le même père que moi, on devait honnêtement tenir la chose pour possible, sinon probable, et il en convint en soupirant.

En fin de compte, après avoir prié le greffier de lui relire certains passages, Monsieur de Chaunes me déclara :

« Eh bien, et j'en suis heureux pour vous, on dirait que la situation s'éclaircit. Votre belle-mère, qui a hérité de son mari, se refuse aimablement à soutenir la plainte pour vol, il est difficile de retenir votre complicité effective dans le meurtre de Monsieur du Terme, et quant au rapt, l'accusation tomberait évidemment si votre précieuse nourrice disait la vérité. Le Tribunal devra en juger. Mais je ne saurais vous cacher que dans le cas où cette opportune attestation serait tenue pour pur artifice, on pourrait peut-être, en principe, retenir contre Cadouin ou contre vous-même le chef de rapt.

N'avez-vous pas, de votre propre aveu, soustrait ce jeune homme naïf à la tutelle de son père, qui y a perdu — pour quelque temps du moins — une mule ? »

La première phrase du Lieutenant m'avait sidérée.

« Comment, m'écriai-je, ma belle-mère hérite et elle se refuse à soutenir la plainte pour vol ! Mais je rêve !

— Vous savez que le droit des pères à déshériter une enfant ingrate, à plus forte raison une fugueuse, est absolu. Vous vous êtes enfuie à l'aube. Dans l'après-midi, votre père rédigeait de sa main un nouveau testament au profit de votre marâtre et faisait mander son notaire, qui était en déplacement. Aux dires de Madame de Caussenac, il aurait alors signé ledit testament en présence de trois témoins, qui ont signé après lui. Le lendemain de bonne heure, il s'élançait à votre poursuite pour trouver une mort inattendue.

— " Aux dires de Madame de Caussenac " ?!

— Il est possible, naturellement, que votre père ait remis sa signature à plus tard et que votre belle-mère, subornant les témoins, ait signé elle-même à l'annonce de la disparition de son époux. Mais il serait vain de discuter sur une signature qui a pu être apposée dans un moment d'émotion, et quand le testament a été enregistré, on a bien sûr vérifié que le texte était entièrement de la main du testateur. La volonté de vous déshériter était de toute manière incontestable. Il vous serait très difficile d'obtenir l'annulation de cet acte. Vous risqueriez fort de perdre votre temps.

« Dans l'immédiat, ce qui me paraît le plus important pour vous, ce sont les bonnes dispositions de votre belle-mère. Prévenue dès hier de votre arrivée, elle m'a dit être toute disposée, se portant garante de votre sagesse, à vous accueillir à Caussenac le temps de votre procès. Vous y seriez mieux que dans notre geôle de Sarlat, confiée à un marchand de foin, où l'on est exposé à d'incroyables outrages. Ce n'est guère la place d'une jeune fille de votre rang. »

C'était renversant ! Je demandai à de Chaunes combien un tel procès allait durer...

« A Sarlat, ne fût-ce que pour obliger votre famille, nous ne ferons pas traîner les choses. Mais, si vous êtes condamnée ici, les gens de Bordeaux, qui auront à juger de l'appel, seront sans doute moins pressés. L'été, les Parlementaires du lieu se retirent dans leur maison de campagne au sein de leurs vignes, d'où il n'est pas question de les faire sortir. Après, c'est la saison des chasses et des vendanges... Mais l'hiver, si l'encre ne gèle pas dans les encriers, les affaires progressent.

— Qui doit rendre ici le jugement, et en quel lieu devrai-je comparaître ?

— Je le rendrai dans ce bureau, et sans avoir besoin, en principe, de votre présence. On dirait que ma déclaration vous étonne ? Les usages de la juridiction extraordinaire vous seraient-ils tellement étrangers ? »

Ils me l'étaient même tout à fait !

Monsieur de Chaunes m'expliqua :

« Notre procédure criminelle est de la plus économique simplicité quant à l'essentiel.

« La prise de corps obtenue, accusé et témoins sont interrogés par le Lieutenant criminel compétent vu le lieu du délit, ou par l'un de ses substituts. Durant l'information, l'accusé peut être confronté aux témoins, mais on n'y gagne guère qu'un supplément d'énervement et de mensonges. Le juge est également libre de produire des témoins à décharge, ce qui est peu fréquent. Le dossier étant en ordre, le récolement des témoins est normalement suivi d'une confrontation entre témoins et accusé, et après procès-verbal, la Cour se réunit pour donner son verdict.

« Le même Lieutenant criminel qui a l'instruit l'affaire est juge de la cause, avec des assesseurs en nombre variable : de trois à sept, selon l'importance du procès et l'épaisseur du dossier. Un assesseur lit l'acte d'accusation, puis on ouvre l'enveloppe qui renferme l'avis du procureur : son rôle est de proposer une peine et d'en exposer les motifs. Nous prenons aussi connaissance des attendus d'éventuels avocats, y compris ceux de la partie civile s'il se trouve. (Mais personne ne s'est constitué à votre encontre partie civile dans cette affaire.) Nous faisons enfin, à commencer par le plus jeune, un tour de table où chacun exprime son avis avec les commentaires qui lui plaisent. Et la majorité l'emporte.

« Vous constatez que ma décision sera ainsi tributaire de celle des autres.

« Avant d'en arriver là, le Tribunal peut faire venir l'accusé pour lever un dernier doute.

« L'arrêt est lu au condamné par un greffier dans sa prison ou à l'endroit de sa résidence surveillée, et le procureur a le droit de faire appel *a minima*.

« Vous voyez que ce n'est pas compliqué et que les deniers de l'Etat ne sont pas gaspillés. »

Les procès publics avec jurys incompétents et influençables, présence bavarde des avocats et procureurs, dédoublement du juge d'instruction et du juge de verdict, sont en effet des innovations révolutionnaires, et il est permis de se demander ce que la justice y a gagné. Sinon que le juge étant devenu une créature du pouvoir, il était nécessaire de le soumettre à un contrôle méfiant et dispendieux [1].

J'ai vivement remercié Monsieur de Chaunes de son accueil et de ses informations, et à l'instant de prendre congé, je lui ai renouvelé mes condoléances pour la mort si prématurée de son fils, lequel ne m'avait laissé que de bons souvenirs.

---

1. Il est ahurissant de voir des films qui montrent des audiences criminelles d'Ancien Régime avec des jurys attentifs, des procureurs et des avocats aux prises.

Emu, il m'a dit :

« Oui, hélas, nous souffrons tous les inconvénients du mariage pour le plaisir d'avoir des enfants. Les pires vont en prison, et les meilleurs rencontrent un mauvais cheval...

« Vous vous êtes beaucoup préoccupée du printemps du mariage jusqu'à devenir trop savante pour votre âge. Il vous reste à étudier le plus important : l'été et l'automne de l'institution. Nous épousons chat en poche pour la vie des êtres que nous ne connaissons point, et plus l'union se prolonge, plus l'incompréhension fait des progrès, comme une maladie bizarre dont les symptômes seraient évidents, mais les causes mystérieuses. Et à force de ne pas parler le même langage, on ne se parle plus du tout. Je vous souhaite de ne connaître que des printemps, ce qui s'obtient en se mariant souvent ou en ne se mariant point. »

J'aurais pu tomber sur un plus mauvais juge. A première vue, son seul défaut était de se barbouiller le nez de tabac.

Un sergent et un exempt au service de la maréchaussée sarladaise me conduisirent à Caussenac. J'étais encore sous le coup de la perte brutale de mon héritage, assortie des si bizarres gracieusetés de ma belle-mère. Mieux valent des biens hypothéqués que rien du tout et les serpents ne sont jamais plus redoutables que lorsqu'ils dissimulent leur venin. Quelles pouvaient être les arrière-pensées de cette femme abominable, dont je savais bien qu'elle me haïssait ? A force de réfléchir, je crus trouver une explication suffisante : craignant que j'attaque le testament de mon père, établi dans des conditions si suspectes, ma belle-mère, en se chargeant de ma personne durant mon procès, retardait d'autant une plainte pour faux et subornation de témoins, plainte d'autant moins recevable qu'elle serait plus tardive. Si je prétendais faire valoir mes droits prématurément, je serais mise à la porte du château de mes pères pour être internée dans la prison de Sarlat, ou au mieux, dans le plus rébarbatif des couvents.

A cette époque où les prisons ordinaires étaient inqualifiables et surpeuplées, les établissements ecclésiastiques servaient de dépotoirs, tant pour la prévention que pour la purgation, en faveur de toutes sortes de criminels jugés dignes d'échapper au sort commun. C'était un sombre privilège pour les condamnés qui appartenaient au clergé ; et venaient notamment les rejoindre des femmes d'une certaine condition qui avaient mal tourné.

Le rôle de geôlier surnuméraire joué par une Eglise imprudente devait être pour quelque chose dans l'extraordinaire animosité qui allait bientôt la frapper de plein fouet. Ceux ou celles qui avaient moisi des années durant dans des cellules monacales n'auraient aucune reconnaissance du fait que ce moindre mal les avaient sauvés des prisons ordinaires. La Révolution, en faisant disparaître geôles d'Eglise et Lettres de cachet politiques ou familiales, a réduit tous les détenus à une identique misère.

Ma belle-mère, entourée de ses gens, m'accueillit dans la salle des gardes avec une dignité assez aimable et me dit pour le meilleur profit de tous, domestiques et sbires de police :

« Votre conduite inconsidérée, ma chère Eudoxie, vous a placée dans une position peu enviable, qui doit vous faire regretter votre distingué prétendant. Mais nous devons, je crois, nous montrer solidaires dans l'épreuve, et je n'ajouterai point à vos ennuis. Il serait inconvenant qu'une Caussenac fût enfermée avec des gredines, et notre Lieutenant criminel ayant libéralement accepté que je me charge de vous jusqu'au verdict, je ne lui ferai pas défaut. Etant donné vos talents pour la fuite, vous serez tenue sous clef, mais traitée d'autre part au-delà de vos mérites, et vous pourrez sortir de votre chambre, sous la surveillance d'un homme de confiance, pour prendre vos repas avec moi, vous promener dans le parc ou visiter votre tante, qui a malheureusement beaucoup baissé depuis l'affreuse nouvelle de la mort de son frère. Sommes-nous bien d'accord ? »

Il m'était difficile de ne pas l'être !

Pour avoir au moins la distraction de la lecture, je demandai à coucher dans la bibliothèque, ce qui me fut aussitôt accordé, le sergent demandant toutefois à inspecter la pièce afin de vérifier si elle était assez sûre pour l'usage qu'on envisageait.

Cet individu d'expérience considéra d'un œil critique la lourde porte et la solide serrure, la superbe charpente de châtaignier, semblable à une coque de navire renversée, les planchers épais, les murs énormes et les cloisons inébranlables, avant d'ouvrir une fenêtre défendue par une grille, qui ouvrait du troisième et dernier étage sur les douves peuplées de carpes et sur les jardins ombreux...

Je ne me retins pas de lui faire observer : « Voici, Monsieur, des précautions qui me semblent bien inutiles. Où voulez-vous désormais que j'aille toute seule sans argent ni crédit ? » Et il me répondit : « Vous seriez laide, Mademoiselle, que je ne me serais pas soucié de voir votre chambre. Mais les jolies personnes ne restent jamais seules bien longtemps et l'argent leur vient en dormant. » Je ne pouvais que le remercier du compliment.

Après quoi, le sergent s'en fut avec son exempt.

Dans un angle de la bibliothèque, on installa le mobilier de ma chambre habituelle, qui renfermait encore toutes les affaires que j'avais abandonnées, les nécessaires objets de toilette prenant place derrière un grand paravent.

« Vous ne seriez pas mieux à la Bastille ! » me dit ma belle-mère en souriant.

Plus elle souriait, plus croissait mon malaise.

Je lui fis part de mon intention de prendre un avocat, projet qui eut son agrément...

« C'est une excellente idée. Votre cause n'est pas si mauvaise et j'espère de tout cœur que vous sortirez la tête haute des griffes de ce de Chaunes, mais on a toujours besoin de conseils quand on se frotte à la justice. Engagez qui vous voudrez. Caussenac sera ouvert à ce personnage afin qu'il puisse converser avec vous discrètement, à l'insu du Lieutenant criminel. Cependant, les bons avocats coûtent cher, et mes finances, vous vous en doutez bien, sont au plus bas. J'ai renvoyé ce voleur de Moustier, qui avait le front de prétendre me pousser dehors, croyant que vous aviez hérité, et je m'évertue à corriger le laisser-aller de votre défunt père, les indispensables économies ne faisant pas rentrer d'argent pour si peu. Si j'ai vendu l'équipage de chasse, c'était pour réparer la toiture. L'argent de l'avocat, c'est à votre tante Agathe qu'il faut le demander. Etant votre plus proche parente, elle a été instituée votre tutrice, et elle m'a dit vous avoir couchée sur son testament. »

Avant souper, un domestique entre deux âges me conduisit jusqu'à la porte de ma tante, située au deuxième étage comme la plupart des autres chambres de maître. Au premier étaient la salle de bal et des pièces d'apparat. Si mon père s'était retiré pour ronfler dans une chambre du rez-de-chaussée, c'était sans doute en raison de son humeur sauvage et indépendante.

Dans l'escalier, je demandai à mon gardien quelles étaient les personnes qui avaient signé comme témoins au bas du testament de mon père, quel jour et à quelle heure. Tout ce que l'homme savait ou prétendait savoir, c'est que les trois témoins avaient été congédiés avec quelques autres domestiques par mesure d'économie. Eloigner les témoins était certes une mesure habile qui ne simplifiait pas ma tâche.

Ma tante avait fort mauvaise mine et il semblait que ses derniers ressorts étaient en train de casser. Peut-être avait-elle été plus attachée à son frère que je l'aurais cru.

J'eus droit surtout à des récriminations :

« Mon Dieu, que d'histoires déplorables pour un vulgaire mariage ! S'enfuir avec un serf et se faire prendre bêtement !

Trucider le marquis du Terme en cours de route ! Avec ce beau résultat que ton père, qui avait perdu la tête, a légué Caussenac à une femme qui n'est pas de notre sang. Et qui me rendra mon frère ? Nous sommes loin des rapts élégants de ma jeunesse, entre gens du même monde... »

Je m'efforçai de la consoler et parlai du paiement de l'avocat, ce qui entraîna des récriminations nouvelles :

« Un avocat ? Pour quoi faire ? Les avocats compliquent et enveniment les affaires à plaisir pour soutirer à leurs dupes le maximum d'argent. Tu te défendras mieux toute seule avec un rien de bon sens. Non, je ne gaspillerai pas mon or pour un avocat. Tu attendras ma mort pour voir la couleur de mon maigre héritage, et je suis encore trop bonne ! »

Reconduite à la bibliothèque et renfermée sous clef de nouveau, j'écrivis au baron de Chasseneuil :

« Prise par la police de Nantes, je suis présentement, Monsieur, retenue prisonnière au château de Caussenac, en attendant l'issue de mon procès. Mon frère a pu s'échapper par bonheur, mais, étant déshéritée et démunie de tout, je n'ai pas de quoi régler un avocat. J'aimerais confier ma défense à Monsieur de Beaufort, qui réside à Bordeaux. Puis-je lui dire de se mettre en rapport avec vous pour les frais ?

« Je vous renouvelle, de toute manière, l'expression de mon éternelle reconnaissance pour d'extrêmes et discrètes bontés sans commune mesure avec les quelques inconvénients que je vous dois. Dans un monde résolument hostile à ceux qui veulent sauvegarder leur liberté et leur dignité, vous êtes le seul ami sur lequel je puisse compter et je vous souhaite de grand cœur plus de bonheur que je n'en ai. »

A souper, je priai ma belle-mère de faire suivre ce mot. Infiniment surprise, elle était curieuse de savoir en quoi avaient pu consister les bontés de Monsieur de Chasseneuil et si je l'avais revu au cours de ma fuite, mais je gardai là-dessus le même silence que j'avais déjà observé chez le Lieutenant criminel. C'était la moindre des choses que mon ex-prétendant ne fût pas inquiété comme complice de rapt !

Au mur, l'épée de Fontenoy — ou du moins ce qu'il en restait — avait réintégré sa place...

Ma belle-mère me posa aussi nombre de questions sur les circonstances où son mari avait trouvé la mort et sur les mésaventures que je venais de connaître. Mais, toute pénétrée de méfiance, je me montrai, bien entendu, des plus évasives, ce dont elle ne parut point se formaliser.

Apparemment, ma marâtre avait même un certain plaisir à ma présence, ce qui était plus inquiétant que tout. J'avais l'impression qu'elle me considérait avec une gourmandise voilée, comme un chat une souris dont il s'amuse avant de la dévorer.

Le lendemain, je fis dire à ma belle-mère que, honteuse de paraître en sa présence après tant d'écarts de conduite, j'aurais pour agréable qu'on me montât à l'avenir mes repas dans la bibliothèque.

Et la vie suivit son cours, qui eût été monotone sans quelques événements liés à mon procès.

Si le temps était beau, j'allais nager à l'aube dans l'étang, suivie de loin par le regard réprobateur et stupéfait d'un domestique qui ne comprenait point qu'on se levât si tôt pour tenir compagnie aux poissons. Ma belle-mère avait toléré en rechignant cette excentricité dans l'idée que j'aurais eu du mal à me sauver toute nue. J'éprouvais un vif plaisir à me rafraîchir dans ces eaux où mon père avait fait rechercher mon cadavre.

Je mangeais toujours en présence d'un gardien, sans doute parce qu'on craignait que je détournasse un couteau à des fins coupables. C'était pour moi l'occasion d'entendre des échos du monde extérieur, en supplément de ceux que m'apportait la gazette. Les Parlements n'avaient jamais été plus insupportables et de nouvelles disettes menaçaient. A la place du roi, j'aurais envoyé les Parlementaires aux galères et les aurais remplacés par un journal officiel du royaume où la publication des édits aurait tenu lieu d'enregistrement.

La gazette, où la liberté de langage devenait insolente, faisait allusion aux excessives dépenses de la Cour sous l'impulsion d'une reine frivole. Sans doute, la noblesse de Cour, s'étant pénétrée, et depuis belle lurette, du plus mauvais esprit, le roi avait perdu tout pouvoir de la domestiquer utilement et il aurait pu en faire l'économie. Mais je devais apprendre par la suite que, si le budget avait été publié, les censeurs se seraient aperçus que lesdites dépenses n'étaient qu'une goutte d'eau dans la mare du déficit que l'imbécile et néfaste guerre d'Amérique avait creusé. Alors que du temps d'Henri IV, par exemple, la moitié des revenus de l'Etat étaient gaspillés par le monarque en frais somptuaires.

La plupart de mes heures, naturellement, de jour comme de nuit, étaient consacrées à la lecture, à ce point que l'on me marchandait les chandelles.

Dans ma nouvelle position, je n'avais plus guère le goût de me renseigner sur le sexe. Une indigestion de données éparses m'avait d'ailleurs conduite à un raisonnable scepticisme. Au sein de ces problèmes sans fond, où l'expérience elle-même ne saurait servir de guide bien assuré, un fait me semblait pourtant certain : si les hommes éprouvent dès l'adolescence un appétit grossier et effréné de rapports, les femmes ne découvrent leur vrai tempérament qu'à l'usage. Leurs premiers pas sont d'ordinaire commandés beaucoup plus par la pression des circonstances ou du sentiment que par un quelconque emballement physique. Il n'y avait donc aucun inconvénient à remettre à plus tard un usage qui pouvait se révéler décevant.

Par la force des choses, j'étais fréquemment amenée à compulser des ouvrages de droit criminel afin de mieux pénétrer la mentalité des hommes de robe, de mieux comprendre ce qui me menaçait, de mieux discerner les moyens de sauvegarde.

Effrayantes lectures, il est vrai, qui paraissaient à première vue aussi éloignées de la réalité que pouvaient l'être les ouvrages romanesques ou licencieux. De toute évidence, la machine répressive ayant le plus grand mal à mettre la main sur un coupable, on avait pris le parti dissuasif de se revancher d'atroce façon sur la bête malchanceuse. Les peines les plus horribles frappaient en principe les moindres vétilles. Mais, si l'on descendait du principe à la pratique, il y avait par bonheur des accommodements. De notoriété publique, les riches, les personnes de condition, ceux qui avaient des relations influentes passaient à travers les gouttes, alors que les humbles se faisaient mouiller. D'autre part, la remarquable indépendance des magistrats chargés de l'extraordinaire ou des Parlementaires préposés à l'appel leur permettait d'interpréter à leur fantaisie les textes les plus draconiens, soit pour y ajouter un soupçon de sel, soit pour panser les plaies, la clémence l'emportant de loin sur la rigueur. En somme, les édits criminels n'avaient d'autre raison d'être que d'indiquer aux juges consciencieux jusqu'où ils pouvaient aller lorsqu'ils tombaient sur un sujet décourageant qui avait fait l'impossible pour rejoindre prématurément les prisons de son Créateur. De plus, le roi avait traditionnellement la manie, sous un prétexte ou sous un autre, d'édulcorer telle ou telle peine ou de gracier tel ou tel condamné qui n'avait pas réussi à s'échapper. Il résultait de tout cela une impression de désordre assez inquiétante, comme si la justice avait été organisée en loterie par des gens incapables de la gouverner autrement.

Parfois, je me disais que mon acquittement était probable. D'autres fois, je me voyais déjà pendue ou renfermée avec des filles de joie.

Ce qui me rassurait un peu, c'était la réception courtoise de Monsieur de Chaunes, qui n'avait pas l'air d'un tigre, et dont je devais cultiver avec esprit les bonnes dispositions possibles.

Cependant, si ma cause semblait mal tourner, ne serait-il pas expédient de m'enfuir derechef avant d'entendre l'arrêt sinistre du greffier ? Mais l'hypothèse exigeait des complicités qui me faisaient complètement défaut jusqu'à nouvel ordre.

Tandis que je me morfondais, mon dossier grossissait lentement à Sarlat. Les juges sont des scrupuleux obsédés par la perfection. Un détail manque toujours à leur affaire. Et ces scrupuleux ne sont pas pressés.

Le Lieutenant criminel me faisait convoquer de temps à autre pour un supplément d'interrogatoires dont il se chargeait lui-même ou dont il se déchargeait sur un jeune substitut. Afin de me prendre en contradiction, les mêmes questions, sous des formes directes ou détournées, revenaient sans cesse et, à travers tous ces pièges, j'avais du mal à paraître franche et spontanée. Malgré mes efforts, je voyais bien que la méfiance du Lieutenant à mon encontre avait plutôt tendance à croître et qu'il voyait en ma personne l'une de ces révoltées de la pire espèce, une sympathique révoltée à principes, par l'activité desquelles la société et la famille sont mises en péril.

Un jour d'été, agacé, il m'a déclaré :

« Que vous le vouliez ou non, la loi est la loi, et vous pourriez prendre exemple sur Socrate, qui a préféré mourir plutôt que de mépriser, bonnes ou mauvaises, les lois de sa Cité. Jusqu'à vingt-cinq ans, les enfants ne sauraient se marier sans le consentement de leurs parents. De vingt-cinq à trente, le consentement du tuteur n'est plus nécessaire, mais celui des parents l'est encore. Et à partir de trente ans, les enfants doivent user de " sommations respectueuses ". Nanti de la permission du juge, l'intéressé se rend avec deux notaires au domicile de ses parents pour demander leur consentement. Si la réponse est négative, il a licence de se marier à son gré sans encourir l'exhérédation.

« Vous comprenez qu'il s'agit de réprimer toute mésalliance. Quoi de plus triste, de plus contraire à l'ordre public, à l'intérêt général et particulier, qu'un mariage mal assorti ?

« Ce droit négatif des pères et mères d'interdire un mariage déplacé a pour corollaire naturel le droit positif d'incliner les enfants à des mariages souhaitables.

« Assurément, si la plupart des parents règlent avec un affectueux bon sens les mariages de leurs enfants inexpérimentés, il peut arriver qu'une interdiction ou une recommandation soit abusive ou ressentie comme telle. Toute institution humaine comporte des abus possibles. Mais je vous le demande, si l'on retire ces droits aux parents, à qui va-t-on les accorder ? Les enfants volages ou l'Etat abstrait seraient-ils capables de les assumer ?

« J'entends bien que vous prétendez avoir été poussée par des menaces insupportables à épouser un Monsieur de Chasseneuil qui ne vous agréait point — quoique vous soyez la première à assurer que ce parti ne présentait que des avantages ! Et croyez que le tribunal tiendra compte de ces pressions excessives. Mais une telle union ou quelques années de couvent n'auraient-elles pas mieux valu que cette fuite désastreuse qui a entraîné tant de malheurs ?

« Vous m'avez dit, la dernière fois, qu'une fille d'une vingtaine d'années devrait être libre de son corps. Admettez pourtant qu'il faut bien fixer un âge quelconque à la majorité. Et si vous aviez eu quinze ans, vous auriez voulu qu'il fût fixé à quatorze... »

J'écoutais ce genre de discours avec componction, mais de Chaunes, entre deux prises de tabac, voyait bien qu'il ne parvenait pas à me convaincre.

Avec le jeune substitut, c'était une autre paire de manches. Je fascinais visiblement ce garçon, qui rougissait, bégayait et s'embrouillait dans ses transparentes manœuvres. Je crois même que je lui faisais peur par moments. Comme j'avais semblé trop savante de ce que je n'aurais pas dû savoir, il soupira comiquement : « Mademoiselle ! Dieu me garde jamais d'épouser une personne de votre science ! » Ce sont des choses que les greffiers s'abstiennent de noter.

Une réaction, ma chère fille, des plus instructives. Si vous ambitionnez de faire impression favorable à la plupart des hommes, il importe de dissimuler votre intelligence naturelle et d'afficher une rassurante ignorance. L'homme, qui doute toujours de son esprit et de sa science, ne se marie que pour les faire briller à bon marché devant un auditoire complaisant. Et la femme mariée poussera la ruse jusqu'à paraître apprendre de son mari avec une reconnaissance émerveillée ce qu'elle savait avant de le connaître. C'est quand vous aurez mon âge que vous pourrez impunément ajouter la franchise à vos autres séductions.

Monsieur de Chasseneuil m'avait aussitôt répondu par une lettre charmante où il se disait tout disposé à couvrir les frais de mon procès, et il eut de surcroît la bonté de me rendre visite dans les premiers jours de juin. La glace étant rompue entre nous, j'eus le plaisir et l'avantage de l'entretenir seule à seul dans ma bibliothèque. Non seulement il m'ouvrait sa bourse, mais il mettait aussi tout son crédit à mon service. Comme je m'inquiétais amicalement du crédit qu'il pouvait avoir, il me dit sans ambages :

« Ma chère petite, un bougre en vue comme moi — je dis bougre pour employer votre aimable expression ! — connaît tous les autres bougres de sa province, et même d'ailleurs, de fait ou de réputation. Au sein de la franc-maçonnerie, nous formons une confrérie supérieure, étant deux fois maçons en quelque sorte. Et je vais m'empresser de glisser un mot pour vous à tous les bougres de Sarlat et de Bordeaux. La chose doit cependant être discrètement pesée, car elle est à double tranchant. Vous aurez sans doute dans vos intérêts tous les bougres de robe, mais vous risqueriez d'avoir contre vous les nombreux anti-bougres si la sympathie de nos amis se faisait trop ostensible. J'agirai au mieux pour vous sortir de là. »

Une femme avisée, ma chère enfant, doit toujours cultiver

la société de quelque bougre influent, le bougre maçon étant à coup sûr le plus efficace. C'était là, en apparence, une chance inespérée.

Le vendredi 13 juin, ce fut au tour de Monsieur de Beaufort de se présenter. Ma belle-mère, charmée de n'avoir pas à le payer, le retint à dîner et me l'amena elle-même en grand mystère dans l'après-midi, se retirant alors de manière qu'il pût me parler sans témoin. Je vous rappelle, ma chère fille, que les avocats n'avaient pas en théorie le droit de fréquenter les accusés en ce temps-là. Mais s'il avait fallu casser tous les procès criminels où cette règle avait été enfreinte, la machine judiciaire se fût grippée.

Le visage de cet aimable Nantais récemment marié à Bordeaux exprimait le ravissement de me revoir. Depuis qu'il m'avait rencontrée sur l' *Intrépide,* Monsieur de Beaufort ne songeait plus qu'à moi et n'avait épousé que pour faire honneur à sa parole. Honneur, que de crimes on commet en ton nom !

Détournant cette conversation déplacée, je mis l'insolent au courant de mes interrogatoires, auxquels il ne trouva rien à redire, sinon qu'il n'aurait pas été mauvais que j'exprimasse plus clairement le regret d'avoir offensé Dieu et le roi par une fuite qui donnait un si mauvais exemple à tous les enfants indociles du royaume. Je lui répondis que l'offense à Dieu était à discuter, et que l'offense au roi l'était plus encore, puisque ce monarque avait trouvé moyen d'épouser sans l'avoir jamais vue une femme qui lui faisait la pire réputation depuis que le cardinal de Rohan avait eu l'idée baroque de lui offrir un collier. Quand on se marie de la sorte, avec une totale incompétence, on ne doit pas être regardant sur le mariage des autres, qui ont le droit d'en prendre à leur aise dans l'espoir de faire mieux. D'ailleurs, était-ce bien à un avocat si pressé de tromper sa jeune femme de dispenser des conseils de repentir à une vierge ?

Monsieur de Beaufort invoqua les droits que confère une

passion irrésistible, et je lui fis naturellement observer que si les droits d'une prisonnière se bornaient à coucher avec son avocat, l'affaire était d'un intérêt plus que douteux pour la défense.

Beaufort se récria bien haut et sortit de son vaste portefeuille une liasse de mémoires qu'il avait déjà commencé de faire courir pour apitoyer sur mon sort une opinion réputée sensible. « Dans un régime absolu de droit divin, me dit-il, le recours à l'opinion est le seul remède possible à la tyrannie. Le pouvoir tremble devant l'opinion et brûle de se la concilier. Lisez-moi donc ceci, par exemple... » Et de me faire apprécier certains passages, dont il était particulièrement fier, d'un factum publié sur la place de Bordeaux...

« Ainsi, cette noble orpheline, enchaînée dans une geôle obscure, attend un jugement qui mettra peut-être fin à ses jours infortunés. Quel est son crime ? A vingt ans, elle se croyait peut-être en droit de ne pas épouser le monstre auquel on prétendait la jeter en pâture. Et après avoir subi des traitements barbares qu'on n'ose dépeindre, elle a osé s'enfuir sous l'innocente protection d'un demi-frère que ses malheurs avaient bouleversé. N'y a-t-il point de limite au pouvoir discrétionnaire des familles ? Tous les abus leur sont-ils permis ? Quand donc leur nécessaire et sainte autorité sera-t-elle contenue dans des bornes décentes ? Ah, qu'il vienne ce jour où une tolérance réglée par de justes lois assurera l'indispensable équilibre entre les antiques privilèges des pères et les droits sacrés de la personne !... »

Monsieur de Beaufort s'empressa d'ajouter :

« Bien sûr, à l'égard des lecteurs du Périgord, le ton s'adapte. J'ai un mot aimable pour Monsieur de Chasseneuil, pour votre belle-mère, et surtout pour de Chaunes, dont je soutiens qu'il est particulièrement éclairé. Je lui ai écrit personnellement d'autre part pour l'assurer de mes respects, et je lui ai fait tenir trois livres du meilleur tabac. On m'avait assuré qu'il est sensible à cette prévenance. »

Je félicitai, d'une manière, il est vrai, assez tiède, mon avocat de cette intense activité littéraire, et j'ajoutai :

« Il faut espérer que ces beaux mémoires et cet excellent tabac auront quelque effet, mais en attendant, à toutes fins utiles, j'aimerais avoir une clef de la porte de cette bibliothèque. Ne pourriez-vous m'en faire fabriquer une à Bordeaux en catimini ? Voire un passe-partout s'appliquant à ce type de serrure ? Pour un amant si passionné, c'est peu de chose. »

Beaufort se rembrunit. A l'en croire, ma demande était d'une scandaleuse irrégularité. Et si j'allais commettre des bêtises avec cette clef, il en serait entièrement responsable.

« Qui le saura ? lui dis-je. Et quelle autre bêtise pourrais-je commettre que de m'enfuir avec vous si une sévère condamnation menaçait ? »

J'avais lancé l'hypothèse comme une boutade, mais Monsieur de Beaufort en demeura tout saisi. Je compris alors qu'il m'aimait pour de bon et que sa passion n'était pas un vain mot.

La maladie passionnelle, née avec la littérature des troubadours pour magnifier l'adultère platonique — le moins excusable ! —, frappe subitement n'importe qui n'importe où et prive de raison les êtres au sens le plus rassis. On pourrait même dire qu'ils y sont particulièrement exposés, comme si le mur de sagesse qui avait jusqu'alors préservé et dissimulé leur existence s'effondrait tout d'un coup, et d'autant plus totalement qu'il avait été monté plus haut. Mais la passion, étant aveugle et éphémère par nature, est en absolue contradiction avec la clairvoyance et la permanence que réclame un mariage réussi. Les hommes doivent la réserver aux passades, et les femmes s'en méfier doublement puisqu'elles y courent des risques plus grands.

Au sortir d'une réflexion troublée, mon amoureux se plaignit :

« Qui me dit que votre premier dessein n'est pas de vous servir de moi ? Comment pourrais-je me flatter de vous plaire après toute la froideur que vous m'avez montrée jusqu'à présent ? Ah, que ne ferais-je pour vous si vous me donniez la moindre preuve de vos prétendus sentiments !

— Il me semble, rétorquai-je, poursuivant le jeu, que vous seriez plutôt mal venu à exiger quoi que ce fût dans la triste position où je me trouve. Ce serait d'une rare inélégance ! Mais l'espoir de m'enfuir sous votre sauvegarde n'est-il pas un gage assez clair de ma tendresse ? Seriez-vous mon frère pour que je me montrasse cruelle dans des circonstances où aucune femme ne peut plus rien refuser ? »

Beaufort, qui se prénommait Bertrand comme Du Guesclin, avait du mal à croire à son bonheur, et je dus lui dire, pour l'en convaincre, tout ce qu'il souhaitait entendre. Je poussai même la complaisance jusqu'à souffrir un baiser appuyé et une menue caresse qui lui firent perdre la tête. Un mari qui a le toupet d'abandonner sa femme pour la première venue sous couleur de passion ne mérite aucun ménagement. Il faut bien mettre de la moralité quelque part.

A six heures de l'après-midi, j'eus enfin la promesse qu'on me ferait faire un passe-partout.

Je devais, cela va sans dire, revoir mon Beaufort assez souvent, et il serait venu plus souvent encore s'il n'avait craint de faire jaser. L'idée de s'enfuir avec moi faisait peu à peu son trou dans cette cervelle de Breton, et j'en arrivais à redouter qu'il ne négligeât ma défense pour mieux me contraindre à la fuite. Je m'évertuai donc à le persuader que je comblerais ses vœux avec le même empressement si un acquittement triomphal me rendait justice. A l'époque, le simple acquittement, parfois au bénéfice du doute, s'appelait la « mise hors cours » ; l'acquittement en fanfare avait nom d' « absolution ».

A chaque visite, Beaufort me parlait d'amour sans désemparer, avant, pendant et après que je l'eusse ramené à notre affaire. Il n'y a rien de plus bête et fastidieux qu'une telle prose lorsqu'un vif sentiment ou une passion partagés n'aident point à la faire passer comme les apothicaires dorent les pilules. Malgré une évidente sincérité, les discours de cet amant transi sentaient d'ailleurs l'avocat et ils atteignaient le comble du ridicule quand ils étaient déclamés à genoux. De façon générale, une femme qui a toléré quelque privauté est censée renouveler ses faiblesses, mais je parvenais à contenir les élans réitérés de mon défenseur par un argument qui faisait impression : la honte de céder au marivaudage sous le toit d'un père que je venais de perdre. D'ailleurs, qui dit passion dit aussi plate soumission aux caprices de l'être aimé. La passion de Bertrand était de première qualité, et j'en garde un sonnet précieux, que j'eus le grand mérite d'écouter sans rire :

Ah, que lourde est ma peine en ta chaste prison
Où la flèche d'Eros cruellement me touche !
Car avant que d'entrer au mitan de ta couche,
Je ne vois que trop bien que je serai grison.

Saigne mon cœur ardent, vacille ma raison,
Je rêve à deux genoux, fidèle et folle mouche,
De me poser au coin d'une lèvre farouche,
Qui ne sait chaque jour édicter que le non.

Connaîtrai-je jamais un arrêt moins sévère ?
Je souffre sans espoir aux portes de Cythère,
Mais entre quatre murs, le sort de l'exilé,

Et sans cesse pourtant, mourant ma triste vie,
Je rebaise mes fers et mon âme est ravie
Par cette douce geôle où je fus enjôlé.

En juillet, le jour où le poète me remit mon passe-partout, je crus quand même convenable d'entrer en faiblesse une seconde fois après avoir vérifié que l'instrument fonctionnait, mais il n'y eut point de troisième.

Monsieur de Beaufort parti, je dissimulai le jeu de clefs dans un creux profond de la maçonnerie, sous l'entablement d'une fenêtre.

A force de fouiner, sans dessein préconçu, dans la chambre de ma belle-mère aux instants les plus favorables, je finis par dénicher le testament olographe de mon père. Il était bref :

« Ce jeudi 3 avril à six heures du soir, moi, Caussenac, par-devant notaire et conformément aux lois qui préservent l'honneur des pères et des familles, je déshérite en totalité ma fille unique Eudoxie en raison de ses monstrueux égarements, et ce, au profit de ma chère épouse qui ne m'a jamais manqué. Les autres clauses du précédent testament demeurent inchangées. »

Le texte était bien de la main du comte, mais on s'était visiblement efforcé d'imiter sa signature. Le paraphe net et nerveux de mon père avait notamment été retracé avec une tremblante application. Mais cette signature suspecte était certes, vu le contexte sans réplique, d'une exploitation difficile pour ma cause. A toutes fins utiles, et avec un malin plaisir, je fis donc disparaître le plus clair de la signature sous un gros pâté. En cas de contestation et de nouvel examen, ma belle-mère aurait le choix entre faire disparaître la pièce ou la produire en l'état. Ce qui présageait de superbes disputes.

Et en attendant, le saisissement de ma marâtre à découvrir la tache serait extrême. Dans l'idée de mettre un comble à son malaise et de miner peu à peu ses facultés de raisonnement, je m'emparai d'un miroir sur sa table de toilette, que j'allai jeter dans l'eau des douves. Et je pris l'habitude de faire disparaître ainsi des objets familiers et hétéroclites qui encombraient la chambre.

Le samedi 9 août, jour anniversaire de ma belle-mère, j'eus la politesse de descendre dîner en sa présence et je ne constatai pas sans amusement le résultat de mon ingénieuse industrie. Sans doute prit-elle bien garde de ne me point parler de l'étrange modification du testament, mais dès le premier service, elle n'y tint plus et me confia avec hésitation :

« Sais-tu que des objets, le plus souvent des choses sans grande valeur, disparaissent mystérieusement de ma chambre depuis quelque temps ? Un miroir, mon clystère, des pantoufles... Que sais-je ?... »

J'ouvris de grands yeux et nous fîmes le tour de toutes les hypothèses possibles. Vu la nature des objets, le vol était exclu. Les fantômes de Caussenac étaient en sommeil depuis Henri II. Une grosse pie aurait pu s'emparer d'un petit miroir pour se lisser les plumes ou des pantoufles pour nicher, mais elle se serait désintéressée du clystère... Ma belle-mère n'avait-elle pas rêvé ?

Elle protesta furieusement qu'elle avait toute sa tête, mais son insistance à m'en convaincre montrait bien qu'elle commençait à en douter.

« Alors, dis-je, je ne vois plus qu'une explication. Monsieur de Chaunes, qui se tient informé de tout ce qui regarde mon affaire, de près ou de loin, m'a révélé que mon père n'avait peut-être pas signé le testament qui me déshérite, et l'opportune disparition des trois témoins tendrait à renforcer ses soupçons.

« Remarquez bien, ma chère mère, que je ne vous en voudrais nullement de l'avoir signé vous-même, la sacrée volonté de mon père étant formelle et mes horribles fautes justifiant à coup sûr de pires sanctions. Mais le Ciel l'entend-il de cette oreille ? N'aurait-il pas résolu de faire disparaître peu à peu des biens dont il aurait jugé que vous n'êtes point propriétaire ? S'il en était ainsi, vous auriez de quoi vous inquiéter. Que faire devant une condamnation métaphysique ? »

Prodigieusement choquée, ma marâtre confia la clef de ma prison au petit giton des cuisines qui assurait ce soir-là par hasard le service des vins, et elle me pria d'une voix blanche de regagner mes appartements. Dès que les domestiques avaient rempli leur office de geôliers, elle s'empressait de remettre la main sur la clef.

C'était la première fois que j'avais l'occasion de parler à ce garçon depuis mon retour.

Montant avec lui le grand escalier, je m'arrêtai un moment devant chaque bougre de la famille, le temps de faire son éloge et de rappeler l'étrangeté de ses mœurs.

Sur le premier palier, je dis au jeune homme : « N'es-tu pas fier d'appartenir à une corporation qui compte tant d'hommes illustres ? » Et il me répliqua avec une sage modestie : « Ce qui passe pour vertu chez les rois, les papes et les Princes devient vice chez le menu peuple. Nous autres petits devons nous montrer prudents. »

La conversation ainsi engagée tourna vite à la confidence, et c'est alors que le giton me narra les éclatants remords de Monsieur de Chasseneuil, que j'ai rapportés plus haut.

Dès le lendemain matin, ma belle-mère faisait une brusque irruption chez moi avec six domestiques et un serrurier. Et tandis que l'artisan changeait la serrure, on commença de procéder à une fouille minutieuse des lieux, qui se prolongea tard dans la nuit, car chaque livre était matière à minutieux examen.

Les domestiques sortis, ma belle-mère me fit passer derrière le paravent, m'enjoignit de me déshabiller, et examina toutes mes affaires, robe et dessous, avec le plus grand soin. Elle ouvrit enfin les deux fenêtres, dont elle vérifia cadres et entablements à la lumière du chandelier. Peu satisfaite de ses investigations, elle me jeta avant de se retirer un regard soupçonneux et troublé, qu'elle accompagna d'une déclaration comique :

« Ce n'est pas la peine que j'examine si vous n'auriez pas cette clef par-devant ou par-derrière. Vous dormiez quand nous sommes entrés tout à coup ce matin, et j'ai bien vu que vous n'avez fait aucun geste pour la dissimuler ainsi.

— Je vous jure sur l'Evangile, lui répondis-je, qu'il n'y a pas d'autre clef dans cette pièce que celle que vous avez en votre possession. Comment d'ailleurs me serais-je procuré une clef? Monsieur de Beaufort irait-il compromettre sa carrière par une telle imprudence? Et avec quel argent aurais-je corrompu un domestique? »

Nous en restâmes là.

Mais à l'avenir ce fut toujours le même serviteur, un homme d'âge et taciturne, qui assura le service de la clef lorsque je sortais de ma bibliothèque pour un bain ou une courte promenade. Si les soupçons persistaient, ils s'égaraient.

Trois jours plus tard, je jetai à l'eau le portrait des deux jumeaux défunts et, pour faire bonne mesure et achever d'embrouiller les esprits, sur quarante louis que je trouvai dans la cassette de ma belle-mère, j'en fis disparaître trente-neuf. L'héritage volé s'amenuisait.

J'avais été si humiliée, si exaspérée par la visite de ma prison et de ma personne que j'en vins à caresser l'idée folle de bouter un jour le feu au château, les masses de livres que j'avais sous la main ne demandant qu'à flamber. Et si tout s'embrasait, on penserait peut-être que j'avais brûlé avec les meubles et l'on s'abstiendrait de me rechercher... Mais ce projet n'était pas à dire à Monsieur de Beaufort. Les plus belles passions ont leur limite.

Le jeudi 4 septembre, mon avocat revint me conter fleurette pour la énième fois. Il était de plus en plus confiant sur l'issue de mon procès. Ses mémoires étaient, paraît-il, en train de me rendre aussi touchante que célèbre, quelques « philosophes » en peau de lapin s'étaient intéressés à mon sort dans l'espoir de ruiner plus promptement famille et religion, la franc-maçonnerie s'était émue, et, parmi les assesseurs qui devaient participer au verdict figurait un bougre au cœur sensible auquel Monsieur de Chasseneuil faisait une cour assidue. Les partisans de la rigueur semblaient faiblir devant l'esprit nouveau et de Chaunes regorgeait de tabac.

Vers cinq heures de l'après-midi, nous entendîmes la clef tourner dans la serrure, fait très anormal : lorsque Beaufort en avait fini avec moi, il frappait à la porte pour se la faire ouvrir.

Mon visiteur ne fit qu'un bond derrière le paravent et, à ma grande surprise, je vis entrer le Lieutenant criminel, qui avait l'air fermé et soucieux. Il me salua sans un mot et son regard parcourut la bibliothèque, qui devait lui paraître bien grande pour une cellule de prévenue.

C'est alors que je m'aperçus, non sans émoi, que le chapeau de Monsieur de Beaufort avait été oublié sur une chaise. Un fort joli tricorne « à la suisse » de taupé gris souris, agrémenté d'une coquette cocarde. En rapport avec la dégradation rapide de l'autorité, la mode commençait de se répandre d'arborer un colifichet quelconque, signe d'appartenance à une société de pensée privée de la moindre réflexion. Chaque fois qu'il venait me voir, mon amant coiffait son plus séduisant chapeau, se mettait en frais de toilette et s'inondait de verveine pour dissiper la sueur de la course — une odeur que j'ai prise en grippe jusqu'à ce que Monsieur de Launais me la fît aimer de nouveau. Les femmes ont l'inconséquence de plier leur sensibilité aux fantaisies des hommes qu'elles ont élus. M'interposant en hâte entre Monsieur de Chaunes et la chaise, je fis une profonde révérence et m'assis sur le chapeau avec autant de naturel que possible, mais sans pouvoir réprimer un léger cri, car je m'étais piqué le derrière avec l'épingle de la cocarde.

« Je vous fais peur à ce point ? me demanda de Chaunes. Peut-être n'avez-vous pas la conscience tout à fait tranquille en dépit de vos fermes déclarations ? »

Il s'assit à son tour et poursuivit, tout en se bourrant le nez de mon tabac :

« J'ai l'avantage de vous avertir que les deux brigands de la bande de Briscard qui avaient échappé, un certain La Framboise et un certain Fifrelin, ont finalement été pris, promptement jugés et exécutés. Une chose donne pourtant à songer dans le rapport que je viens de recevoir à leur sujet. Ayant subi tous deux la question " préalable " avant leur supplice...

— Comment ! m'écriai-je, on m'avait dit qu'elle avait été supprimée.

— Le roi a signé le 8 mai dernier, mais tout est en panne depuis, car les Parlements refusent l'enregistrement.

— La Framboise et Fifrelin n'ont vraiment pas eu de chance !

— En effet. Avant d'être roués, ils ont avalé de quoi boire pendant trois mois, puis on leur a fait éclater les os des jambes avec des coins. Mais vous n'avez pas eu de chance non plus.

— C'est-à-dire ?

— Ces deux fripons avaient déjà avoué une multitude de crimes hideux sans se faire prier. La question préalable leur en a fait avouer quelques autres qu'ils avaient apparemment oubliés, mais aucun ne s'est souvenu de l'assassinat de votre père. Comment expliquez-vous un pareil trou de mémoire chez des individus qui n'avaient plus rien à perdre ? Fifrelin, d'ailleurs, a fait cette remarque troublante que son camarade et lui avaient alors des armes à la main et que, dans ces conditions, ils n'auraient pas manqué de s'en servir au lieu d'assommer leur victime. Mais Jacques Cadouin a pu tuer le comte de Caussenac au moyen d'une branche morte qu'il aurait ramassée en forêt. Vous seriez alors complice de parricide pendant le fait, ou en tout cas après. »

J'affirmai bien haut que je n'avais pas quitté mon frère des yeux un instant, et que si les brigands étaient innocents du meurtre — ce qui restait à démontrer — un des compagnons de route de mon père avait pu sauter sur l'occasion d'assouvir une vengeance ou de s'épargner le règlement d'une dette. La noblesse est entraînée à tuer pour trois fois rien, et le comte avait de préférence racolé pour cette honteuse expédition des amis qui lui devaient quelque argent. La justice avait-elle envisagé cette hypothèse ?

(De toute façon, les distingués chasseurs qui avaient chevauché à la suite de mon père méritaient la corde !)

Le Lieutenant dut avouer que cette séduisante hypothèse, pour ce qu'il en savait, n'avait pas donné lieu à enquête approfondie. Il s'agissait là, d'ailleurs, d'une juridiction qui n'était pas de son ressort.

Je me repris à respirer.

De Chaunes me considéra un moment avec perplexité, puis me fit cette judicieuse observation :

« Vous avez bien raison d'être soulagée. Le malheur des temps veut qu'il n'y ait plus de torture " préparatoire ", et il vous faudrait être condamnée à mort pour connaître la torture " préalable ", cette torture qui, justement, pourrait vous arracher des aveux légitimant votre condamnation. Vous bénéficiez d'un cercle vicieux.

— Permettez-moi de vous faire observer que, pour être moralement indispensable, la torture doit répondre à deux conditions : que les présomptions soient suffisantes, et que les supplices soient susceptibles d'apporter d'autres preuves qu'un aveu qui n'a aucune valeur en soi vu les circonstances où il a été obtenu. Vous admettrez qu'en ce qui me concerne les présomptions sont bien légères, et que même si j'avais avoué sous l'effet d'une torture préparatoire ou préalable, une telle faiblesse n'aurait en rien fait avancer la vérité. Vous imaginez gratuitement que mon père a été assommé avec une branche. Quel que soit le coupable, est-on en mesure de produire la bonne branche encore tachée du sang de la victime ? Et quand vous auriez la branche en main, seriez-vous capable de faire la différence entre du sang de père et du sang de lapin ?

— Cela est de bon sens. Une situation bien regrettable pour la justice.

— Dieu jugera. En attendant, je vous supplie de croire que je suis aussi navrée que vous de l'abandon des tortures légales, qui avaient pour elles des millénaires d'expérience et d'efficacité. J'aurais plutôt souhaité leur extension, et tout particulièrement chez les candidats au mariage. Avez-vous pensé que bien des tromperies seraient évitées, que les ménages seraient plus assortis et plus heureux si les fiancés suspects devaient vider leur sac sur le chevalet ? Et quel merveilleux contraste entre ces épreuves " préparatoires " et les délices de la lune de miel ! »

Le Lieutenant sourit et se permit une observation superflue :

« Avouez que vous haïssiez cordialement votre père et que vous n'avez pas été fâchée de sa mort. »

Je me levai d'un trait et lui dis :

« Me juge-t-on en intention ou en fait ? J'ai longtemps espéré, en effet, que le Ciel ferait bonne justice du bourreau qui endeuillait mes jours, et j'ai été exaucée. Les droits ne sont rien sans les écrasants devoirs qu'ils impliquent. Et plus un père a de droits, plus il est permis d'être exigeant sur ses devoirs. Mon père était prêt à me martyriser pour mieux me vendre à un homme que je n'aimais point. Crime contre Dieu et ses sacrements, crime contre la nature. J'avais un père proxénète, qui appelait toutes les ressources de l'hypocrisie au secours de ses misérables intérêts. D'autres violent leur fille avant de la prostituer. D'autres encore mutilent leur progéniture pour la faire mendier à leur profit de la façon la plus attendrissante. Lorsque les victimes, marquées pour la vie, n'ont pas le courage de crever la bête puante, ne sont-elles pas excusables de se réjouir sans réserve si un plus courageux s'est chargé à leur place de nettoyer la terre ? Ah, Monsieur, si tous les pères étaient à votre image, les enfants auraient d'autres sentiments que les miens ! Mais le péché originel est passé par là, afin de mettre en valeur vos vertus au discrédit de celles des autres. »

Cela dit, je me rassis avec précaution sur le chapeau de mon avocat.

De Chaunes, qui avait par profession une longue expérience des pères indignes, était malgré lui impressionné de cette sortie. Il savait de reste que les lois n'assuraient aucune protection efficace contre les abus paternels si fréquents et si variés.

En désespoir de cause, le Lieutenant criminel détourna la conversation...

« J'ai vu en bas une voiture, dont on m'a dit qu'elle était celle de votre avocat, Monsieur de Beaufort, un habitué du logis, paraît-il. Où est-il donc fourré ? »

Outrée, je me levai de nouveau...

« Comment pourrais-je le savoir ? Peut-être est-il en tête à tête avec une fille de ferme qui a quelque procès ? Je n'ai pas l'honneur de connaître ce Monsieur. Il vient de temps à autre, il est vrai, s'entretenir avec ma belle-mère des progrès de la défense qu'il assume. Mais ma marâtre est si respectueuse des lois qu'elle n'ose pas même me donner des échos précis de ces conversations. Je vis dans un triste isolement qui doit vous plaire. »

Et je couvai mon chapeau une fois de plus.

De Chaunes se tapota le menton en homme qui n'en croyait rien mais qui en avait vu d'autres, se leva pour sortir, se ravisa et me dit :

« Je m'en vais vous donner un bon conseil : ne fréquentez

pas votre avocat de trop près. Il est rare que les mensonges prescrits par les avocats ne soient pas percés à jour au détriment des accusés. Votre Beaufort s'agite beaucoup pour faire parler de lui avec l'argent d'une franc-maçonnerie contre nature. Mais ce célibataire cousu de dettes n'est pas trop recommandable. C'est un enragé du sexe, qui a dû quitter Nantes précipitamment, poursuivi par une meute de pères et de frères outragés. Et il poursuit à Bordeaux sa carrière de séducteur sans attache et sans entraves, tributaire de cette sincérité du moment qui fait accumuler les passions factices. Les individus de cette espèce parlent beaucoup de mariage, soit pour se dispenser de le promettre vu qu'ils seraient déjà mariés, soit pour convaincre une naïve de leur céder vu qu'ils ne le seraient pas encore. Vos charmes méritent une entreprise plus sérieuse. »

Le Lieutenant s'étant retiré, Monsieur de Beaufort sortit de derrière son paravent, affreusement gêné. Mais il me présenta bientôt avec une aisance croissante la défense que l'on pouvait attendre de ses dons et de ses talents.

Assurément, lorsqu'il rencontrait par hasard une beauté présumée facile, il avait pour habitude de se prétendre marié ou sur le point de l'être. Une pure honnêteté de sa part. Pourquoi inspirer des espoirs fallacieux ? En revanche, dès que son cœur était pris pour de bon, il jouait franc jeu avec sa passion du moment. Un degré d'honnêteté supérieur, car si le mariage n'était pas toujours souhaité, il n'était pas tout à fait exclu non plus. De Chaunes était arrivé juste à point pour me révéler ce qu'on s'apprêtait à m'avouer incessamment.

Mais ces roueries instinctives ou ces aveux de circonstance étaient désormais le cadet de ses soucis. Pour la première fois, il aimait sans détour et sans retour, entièrement pénétré de son ravissant objet. Par une sorte de miracle qui ne laissait pas de le surprendre encore, tout ce qu'il avait pu raconter jadis à une foule de femmes avec une bonne foi sujette à caution était devenu profondément vrai. Des paroles usées s'étaient subitement inscrites dans le bronze et un nouvel homme était né sous mes yeux, qui ne demandait qu'à faire ses preuves.

Dès notre rencontre, il avait su, en dépit de lui-même et de tous ses errements passés, que je lui étais destinée de toute éternité. Chaque jour avait renforcé cette certitude, qui s'était finalement emparée de tout son être. Il ne vivait plus que pour moi et par moi. Suspendu à mes lèvres, il ne respirait plus que par ma bouche. J'étais incomparable et digne de tous les dévouements...

Méfiez-vous, ma chère enfant, de tels discours, dont certains séducteurs sont coutumiers, paroles d'autant plus troublantes que leur sincérité est plus évidente. Le Don Juan calculateur et cynique me paraît moins dangereux pour les femmes que le collectionneur de passions dévastatrices qui s'imagine à chaque aventure avoir découvert l'élue de sa vie, laquelle se flatte, de son côté, de mettre par des charmes non pareils et par des soins assidus un terme à une quête sans fin. Mon Beaufort était de cette race imprévoyante et impénitente, dont il n'y a rien à tirer que de menus services.

Agacée du verbiage, je me levai et me détournai.

Monsieur de Beaufort se précipita sur son chapeau, réduit à l'état de galette informe. Un homme ordinaire en aurait manifesté quelque affliction. Mais un véritable passionné a des gestes qui ne trompent point. Bertrand prit le malheureux tricorne, le contempla, le porta soudain à ses lèvres et le respira avec ravissement : mon corps divin venait de lui prêter une saveur bouleversante.

Le sentiment du ridicule, et le pressentiment, peut-être, qu'il n'aurait de moi qu'un parfum fugace, le tirèrent de ce fétichisme puéril. Restif de la Bretonne était fou de chaussures de femmes. Beaufort donnait décidément dans le chapeau.

« Eh bien, me dit-il en souriant, voilà un véritable chapeau-bras ! Je le garderai en souvenir. »

Les élégants, crainte de déranger la poudre de leurs cheveux, portaient ces années-là le chapeau sous le bras, et les chapeliers avaient fini par leur proposer de pseudo-couvre-chefs aplatis et peu embarrassants, susceptibles de coiffer la main à défaut de la tête.

Mais Beaufort ne plaisanta pas longtemps. Il était persuadé que les indiscrétions du Lieutenant lui avaient porté tort et qu'il aurait fort à faire pour rétablir la confiance d'antan ; et j'étais moi-même heureuse que le désir de se racheter le mît plus que jamais sous ma dépendance.

Je lui donnai ma main à baiser d'un grand air blessé, et il se résigna à partir avec une mine de chien battu.

Ma nourrice, ma tante Agathe et Beaufort étant les seules relations que ma belle-mère m'autorisât, il m'arrivait parfois de pousser jusqu'à la chaumière où j'avais tant de doux souvenirs et que j'avais eu tendance à idéaliser, comme ces peintres de genre brossent des bergères pour de délicats amateurs qui seraient déçus de leur approche. Mais l'atmosphère avait bien changé. Ma nourrice ne cessait de pleurer, et un jour que Cadouin nous surprit ensemble, il me jeta méchamment à la face :

« Quel nouveau malheur apportes-tu ? J'avais un fils, tu me l'as pris, et je dois maintenant jouer au cocu pour le sauver ! Le cocu honteux ne te suffisait pas. Tu voulais un cocu glorieux ? Ah, chez vous, la fille vaut le père ! »

Il n'y avait rien à répliquer à cette sortie.

Vers la mi-septembre, l'état de la tante Agathe devint alarmant et je dus renoncer à lui faire la lecture. Elle mourut à l'aube du samedi 20 septembre, assiégée de deux médecins qui se disputaient sous l'arbitrage d'un troisième. La veille, elle avait reçu les derniers sacrements, après avoir édifié l'assistance par une déclaration tonitruante que Casanova de Seingalt devait reprendre à peu près : « J'ai vécu en philosophe, je meurs en chrétienne. » Cela vaut certes mieux que l'inverse.

Le service funèbre fut célébré le lundi dans la branlante petite église de Caussenac, où les réparations les plus urgentes avaient été effectuées aux frais de l'inépuisable Monsieur de Chasseneuil. Il y avait là une foule étonnante, fruit de l'inlassable industrie de mon avocat : on était accouru de partout dans l'espérance d'apercevoir l'orpheline qui s'était enfuie avec un frère de lait, un demi-frère ou un amant, voire les trois à la fois !

L'éloge que fit mon curé des vertus de la défunte, passablement embarrassé, se concentra, en l'absence d'une matière plus solide, sur une fin exemplaire, où la philosophie profane avait opportunément capitulé devant les élans de la foi. Je suis persuadé que Talleyrand, lui aussi, partira avec la bénédiction de l'Eglise. Faute de gouverner les âmes, on enregistre avec une éclatante satisfaction d'ultimes et peureux soupirs.

Le cercueil une fois descendu dans le caveau de famille, creusé sous la sorte de temple grec que vous connaissez, Monsieur Bénard, retirant son étole, s'approcha de moi et me dit tristement : « J'enterrais ton pauvre père il y a peu. Tu vois où mène la rébellion. » Furieuse, je lui répliquai : « Si vous aviez pris ma défense et convaincu le comte de se conduire honnêtement, il serait encore en vie. Epargnez-moi donc vos conseils. La Providence me garde et je n'ai plus besoin de vous. » Mon curé choqué se détourna, affichant une tête de martyr incompris. Nous ne devons jamais hésiter à faire des martyrs. La demande est grande et la déception serait trop forte si nous négligions nos devoirs.

Au sortir du cimetière, dans le désordre de la presse, le jeune substitut timide qui avait suivi mon affaire me salua avec respect, et Monsieur de Beaufort, qui n'avait pu se retenir de paraître, me glissa en passant du coin de la bouche, avec une mine de voleur à la sauvette : « Le jugement est pour bientôt. Nous tenons le bon bout. Je vous adore. »

Mon sort était en effet scellé, mais non pas comme je l'aurais cru.

Dans la matinée du mercredi 1er octobre, je fus de nouveau convoquée au présidial de Sarlat, où j'eus la vive surprise de découvrir Monsieur de Chaunes assisté de cinq assesseurs, dont mon rougissant substitut, qui pataugeait nerveusement dans des bribes de dossier.

Devant le Lieutenant général, était une grande enveloppe dont les sceaux avait été brisés. Elle avait dû renfermer les réquisitions du procureur. Une autre enveloppe ouverte laissait échapper une épaisse liasse de feuillets, où figuraient sans doute les arguments verbeux de Monsieur de Beaufort.

Monsieur de Chaunes me dit alors :

« L'instruction de votre affaire a été bouclée dans les formes requises, à ceci près que nous avons dû renoncer, pour des raisons pratiques, à faire venir, en vue de la confrontation finale qui suit le récolement, des témoins éloignés. Comme ils ont déjà déposé par écrit, vous n'y perdez ni n'y gagnez rien. Nous sommes donc en train de délibérer, mais nous avons du mal à nous mettre d'accord. Le véhément soupçon de parricide qui pèse sur vous ne nous facilite pas les choses, et le tribunal aimerait vous soumettre à une épreuve inhabituelle. Prenez donc cette Bible, et jurez, si telle est la vérité, que vous êtes innocente du meurtre de votre père, que ce soit à titre d'acteur ou de complice. »

La demande était en effet extraordinaire. Dans un traité de ma bibliothèque consacré à la procédure de la Sainte Inquisition romaine, j'avais noté que les interrogatoires des suspects étaient ponctués de serments réitérés. Mais l'Inquisition était une instance religieuse, une manière de pieuse police qui avait pour objet de ramener à la foi par tous les moyens de droit canon pontifical les baptisés qui en avaient dévié par incompétence ou par vice. Dans le cours d'une justice criminelle laïque, exception faite des témoins dont le parjure était punissable, l'intérêt du serment sur les Saintes Ecritures était des plus douteux.

Aussi demeurai-je interdite un instant, cherchant une explication à l'anomalie, pour découvrir bientôt les probables arrière-pensées du tribunal. Ayant imprudemment donné à croire que je tenais le meurtre de mon père pour acte de justice, on pouvait s'attendre que je m'en déclarasse consciencieusement innocente. Mais quelle excuse aurait une honnête fille à mentir sur la Bible quant au fait ?

Sous peine de faire fâcheuse impression, je devais sans tarder me fixer une conduite.

La main sur le Livre, je dis enfin :

« Je jure sur les Evangiles que Jacques Cadouin comme moi-même sommes innocents de l'assassinat du comte de Caussenac. »

Pour faire diversion sur l'essentiel, j'avais remplacé la Bible par les Evangiles, et Monsieur de Chaunes tomba d'abord dans le panneau. Comme il me demandait le motif de ce changement, je m'en expliquai en ces termes :

« Tous les théologiens savent que les Ecritures ne sont qu'inspirées. C'est la parole de témoins, qui ont pu commettre de bonne foi quelques erreurs sans importance, et d'autant plus utiles à la manifestation de la vérité que les témoignages, divergeant parfois dans le détail, se rejoignent sur l'essentiel. Mais ces témoignages sont de qualité et d'intérêt divers, et ce n'est un secret pour personne que l'Ancien Testament, cette histoire du peuple juif, renferme bien des scories, et même quelques passages que des âmes délicates pourraient tenir pour scabreux. Aussi, toute pénétrée de l'importance capitale du moment, ai-je préféré jurer sur les Evangiles, qui forment un bloc indiscutable et sans faille. »

Une aimable joute théologique s'ensuivit, qui me permit de respirer. Mais, alors que je me croyais déjà tirée d'affaire, de Chaunes intervint :

« J'ai l'impression que nous nous égarons, Messieurs.

Revenons à notre procès. Mademoiselle de Caussenac n'a certes pas le sentiment d'avoir trempé dans l'assassinat de son père. Mais peut-être, de son point de vue, aura-t-elle été responsable de son meurtre sans phrases, voire de sa méritoire exécution ? L'accusée, si elle est coupable, est assez fine pour spéculer sur de tels points de vocabulaire. Qu'elle veuille bien, par conséquent, modifier son serment en tenant compte de ma suggestion et renoncer au terme trompeur d'assassinat. »

J'étais au pied du mur. Un faux serment devant Dieu pour me sauver de la potence eût été impie, mais par bonheur, je devais également songer à tout ce que je devais à Jacques, qu'un véridique aveu aurait mis en danger de mort. Peu porté sur la religion, il aurait d'ailleurs difficilement compris que je fisse bon marché de sa peau pour une histoire de serment. La charité devait triompher de la forme. L'œil franc et la voix nette, je m'exécutai donc à la satisfaction générale.

C'est alors que s'éleva la voix hésitante du jeune substitut :

« Pouvez-vous jurer, Mademoiselle, que vous ne venez point de vous parjurer pour sauver la mise à Jacques Cadouin ? »

Je toisai cette petite vipère qui avait jusqu'alors si bien dissimulé son venin, me parjurai derechef avec une émotion indignée qui avait de quoi émouvoir, et ajoutai :

« Je jure également que j'ai tout lieu de croire que Jacques Cadouin est non seulement mon frère de lait, mais mon véritable demi-frère et que nous n'avons eu ni relations ni projets dont nous pourrions avoir à rougir. »

Le lendemain, dans l'après-midi, alors que je profitais d'une journée particulièrement chaude pour prendre un dernier bain, le greffier en chef du présidial, accompagné de gens d'armes et de sergents, se présenta à Caussenac pour m'informer solennellement de la sentence. A sa grande stupéfaction, on lui dit que j'étais dans l'étang, et il décida sur-le-champ d'en gagner la rive, suivi par ma belle-mère et son monde. Du sein de l'onde où je me rafraîchissais, je vis la procession se joindre au domestique qui me surveillait, ou qui surveillait, plus précisément, à quelque distance, les vêtements que j'avais abandonnés dans un bosquet touffu qui jouxtait la pièce d'eau.

A larges brasses, je me rapprochai de la troupe, criant qu'on me donnât la sentence sans tarder. Le greffier, faisant durer le plaisir, cria de son côté que je devais aborder pour ouïr dans les formes ce qu'il avait à dire.

Mue par une impulsion irrésistible, je pris pied toute nue devant l'assistance médusée, qui eut un mouvement de recul comme si un monstre marin venait de surgir des océans, et je gagnai à pas lents le bosquet pour m'y essuyer et rhabiller.

Je me demande encore à présent ce qui avait pu me pousser à cette folie. Peut-être, mon destin étant scellé, avais-je voulu exprimer d'un trait scandaleux tout l'amour de la liberté qui avait jusqu'alors gouverné mes pensées et mes actes. Peut-être n'avais-je pas été fâchée non plus d'exposer un instant aux yeux d'un univers complice de tous les abus ce corps intact et triomphant qu'un père avait prétendu vendre. Mais le scandale, ma chère fille, ainsi que nous l'apprennent Jésus-Christ et saint François d'Assise — qui se mit tout nu pour faire vœu de pauvreté —, est la meilleure comme la pire des choses, et avant de s'y risquer, il est bon de s'assurer que sa portée sera bien comprise. Le moins qu'on puisse dire est que je ne m'étais guère souciée de cette pieuse précaution.

Rhabillée, je dénouai mes cheveux qui avaient repoussé depuis ma fuite et que j'avais relevés en chignon pour nager, puis j'allai entendre ma sentence, que le greffier me lut d'une voix encore émue par l'incroyable spectacle dont il avait eu la primeur : c'était la « mise hors cours », j'étais acquittée !

En dépit de ma récente impudeur, un grand murmure d'approbation salua l'annonce, et je constatai que ma belle-mère était particulièrement rayonnante. Dès que le brouhaha se fut calmé, je m'informai du sort de Jacques : il avait été condamné à mort par contumax non point pour rapt, mais pour vol et pour duel.

Vous savez, ma chère Gisèle, que dans sa haine frénétique du passé et de l'histoire de France, la Révolution ne s'est point bornée à détruire des châteaux, des pigeonniers, des girouettes, des bancs seigneuriaux dans les églises, à raser des clochers, à marteler des statues, à incendier une foule de monuments civils ou ecclésiastiques, beaucoup plus néfaste encore pour notre patrimoine que les guerres de Religion puisqu'elle avait l'insondable ridicule de se présenter comme une religion nouvelle ; elle a fait mieux encore, jetant à la rue des masses d'archives irremplaçables. Mon général d'Empire lui-même se vantait stupidement d'avoir fait brûler les archives de l'Inquisition espagnole partout où il avait traîné ses bottes, ce qui ne facilitera pas la tâche des historiens. Les archives de Sarlat ayant été pillées et dispersées comme tant d'autres, je n'en ai pas moins réussi à mettre la main, le hasard aidant, sur les réquisitions du procureur qui s'était occupé de mon procès, et je vous en livre ci-après quelques extraits intéressants :

« ...en conclusion, nous pensons qu'il y a lieu de nous attacher, dans cette affaire épineuse et hors du commun, à sanctionner les délits indubitables, passant prudemment sur le reste.

« La maréchaussée d'Angoulême, malgré sa diligence, n'ayant pas découvert le ou les assassins du comte de Caussenac, il serait abusif, semble-t-il, de tirer de ce crime une présomption de culpabilité à l'encontre des deux accusés. Ils ont eu certes le motif, l'occasion et le moyen. D'autres les ont eus aussi. On ne peut en dire davantage jusqu'à nouvel ordre.

« Pour ce qui est du rapt, le délit, faute d'arrière-plan amoureux, ne nous paraît point suffisamment caractérisé. Echapper à la tutelle paternelle en compagnie d'un chaste complaisant est une faute gravissime, de nature pourtant domestique et privée, et en conséquence, elle ne saurait mettre la justice du roi en jeu. Or, dans cette lamentable histoire, non seulement aucune preuve n'a été apportée de relations intimes ou de projets de mariage entre Mademoiselle de Caussenac et le valet qu'elle avait engagé pour la circonstance, mais le fait que Jacques Cadouin, déjà frère de lait, soit réputé — à tort ou à raison — fils naturel du comte établit une vague présomption d'innocence supplémentaire dont il est équitable de tenir compte.

« Nous ne devons cependant pas nous cacher qu'en sollicitant la complicité d'un ancien serf pour mieux assurer sa fuite, Mademoiselle de Caussenac a inauguré un mode d'évasion d'autant plus dangereux pour la morale et la sûreté des familles qu'il présente les avantages pratiques du rapt sans en avoir les inconvénients légaux. Où irions-nous si le procédé se répandait, si, aux rapts proprement dits, déjà trop nombreux, s'ajoutaient d'odieuses combinaisons de ce genre, où l'on prétend se moquer impunément de l'ordre établi ?

« Pour ce qui est du duel qui a coûté la vie à Monsieur du Terme, cause que nous avons eu le plus grand mal à arracher au présidial de Périgueux en dépit de notre compétence d'office, nous savons, par le témoignage du perruquier, confirmé par Monsieur de Beauregard, que Mademoiselle de Caussenac a tenté de dissuader cet enragé Cadouin de combattre. Par la suite, Beauregard étant unique témoin, ses dires n'ont pas plus de valeur que ceux de Mademoiselle de Caussenac. Que Cadouin ait combattu d'une manière ou d'une autre est d'ailleurs sans importance dès que le délit est bien avéré, ce qui est le cas.

« Nous ferons cependant observer qu'il y a circonstances aggravantes dès qu'un roturier se met en devoir de singer les criminels égarements d'une certaine noblesse. Où irions-nous, là encore, si bourgeois ou autres membres du Tiers Etat prenaient coutume de s'étriper noblement pour un oui ou pour un non ? Si les paysans eux-mêmes allaient se battre en duel à coups de fourche à la sortie des cabarets ! Le maximum de la peine prévue par les rigoureux édits s'impose de toute évidence pour Jacques Cadouin, sa compagne pouvant en revanche être mise “ hors cause ” du chef.

« Pour ce qui est des vols au détriment du comte de Caussenac, il est à noter que l'héritière, Madame de Caussenac, s'est charitablement désistée de la plainte en faveur de sa belle-fille, mais seulement en sa faveur, Cadouin étant toujours poursuivi, alors que son propre père n'a pu se résoudre à porter plainte pour le vol de sa mule. La complicité du fils Cadouin étant cependant certaine quant au cheval et à l'épée dont il a usé de notoriété publique — moins claire, il est vrai, quant à l'argent — le maximum de la peine s'impose aussi sur ce dernier point.

« Il est nécessaire de dissuader les domestiques de courir la campagne au service de filles nobles en mal de liberté avant l'heure fixée par les lois du royaume. Autant il est légitime que des esprits rassis disputent savamment des lois dans le louable dessein de les améliorer, ce qui est toujours possible, autant il est néfaste de souffrir la moindre faiblesse dans leur application. »

Un dernier paragraphe bien significatif. En somme, si Jacques avait été noble, son duel eût été tenu pour peccadille, la complicité de vol eût fait rire, et la gracieuse compagnie d'un demi-frère durant ma fuite n'aurait vexé que mon père. D'un autre côté, le système étant ce qu'il était, il fallait assurément le défendre, et il allait de soi que c'était bien Cadouin, plus encore que moi-même, qui l'avait mis en péril. Toute fugitive mineure a impérieusement besoin d'un compagnon de route et elle ne prendra le large que lorsqu'elle l'aura trouvé.

Mais ne jetons pas la pierre à cette vieille justice. Les lois étant ce qu'elles sont, on juge un corps judiciaire à la façon dont il les applique. Les magistrats d'autrefois, qui n'étaient que trop indépendants, avaient certes leurs défauts, mais ils étaient dans leur ensemble instruits et scrupuleux et leurs verdicts étaient d'autant plus éclairés que ce même Lieutenant qui s'était chargé de l'information présidait le tribunal qui rendait la sentence dans le calme d'un huis-clos favorable au sang-froid et à la réflexion. De nos jours, beaucoup de Présidents de Cours, pressés par le temps, ne prennent pas une connaissance assez approfondie des dossiers qui leur sont soumis par le juge d'instruction, et leurs sentences dépendent d'un jury qui en sait moins encore sur la cause et qui a été influencé, d'abord par la rumeur publique et les gazettes, puis par les effets de manches des procureurs et avocats comme par la présence d'un public tumultueux et partial. Et je mets les choses au mieux, car nous avons également connu Fouquier-Tinville et l'assassinat légal du duc d'Enghien.

En un mot, j'ai été jugée équitablement. Mais Jacques l'aurait été mieux encore si la majorité des filles avait été fixée à douze ans. Cela viendra. Nous allons vers une société d'irresponsables où les pères ambitionneront de jeter à la rue leurs enfants en bas âge, tels de vulgaires Rousseau.

Le soir de mon acquittement, ma belle-mère radieuse m'invita à souper, et ne put faire autrement que de retenir à table Monsieur de Beaufort, qui s'était précipité en fin d'après-midi pour me féliciter et recueillir des remerciements.

Dès que j'avais vu sa voiture au bout de l'allée, j'avais couru prier ma belle-mère de ne point me laisser seule avec lui...

« Et pourquoi donc ?

— Il est amoureux fou, et je gagerais qu'il va me demander de l'épouser. Or il ne m'inspire aucune confiance et il n'a aucune fortune.

— Si j'ai bien saisi, vous comptez sur moi pour le décourager au cas où il aurait l'audace de se déclarer ?

— Je vous en serais reconnaissante.

— Votre tutelle m'ayant naturellement été confiée, j'aurai d'autant plus d'autorité pour vous rendre ce service et vous pourrez lui dire mille choses aimables pour le consoler. »

Après un souper assez protocolaire où le cuisinier avait fait de son mieux, nous allâmes prendre place devant la cheminée du grand salon où pétillait un feu joyeux pour dissiper l'humidité de ces premiers jours d'automne, et comme, aux environs de minuit, ma marâtre restait obstinément attachée à son fauteuil, Monsieur de Beaufort, après avoir quêté dans mon regard une approbation que je lui concédai, se décida à demander ma main.

La comédie fut parfaite. D'abord, ma belle-mère me demanda si le prétendant me plaisait. J'avouai que la seule reconnaissance pour ses distingués services aurait suffi à gagner mon cœur. Suivirent une foule de questions, de plus en plus précises, auxquels Monsieur de Beaufort répondait tant bien que mal, et plutôt mal que bien, avec une bonne foi des plus douteuses. Sa noblesse semblait en tout cas particulièrement suspecte, et s'il n'était pas exigeant en fait de dot, il était encore moins brillant en fait d'apport. On se rendait clairement compte que cet homme, qui vivait de bonnes paroles et de grandes espérances, ne faisait pas un parti présentable pour une fille de ma condition. C'est ce que ma belle-mère lui apprit enfin avec des ménagements qui, pour être fleuris et flatteurs, n'en étaient pas moins inexorables. Ne lui manquait-il pas un titre digne de ce nom et cent mille livres de rentes ?

L'avocat argua alors de sa passion avec une éloquence à attendrir des pierres, mais ma belle-mère lui fit sentir qu'il aggravait son cas, que les seules passions qui éclairaient les hautes régions de l'âme étaient reçues dans une telle maison, et elle m'autorisa à le raccompagner jusqu'au seuil.

Je poussai la bonté jusqu'à précéder Monsieur Beaufort jusqu'à sa voiture de louage, qui attendait dans la cour d'honneur. Tombé d'un Capitole mythique sur la dure roche Tarpéienne des réalités, il avait perdu toute sa superbe et son état était pitoyable. Par politesse, j'affichai de mon côté une peine immense, avec tant de conviction que Beaufort, l'œil brillant tout à coup d'un nouvel espoir, proposa de m'enlever.

Pour le coup, je crus m'étouffer de rire, alors que si j'avais eu la moindre clairvoyance, je me serais de nouveau enfuie, sur-le-champ et au grand galop.

« Mon cher Bertrand, dis-je tristement, vous oubliez que je sors à peine de fugue et de procès. Laissez-moi respirer.

— Ah, je vois bien que vous ne m'aimez point comme je vous aime !

— Heureusement ! Je dois être sage pour deux et songer à votre avenir.

— Mon avenir, c'est vous. Vivre sans vous m'est insupportable. N'êtes-vous pas unique ? »

Je m'efforçai de le raisonner, de le consoler, je lui dis tout ce que l'amitié, le bon sens, pouvaient imaginer de plus persuasif. Peine perdue. On ne raisonne pas un passionné.

Après cette chaude journée, le ciel s'était chargé et quelques gouttes commençaient de tomber. Il fallait en finir.

En désespoir de cause, Beaufort me signala qu'il avait trouvé place à l'auberge des Lys, près de la cathédrale, dans la grande rue de Sarlat[1], à deux pas de ce présidial dont la conquête lui avait coûté tant d'efforts. Et il ajouta qu'il se donnerait la mort s'il ne me voyait point le lendemain matin avant neuf heures, en habit de voyage et prête à le suivre.

---

1. L'actuelle grande rue, percée plus à l'ouest de 1836 à 1840 par des technocrates louis-philippards et justement appelée « traverse », a coupé Sarlat en deux comme un couteau eût fait d'une orange, au prix d'un remarquable massacre architectural.

Je vous mets en garde, ma chère enfant, et bien vivement, contre de pareilles manœuvres, qui ne sont que trop fréquentes. Neuf fois sur dix, le désespéré n'a nullement l'intention de se tuer. S'il se tue, il se rate quatre fois sur cinq. Et devrait-il se tuer pour de bon par accident, que ce ne serait pas un motif de céder au chantage. La femme qui, bêtement flattée de l'excès, se laisse aller à faiblir est perdue. On menace de se tuer parce qu'on n'est pas aimé comme il faut, on menace bientôt de se tuer parce que le rôti est brûlé, et l'on tient enfin le même discours à la soubrette qui met les jambes en l'air en pleurant d'émotion.

La pluie tombait pour de bon. Je donnai à Beaufort un délicat baiser qui le fit défaillir et le poussai tendrement, mais énergiquement, dans la voiture.

Mon prétendant m'avait apporté, dans une chemise à faveur lavande, la collection des divers mémoires qu'il avait commis pour ma cause, ainsi que la copie de la longue plaidoirie qu'il avait soumise à l'appréciation du tribunal.

Dans mon ancienne chambre que j'avais réintégrée, je parcourus ces papiers avant de m'endormir. Les mémoires, dans un style à la fois plat et enflé, avec plus d'imagination que de faits, sacrifiaient à l'esprit du temps, où la sensiblerie faisait des ravages. Mais il fallait bien, si l'on voulait faire impression, parler au public un langage en harmonie avec son mauvais goût. La plaidoirie, de facture plus classique et plus objective, était meilleure.

J'en détache ces paragraphes de bon sens :

« ... S'il fallait chercher d'autres circonstances atténuantes à la fatale et si regrettable décision de Mademoiselle de Caussenac, oserons-nous dire que, de nos jours, cet âge de vingt-cinq ans, prévu depuis des siècles pour la majorité, est ressenti comme un abus criant par une masse croissante de personnes éclairées ? Et si les hommes en souffrent déjà avec impatience, les femmes ont de meilleures raisons encore de penser que la rigueur de la loi fait fi de leurs intérêts les plus chers et les plus légitimes. Vingt-cinq ans, justement, n'est-ce point l'âge où la beauté commence de se flétrir, où la recherche d'un parti convenable se fait de plus en plus difficile ? Et c'est alors seulement que serait octroyée une dérisoire et injurieuse liberté ?

« Le Tribunal voudra bien noter en outre que Mademoiselle de Caussenac n'est point de ces filles timides et sans éclat particulier, exclues de la connaissance du monde par une éducation quasiment carcérale, en faveur desquelles une longue tutelle pourrait être profitable. Eudoxie de Caussenac allie à des charmes peu courants une instruction des plus variées et des plus éclairées, un caractère ferme et intrépide, une intelligence vive et alerte. Ne serait-elle pas excusable de s'être rendu compte, à l'instant décisif, que la loi de tout le monde n'était pas faite pour elle dès que son destin était en jeu ?

« Et le Tribunal voudra bien considérer enfin que Mademoiselle de Caussenac n'a pas fui le domicile paternel afin de sacrifier à une passion coupable et déshonorante, avec toutes les suites désastreuses qu'on en aurait pu attendre. Non, elle s'est échappée pour se soustraire à un mariage évidemment déplacé auquel son père prétendait la contraindre pour motif de bas intérêt. Défendre sa liberté dans ce cas, fût-ce au prix d'un délit formel, n'est-ce pas, au fond, défendre le droit et la morale de toujours, conformes à la nature humaine comme aux vœux de l'Eglise ? »

Le lendemain, peu avant midi, on me remit cette courte lettre de Monsieur Beaufort :

« J'ai passé une nuit blanche, il est sept heures et demie, et je puis déjà vous dire adieu, car je sais bien que vous ne viendrez pas. A dix heures, je prendrai un poison sans remède, confesserai mon suicide au premier vicaire de Saint-

Sacerdos avec tout le repentir souhaitable, et monterai au purgatoire en regardant votre douce image. J'aurai gagné haut la main ma dernière cause.

« Ne vous reprochez point ma disparition et ne vous en affligez pas trop. Je faisais certes un parti indigne de votre personne, ma dignité n'aurait rien gagné à notre fuite, et je ne saurais vous en vouloir de m'avoir aimé avec votre tête si bien faite et si prudente jusque dans ses excès alors que je vous adorais tout bêtement avec mon cœur. Des erreurs passées m'auront desservi auprès de vous, que l'ardeur de mes sentiments n'avait pu effacer. Mais je meurs heureux de vous apporter de la sorte la seule preuve possible de ma sincérité, plus heureux encore d'avoir eu de trop rares occasions de vous apprécier, tel un aveugle qui découvre enfin la lumière du jour. A quoi bon vivre pour connaître plus longtemps le supplice de votre absence ? Pour rechercher désespérément vos charmes et votre esprit dans toutes les femmes que j'aurais désormais l'infortune de connaître ? Mieux vaut en finir aujourd'hui. Demain, je n'aurai peut-être plus le courage de quitter cette terre où me retiendrait la douloureuse et décevante espérance d'un miracle qui vous rendrait à moi. Ah, ma chère Eudoxie, comme votre Bertrand vous aimait !...

PS : Je laisse de quoi me porter en terre où vous pourrez. Soyez assez aimable pour prévenir mes parents, rue du Chat-qui-pêche, à Nantes. Ils n'y ont pas, ainsi que je l'avais laissé entendre un peu vite, un gros commerce de grains, mais une modeste boulangerie. »

Ma belle-mère avait pris la voiture pour visiter quelques fermiers. Je revêtis en hâte ma tenue d'amazone et courus à Sarlat. Devant l'auberge du Lys, un attroupement m'apprit que Beaufort avait déjà rendu l'âme. Je pénétrai dans la salle commune, où étaient en conversation animée un fringant officier de la maréchaussée du présidial, le vieux et branlant vicaire de Saint-Sacerdos, un médecin entre deux âges et le pharmacien qui avait vendu le poison afin, paraît-il, d'endormir à jamais un chien fidèle qui se serait fait écraser l'arrière-train par une voiture de poste. Me poussant au premier rang des curieux, qui se tenaient à distance respectueuse du trio, j'appris que le prêtre sollicité par le mourant, du fait qu'il avait été retardé par des douleurs d'entrailles, n'avait trouvé qu'un cadavre : la drogue avait eu un effet plus rapide que prévu.

L'empoisonnement étant manifeste et la victime n'ayant laissé à son chevet aucun mot d'explication, ces messieurs se demandaient naturellement s'il y avait crime ou suicide, question qui intéressait aussi bien la justice que l'Eglise, puisque les restes des suicidés étaient exclus des cimetières catholiques.

Soucieuse d'abréger une enquête qui risquait de s'égarer, je crus de mon devoir de produire sans plus tarder la lettre du malheureux Beaufort, qui fit une sensation des plus vives, et pour moi, des plus inattendues : alors que cette prose était celle d'un homme évidemment frappé d'aliénation, ces messieurs me regardèrent comme une coquette homicide qui avait poussé par ses rigueurs un fils de famille au tombeau, soupçon si stupide qu'il ne valait pas la peine qu'on s'en justifiât. En revanche, puisque Beaufort, après m'avoir ennuyée de ses assiduités, m'avait élégamment chargée du soin de sa dépouille, je m'occupai en conscience de lui procurer un enterrement convenable, ce qui n'était pas une mince affaire.

J'exposai avec toute l'éloquence possible que, si les suicidés n'ont pas droit à un repos chrétien, c'est pour la bonne et unique raison qu'ils sont morts indubitablement en état de péché mortel après s'être souillés de la faute la plus odieuse. Mais un suicidé qui prend soin de se confesser avec toute la piété requise est par là réintégré à l'Eglise militante et retrouve le droit commun des croyants. Le problème était donc de savoir si, de même qu'il existait un baptême de désir, on pouvait spéculer à l'avantage du défunt sur un désir de confession, lequel était heureusement attesté par écrit, et de la façon la plus claire.

D'où un débat en forme, à la suite duquel, peu favorable à la licence que je réclamais, le premier vicaire décréta que, Monseigneur étant en vacances dans sa gentilhommière de Bouyssiéral, il prenait sur lui de trancher le cas en défaveur de Monsieur Beaufort. Et comme j'étais visiblement outrée d'une décision si partiale, on me déclara sans ambages que la municipalité sarladaise avait d'autres chats à fouetter que d'enterrer les suicidés de passage, et que je serais peut-être heureuse, puisque les Caussenac avaient des milliers d'arpents, d'héberger l'importun sur nos domaines, où une armée aurait pu tenir à l'aise.

Je ne me le fis pas dire deux fois.

En attendant cercueil et charrette, je montai me recueillir auprès de mon feu prétendant, que tout le monde avait abandonné dans sa disgrâce. Les traits du cadavre étaient figés dans un sourire incertain, mélange de satisfaction et d'inquiétude, celui du joueur fanfaron qui a cru avoir partie gagnée et qui commence à craindre que l'adversaire ne lui fasse pas quartier. Je fermai les yeux de mon pauvre Bertrand et ramenai le drap sur le visage.

Assise près du lit funèbre, je fis cette réflexion — assez commune, il est vrai — que nos moindres défauts, pourvu qu'un rien de malchance s'en mêle, peuvent avoir les plus sinistres conséquences. Monsieur Beaufort dit « de Beaufort » était l'image de ces jeunes gens de petite extraction qui ambitionnent de s'élever en jetant de la poudre aux yeux. Soucieux de paraître jusqu'au bout, notre glorieux, persuadé de l'intérêt de son cas, avait tenu à déranger un grand vicaire au lieu d'appeler un jeune prêtre ingambe, et le vieillard cacochyme avait souffert, hélas, d'une colique inopportune...

Devant un tel spectacle, j'aurais dit vingt ans plus tard que ce lamentable échec personnifiait celui de la Révolution. Une rage d'ascension sociale immédiate s'était emparée de tout un peuple, qui, à force de boire ce poison à longs traits, avait affaibli ses structures, bouleversé sa cohésion et amorcé son déclin sous la férule d'une armature administrative paralysante et funeste. Le XIXe aurait pu être le siècle de la France ; Robespierre et Bonaparte en auront fait le siècle de l'Angleterre.

Ah, ma chère enfant, ne commettez jamais la folie de vous détruire sous le coup d'une quelconque passion ! Aucune cause, aucun homme, ne vaut ce sacrifice aberrant et impie. Venus au monde sans l'avoir voulu et respirant sans le faire exprès, nous devons mener jusqu'à son terme naturel une vie qui ne nous appartient pas. Un grand esprit me disait un jour : « On ne se suicide pas, on se suicide chaque matin ! » Au pléonasme près, la formule est heureuse.

Vers trois heures de l'après-midi, je me présentai à Caussenac avec ma charrette, où la bière avait été discrètement bâchée.

Ma belle-mère aux cent coups accourut à ma rencontre : elle s'était imaginé que je m'étais enfuie de nouveau, avec Beaufort cette fois-ci, et que la petite comédie de la veille n'avait eu d'autre dessein que d'endormir sa méfiance. Je la mis au courant et son soulagement fut énorme. Comment aurais-je pu deviner que cette réaction d'allure si sympathique était en fait commandée par la méchanceté la plus cruelle et la plus noire ?

Restait à trouver un endroit idoine pour inhumer notre désespéré, ce qui posait un délicat problème de savoir-vivre. D'un côté, Beaufort était assurément mort d'amour dans un certain style et après avoir rendu de loyaux services, considération qui imposait quelque ménagement. D'un autre côté, il avait manifesté une indiscrétion notoire et sa dépouille avait été rejetée par l'Eglise. Il convenait de trouver une cote mal taillée, tant pour l'emplacement que pour le monument. Ma belle-mère était d'avis de se débarrasser du gêneur en le fourrant au fond du potager, et ce n'est pas sans mal que j'obtins un coin ombragé du parc. Sur la pierre tombale toute simple, j'ai fait graver :

BERTRAND DE BEAUFORT
MORT DANS L'ESPÉRANCE DU SALUT
1761-1788
AUT CAESAR AUT NIHIL

Ce latin laconique lui aurait plu, qui colorait ses ambitions brouillonnes d'un tour altier.

La Révolution étant passée par là, la tombe a été profanée, et le corps, abandonné aux bêtes des champs et aux oiseaux du Ciel. La pierre est devenue cénotaphe, qu'un jardinier a mission de fleurir chaque 2 octobre. Vous savez à présent, ma chère, ce que c'est que ce tombeau sans croix, qui vous avait si fort intriguée.

Je devais encore écrire aux parents quelques pieux mensonges. Ils ne m'en ont pas remercié et ne sont jamais venus à Caussenac. Leur Bertrand avait dû leur jouer des tours pendables.

Le soir même, Monsieur de Chasseneuil, que la nouvelle de ma mise « hors cause » avait surpris alors qu'il voyageait pour affaires dans les environs, nous faisait l'honneur de sa visite et soupait aussi en notre compagnie.

Le poids qui pesait sur sa conscience avait disparu et la joie débordante que lui avait procurée ma sauvegarde faisait plaisir à voir.

Ma marâtre ayant regagné ses appartements, j'entretins le visiteur au salon, où il me fit soudain, assis dans le même fauteuil que Beaufort avait occupé la veille, une proposition aussi honnête qu'étrange :

« Ravi que votre innocence ait été reconnue, je ne m'en inquiète pas moins, ma chère enfant, à votre sujet. Déshéritée de façon inique, vous ne pouvez compter sur votre belle-mère pour vous établir de façon convenable. Au point où en sont arrivés les événements, pourquoi ne pas m'accorder enfin cette main que je n'avais pas su saisir autrefois comme elle le méritait ? Vous êtes à présent mieux au fait de ma personne, et les circonstances qui nous ont désunis, puis réunis, m'ont décidément inspiré pour vous une amitié et une estime sans égales. N'êtes-vous pas autant que moi éprise de cette liberté qui fait le sel de la vie et nos humeurs ne sont-elles pas en parfait accord ? Ce que je vous en dis n'est pas pour mettre un comble aux réparations que je vous dois. Mon attitude est au fond très égoïste. J'ai comme vous, mais pour des motifs différents, beaucoup de mal à contracter une union heureuse et assortie.

« Pour vous retirer toute crainte et vous mettre à l'aise, j'irai jusqu'à dire que nous pourrions peut-être faire un mariage blanc ? Et à condition que vous ayez la bonne grâce de me consulter sur le choix des amants qui seraient destinés à vous engrosser dans le secret de l'alcôve, je me tiendrais pour satisfait et j'aurais comblé sans effort le vœu de ma défunte mère qui souhaitait que la lignée ne se perdît point. J'aime les enfants, et même ceux des autres.

« Si l'hypothèse vous surprend, veuillez considérer, je vous prie, que le grand inconvénient du mariage, l'origine de déceptions et de brouilles sans nombre, c'est bien le devoir de coucher ensemble. Réduit avec élégance à ses autres obligations, le mariage n'est-il pas la chose la plus digne et la plus plaisante du monde ? »

D'une moralité contestable, qui eût valu d'être discutée par des casuistes avertis, la proposition, était cependant plus sérieuse que celle d'un Beaufort et méritait un examen attentif. Je me déclarai infiniment touchée et me retirai un moment pour solliciter l'avis de ma belle-mère. Ayant fait l'impossible pour que ce mariage fût conclu du vivant de mon père, elle avait encore de bons motifs de le favoriser.

Gardant pour moi le bizarre projet de mariage blanc, je la trouvai hésitante quant au reste, sans que je pusse comprendre les motifs de l'hésitation. En fait, elle balançait entre l'avarice, qui conseillait d'approuver, et une haine démente, qui était devenue inextinguible depuis ma fuite, en dépit de certaines apparences mensongères.

Aussi me dit-elle sur un ton patelin :

« Vos alarmes et vos malheurs m'ont assagie, et je n'aurai plus la rigueur de votre défunt père de prétendre forcer votre cœur et mépriser vos inclinations. Je sais bien que vous n'aimez point ce si aimable Chasseneuil, pour la bonne raison que vous le sentez incapable de vous rendre les services d'un véritable mari. Il n'a au fond que deux mérites : celui d'être à son aise et celui de vous prendre sans dot comme sans espérances. Le geste est élégant, mais présage-t-il un bonheur sans nuages ? Ne méritez-vous pas mieux ?

« Seul l'attrait de l'argent pourrait vous incliner à cette solution. Or, depuis que j'ai pris en main la gestion de nos domaines et congédié ce fripon de Moustier, les affaires, sans être brillantes, ont pris un train plus satisfaisant, et j'espère vous constituer, d'ici un an ou deux, une dot qui vous permettrait un établissement selon vos vœux. Telle aurait été, sans doute, la volonté du comte si on lui avait laissé le temps de revenir de ses fureurs... »

Mon instinct m'incitait à la défiance. La raison me poussait toutefois à prendre en considération ces paroles trop belles pour être honnêtes. Mais de toute manière je ne pouvais échapper au pire, car si j'avais incliné à épouser Monsieur de Chasseneuil, ma marâtre aurait jeté le masque et s'y fût opposée.

Toute songeuse, je redescendis le grand escalier pour répondre enfin à Chasseneuil que j'étais au désespoir de devoir repousser une offre si libérale.

Je ne devais plus le revoir. Le baron de Chasseneuil a été assassiné ignoblement dans son château durant les troubles ruraux et civils qui ont marqué l'été 89. C'était assurément, en dépit de ses honteux penchants, le meilleur des hommes, et j'avais appris trop tard à le connaître et à l'estimer. S'il n'avait été victime prématurément d'un accident campagnard imprévisible, il aurait figuré avec une prudente sagesse au sein des assemblées révolutionnaires ou impériales, se serait diplomatiquement retiré sur ses terres durant les Cent-Jours, et ferait aujourd'hui un royal député fort acceptable, enrichi au-delà du prévisible par une génération de massacres et de tripotages. La France aura perdu à sa mort un être représentatif de son génie, qui sait allier les Révolutions rhétoriques à une profonde stabilité des bourgeoises fortunes provinciales. Et j'y aurai perdu bien davantage : un ami désintéressé, chose beaucoup plus rare qu'un époux.

Ces troubles où Chasseneuil a péri ont été particulièrement affreux : une Terreur dans le désordre avant l'instauration d'un ordre terroriste. Dès que toute autorité s'évanouit, il ne faut que quelques brigands pour accumuler les meurtres et les ruines. Et cette sanglante catastrophe plaide paradoxalement pour l'ordre royal qui venait de s'effondrer comme un château de cartes. Car ce régime, que d'aucuns ont prétendu sans rire tyrannique, reposait en fait sur l'amour du roi et la confiance qu'il inspirait. L'Etat pouvait par conséquent faire une grande économie de moyens policiers. Quelques Suisses et de rares gens d'armes, quelques commissaires et inspecteurs suffisaient à inspirer le respect. Rien n'était prévu pour maintenir par la force un ordre qui se maintenait tout seul dans les esprits. C'est la Révolution qui a inventé, et pour cause, l'Etat policier, où la police sera toujours insuffisante, tout amour ayant disparu.

Des semaines s'écoulèrent dans un calme trompeur, celui qui précède les cyclones au dire des marins.

Je devais vite m'apercevoir que la bonne société de la

région, qui d'ailleurs n'avait jamais apprécié ma franchise, me battait froid. Mon héritage envolé, mon procès et toutes les médisances qu'il pouvait susciter, une promenade en simple appareil au bord d'un étang, c'était plus que notre province en pouvait supporter. J'en arrivais à me demander si je n'avais pas eu tort de décourager cet excellent Chasseneuil.

Le dimanche 9 novembre 88, sur le coup de dix heures du soir, alors que je relisais dans ma chambre *Les Hommes illustres* de Plutarque, ma belle-mère surgit pour me donner lecture, sur le ton de la haine triomphante, d'une lettre qu'elle avait adressée dès mon acquittement à la Supérieure des Dames de la Bienfaisance à Paris, texte dont elle avait tenu à garder copie pour nourrir son insigne méchanceté.

« Je viens à vous, ma Révérende Mère, dans la plus profonde affliction. J'avais une belle-fille, qui nous avait un moment donné de beaux espoirs. Mais la louve couvait sous la peau du mouton. En avril dernier, l'année de ses dix-neuf ans, notre Eudoxie, à qui mon époux, le comte de Caussenac, avait proposé un parti des plus flatteurs, et même inespéré vu la relative dégradation de notre fortune, s'est sauvée une nuit avec l'active complicité d'un jeune serf qu'elle avait suborné et qu'elle devait faire passer pour son frère, non sans avoir auparavant sauté le pas avec quelques soldats de passage. Une fuite qui s'est d'ailleurs assortie de vols trop douloureux pour que j'y insiste, et qui ont porté notamment sur l'argent que nous avions épargné pour fêter les fiançailles.

« A Périgueux, ces deux misérables ont saigné à blanc et assommé sauvagement le marquis du Terme, proche parent de l'intendant, lors d'une traîtreuse et infâme parodie de duel, et, mettant un comble à leurs criminels débordements, ils ont, selon toute vraisemblance, assassiné à coups de gourdin près d'Angoulême mon infortuné mari qui avait eu l'imprudence, n'écoutant que son devoir, de se lancer paternellement à leur recherche.

« La réputée parricide a été reprise à Nantes, alors qu'elle s'apprêtait, éprise de libertés nouvelles, à s'embarquer pour les Etats-Unis d'Amérique. Son concubin, qui a réussi à s'échapper, a été condamné à mort. Eudoxie, après un procès des plus scandaleux, a été finalement mise " hors cause " au bénéfice du doute, les juges ayant été probablement influencés par une campagne de faux-semblants menée à grand tapage de gazettes et de mémoires, à la façon voltairienne, par le parti " philosophique " et perdu de mœurs du Périgord, et même de Bordeaux ! Les relations de ma belle-fille avec des francs-maçons adonnés à des débauches contre nature étaient notoires.

« A la réflexion, je crois qu'il ne faut pas regretter outre mesure la totale et coupable indulgence du tribunal. Ces messieurs étant généralement trop bons avec les filles perdues, une demi-rigueur aurait-elle été adéquate pour venir à bout d'un tel tempérament ? Eudoxie eût sans doute été internée quelques mois dans un couvent à la mode du siècle, où ses dangereuses séductions et ses fieffés mensonges lui auraient valu un régime de faveur, avant qu'un roi trop bon ne l'en tirât par une de ces grâces dont il est coutumier.

« Vous comprendrez, ma Révérende Mère, que je ne puis conserver à demeure un sujet pareil. Je me sens incapable de corriger comme il faut un être qui a pris de telles habitudes de dissipation et de violence, et dont la vue me rappelle sans cesse de la façon la plus cruelle la tragique disparition d'un conjoint bien aimé. J'ose à peine le dire, ma belle-fille s'arrache l'été à ma surveillance pour aller se promener toute nue au bord des étangs, au grand étonnement des poissons et des foules !

« Une jeune personne folle de son corps a impérativement besoin d'une direction ferme, expérimentée et sans illusion jusqu'à ce que sa majorité la mette de nouveau en état de mal faire. Et si une improbable chance de repentir se dessinait, ce ne pourrait être que chez vous. L'excellente réputation de votre maison est parvenue à mes oreilles. On sait tous les efforts que vous déployez pour faire revenir à la décence et à la vertu les prostituées parisiennes qui vous ont été confiées. Un tel régime ne saurait être trop sévère pour Eudoxie, et je serais naturellement disposée à en assumer tous les frais en tant que tutrice responsable.

« Je suis d'avance persuadée que la prisonnière, soumise à une rigoureuse et salutaire pénitence, se verrait strictement interdire tout contact avec l'extérieur, dont elle ne pourrait que profiter pour jeter le trouble et la calomnie, et qu'elle serait tenue dans un isolement qui lui interdirait de corrompre des âmes sur le chemin de la rédemption. J'ai honte de le préciser, mais les chanoinesses de Périgueux, où Eudoxie avait séjourné sans profit à l'aurore de ses fiançailles, ont saisi sur sa personne, durant les vêpres, l'un de ces abominables instruments par le truchement desquels des femmes solitaires se donnent des jouissances coupables. Serait-ce un cas de possession sacrilège ?

« La majorité étant accomplie, et ayant moi-même accompli tous mes devoirs sans compter, il va de soi que je renoncerai à assurer l'entretien d'une fille que son père martyr avait déshéritée avec horreur.

« Si vous voulez bien accepter la mission de sacrifice que je sollicite, vous auriez toute latitude de conserver charitablement la pensionnaire au-delà de ses vingt-cinq ans au cas où l'expiation qui lui est indispensable lui aurait permis de faire, ainsi qu'on peut malgré tout l'espérer, de sensibles progrès. Eudoxie aurait à cœur de vous rendre de reconnaissants services domestiques, et cette position modeste et contrainte vaudrait encore mieux que les dangers de la rue, où elle serait elle-même un incontestable danger pour le prochain.

« Si besoin est, on vous confirmera, hélas, au présidial de Sarlat, toute la véracité de mes douloureuses assertions.

« Dans la vive espérance que vous aurez à cœur de

soulager ma peine au plus tôt, je vous supplie, ma Révérende Mère, de bien vouloir agréer, etc. »

Je m'étais levée pour ouïr cette prose abominable, dont je demeurais abasourdie un instant. Tout s'éclairait, mais de la manière la plus noire.

« Demain à l'aube, ajouta ma belle-mère, tandis que je dormirai du sommeil du juste, trois hommes choisis viendront vous prendre pour vous mener à Paris. Les domestiques sont prévenus, et vos geôliers trouveront la clef sur la porte de votre chambre. »

Ce disant, elle se détourna pour retirer la clef qui était dans la serrure.

Si j'avais été en état de réfléchir, j'aurais profité de l'occasion pour saisir le lourd chandelier d'argent qui était à mon chevet et pour casser la tête de cette femme inqualifiable qui avait prémédité avec un plaisir pervers et à grand renfort d'ignobles calomnies un véritable assassinat moral après avoir trafiqué un testament. Il se trouve certes des juristes pointilleux pour soutenir que nous ne devons en aucun cas nous faire justice nous-mêmes. Encore faudrait-il que les lois imparfaites ne vinssent pas avec complaisance au secours du crime et ne justifiassent point une salutaire rébellion !

C'est donc sans la moindre réflexion que j'étendis ma belle-mère raide morte d'un bon coup de chandelier derrière la tête, entre les deux oreilles. J'y avais mis tout mon cœur, et si elle n'avait pas eu le temps de se voir mourir, si je n'avais pu lire dans ses yeux l'angoisse et l'épouvante du criminel sur l'échafaud, du moins une Providence attentive avait-elle veillé à ce qu'elle trépassât sans confession.

Tout dormait alentour, et j'avais le loisir, la première et intense satisfaction passée, de méditer enfin.

Mon initiale pensée fut, bien sûr, de me sauver sur l'heure. Mais la présence du cadavre m'eût désignée comme coupable, je n'aurais pas été loin et la corde eût mis un terme à mes jours. Pour fuir impunément et sans susciter une poursuite immédiate, il aurait fallu faire disparaître le corps du délit et donner l'impression que j'étais partie avec ma belle-mère, qui avait décidé au dernier moment de m'accompagner elle-même à Paris. Hypothèse qui posait déjà un difficile problème de voiture, la comtesse de Caussenac n'ayant pas pour habitude de voyager à pied. Quant à escamoter la dépouille, et de manière si heureuse que les recherches fussent vaines, là aussi, le problème était des plus ardus...

Lester cette grasse vipère et la précipiter dans l'eau des fossés ne m'aurait assuré qu'un répit provisoire : il arrivait, certaines années, qu'on vidât les douves aux quatre cinquièmes à l'approche du carême afin d'en tirer un choix de carpes, et la pêche n'avait pas eu lieu depuis longtemps. Le château avait aussi des oubliettes, qui étaient en fait — à ce que m'avait assuré mon père — des latrines du XIVe ou du XVe siècle, à une époque où les architectes songeaient encore à ces commodités que la crasseuse Renaissance avait oubliées ; mais les conduits de descente aménagés à l'intérieur des murs jusqu'aux fosses d'aisance risquaient d'être trop étroits et de telles fosses se sondent ou se récurent dès qu'un relent de rat crevé a attiré l'attention. Et enterrer de nuit la défunte dans un souterrain ou dans un jardin m'aurait donné beaucoup de mal pour un résultat aléatoire.

Tout bien réfléchi, la solution la plus séduisante eût été de cacher ma belle-mère dans la tombe de Monsieur Beaufort, qui se serait fait une raison. Hélas, je n'aurais pas eu la force de déplacer la pierre !

Le temps passait, et j'en arrivai à la conclusion qu'il était moins compromettant pour moi de laisser le cadavre en vue que de le dissimuler avec maladresse.

Le chandelier ne portait point de traces de sang, et le corps, dont la tête avait fort peu saigné sous l'épaisseur de la chevelure, était allongé sur le ventre, face contre terre, la copie de la lettre étant tombée sur le parquet. J'allai jusqu'à la chambre de ma belle-mère pour remettre en place ladite lettre, puis j'y traînai par les cheveux le cadavre, que je retournai de façon que la nuque vînt reposer sur les bûches rougeoyantes qui brûlaient dans la cheminée. On pourrait imaginer que la comtesse, perdant connaissance, était malencontreusement tombée à la renverse, et la tête, calcinée par les premiers feux de l'enfer, offrirait à l'examen des gens d'armes rustiques un terrain douteux. Nous n'avions pas à Sarlat de commissariat policé.

En outre, l'épreuve me permettait de m'assurer que la bête était bien morte. Une vive flamme réveille les dolents.

Tout étant en ordre, je retirai de la serrure la clef de la chambre, que je posai sur la table de nuit, je récupérai mon passe-partout, qui n'avait pas bougé de sa crevasse, dans le mur de la bibliothèque, et je revins fermer la porte à clef. Puis j'attachai par une faveur la clef de la porte de ma chambre à la poignée extérieure, m'enfermai à double tour et jetai l'instrument dans les douves. Un policier expérimenté aurait pu tiquer sur le fait que les clefs des deux chambres n'étaient pas restées dans les serrures, et en tirer des déductions dangereuses, mais le risque était faible, et un soupçon n'est pas une preuve.

Cette politique, qui ne me laissait plus d'autre espérance dans l'immédiat que d'échapper à mes gardiens en cours de route, était malheureusement la seule à pouvoir m'épargner un procès pour matricide, qui eût été d'autant plus fâcheux que le soupçon de parricide m'avait déjà effleurée.

Autre avantage d'abandonner ma marâtre en évidence, j'allais bientôt changer de tuteur ou de tutrice, et le nouveau responsable serait peut-être enclin à adoucir mon sort. Alors qu'en cas de disparition, la justice fait traîner les choses.

Vêtue pour la route, je passai la nuit en prières à côté de mon mince bagage, remerciant le Ciel de la protection qu'il m'avait jusqu'alors accordée et m'engageant plus que jamais à défendre ma liberté par tous les moyens honnêtes que les circonstances m'offriraient. Je crois qu'en sus de la fermeté d'âme, la bonne et droite volonté de ne jamais transiger sur l'essentiel est la première des vertus.

Aux premières lueurs du jour, la clef grinça dans la serrure et je vis en effet paraître trois hommes assez bien mis et fort polis, qui m'entraînèrent vers une voiture aux rideaux fermés. Comme nous passions devant la chambre de ma belle-mère, une renversante odeur de grillade nous prit à la gorge.

« Ma marâtre, dis-je, est des plus goulues, il lui faut de forts encas pour la nuit, et elle a encore dû, réveillée par la faim, se faire un supplément de côtelettes de mouton dans sa cheminée. Nous n'avons plus le service d'autrefois, lorsque les domestiques de nuit ne quittaient point l'étage des maîtres. »

Les trois sbires s'étaient arrêtés. Celui qui semblait être le chef me considéra avec méfiance et fit cette réflexion qu'à en juger par les effluves, le mouton devait avoir plus de cheveux que de laine. Une réflexion d'espion entraîné qui avait le nez creux. L'homme frappa à la porte, fit jouer vainement la poignée, haussa les épaules et passa outre.

Conduite par un cocher de mauvaise mine, la berline prit le chemin de la capitale, que nous gagnâmes à petites étapes par la route de Brive, Limoges, Châteauroux, Vierzon et Orléans.

Au premier relais où nous nous arrêtâmes pour la nuit, mes trois gardes du corps, dès que je fus dans ma chambre, fouillèrent soigneusement ma personne et mon bagage, vérifièrent que je ne pouvais sauter par la fenêtre sans me tuer et se retirèrent en verrouillant la porte. Je me félicitai de n'avoir pas succombé à la tentation d'emporter mon passe-partout.

Le voyage suivit son cours fastidieux et désespérant, sans

que j'eusse jamais la moindre occasion de fausser compagnie à mes geôliers, qui étaient étonnamment taciturnes et rebelles à toute conversation suivie. Même lorsqu'ils parlaient entre eux à portée de mes oreilles, ce qui était rare, ils veillaient encore à ne laisser échapper aucun détail qui m'eût permis de les situer, fait inquiétant, qui semblait présager un mauvais coup.

A force de méditer, je crus pénétrer leurs sinistres intentions, et peu avant Etampes, je leur adressai une mise en garde :

« Ma belle-mère m'a dépeinte à la Supérieure des dames de la Bienfaisance comme une rouée folle de son corps, alors que j'ai gardé l'innocence de l'agneau. Elle a donc dû vous payer pour me violer peu avant Paris. Si telle est votre conduite, je n'aurai de cesse de vous faire payer ce forfait et vous y laisserez chacun votre tête tôt ou tard. »

Ces messieurs se bornèrent à sourire, avec cet air supérieur de ceux que le Ciel aveugle pour les mieux perdre. C'est grâce à Fouché, un fort honnête homme dans son genre, que je suis tardivement parvenue à percer à jour l'identité de ces trois criminels. Par bonheur, ils avaient d'autres forfaits à leur actif, dont les preuves étaient plus faciles à apporter. Le chef est mort au bagne, l'un des deux autres a été tué lors de son arrestation, le troisième a été guillotiné.

En approchant d'Etampes, je me réconfortai quelque peu au souvenir de la fille de Séjan, dont Tacite nous dit que Tibère l'avait fait violer par le bourreau avant son exécution. Nous devons toujours relier nos malheurs à de mémorables et historiques exemples.

Enfermée à Etampes comme d'habitude, c'est seulement au petit matin que je fus en effet violée comme prévu, et de toutes les façons — le cocher, grâce à Dieu, n'ayant pas été invité ! Mais on ne m'infligea aucune violence superflue, car il fallait que je parusse à mon couvent sans aucune trace suspecte.

Du train où va le monde, ma chère enfant, chaque femme est exposée à connaître cette injure un jour ou l'autre, le plus souvent de la part d'un mari inconnu, parfois de la part d'un homme qui n'a pas le droit formel pour lui, et il convient d'aborder l'inconvénient dans de bonnes dispositions, ce qui est d'autant plus aisé qu'on l'aura plus attendu.

L'idéal est assurément d'être fille publique. Ce n'est alors qu'un manque à gagner. Claire démonstration d'ailleurs que le viol n'est jamais que l'idée qu'on s'en fait.

Le pire est inversement d'être vierge, mais là encore, il faut distinguer. Les circonstances avaient voulu par bonheur que je fusse naguère en mesure d'acquérir un savoir théorique assez précis, et de la sorte, si je fus outragée de tout, je ne fus surprise de rien. Vous voyez quel est l'intérêt de s'instruire et d'instruire les autres.

J'étais également soutenue par un ardent désir de réparation, et ce matin-là, au lieu de perdre mon temps, je m'appliquai à graver dans ma mémoire non seulement les faciès de ces brutes, mais leurs moindres caractéristiques corporelles. Le futur guillotiné fut repéré en 1804 dans un bordel du faubourg Saint-Martin parce qu'il avait un grain de beauté sur les reins.

Je me réjouissais en outre sans réserve que l'événement vînt confirmer de si éclatante façon la justesse du premier mouvement qui avait coûté la vie à ma marâtre. La justice immanente prend des allures providentielles lorsqu'elle sanctionne les crimes à venir.

Et je savais enfin assez de théologie pour offrir mon ennui au Ciel qui l'avait toléré en vue d'un plus grand bien, pour imputer les mérites de ma résignation à la conversion des pécheurs, pour pardonner à mes tourmenteurs qui ne savaient pas ce qu'ils faisaient. Nous devons pardonner de grand cœur aux brigands les plus endurcis, avant, pendant, et surtout après leur exécution. J'ai fait dire quelques messes pour ces trois gredins, et même pour mon père et pour ma belle-mère, qui valaient pourtant moins cher. Elever ainsi son esprit nous détourne du malsain mépris que la fréquentation des hommes inspire et nos douleurs en sont adoucies dans la mesure du possible.

Devant l'inévitable, je me montrai donc très docile et trouvai le courage de plaisanter lorsque ces messieurs tirèrent ma défloration à la courte paille.

J'ajouterai que toutes mes réflexions m'avaient jusqu'alors conduite à donner la primauté à l'âme sur la raison, à la raison sur le sentiment et au sentiment sur les sensations. Rien de plus utile qu'une telle hiérarchie à l'instant de l'épreuve, et l'on ne saurait s'exercer trop tôt à la mettre en bon ordre. Les femmes qui ont la faiblesse de se laisser gouverner par les sentiments et les sensations ne se tirent pas du viol sans grand dommage : quand on place imprudemment entre ses jambes l'honneur de tout son être, l'irréparable est vite consommé.

Par la suite, les émotions passagères une fois dissipées et l'âme ayant eu son mot à dire, il conviendra au contraire d'exercer sa raison, qui dissuade d'extrapoler abusivement. Tous les hommes sont loin d'être des monstres en quête de perversité — eunuques et invertis sont même particulièrement rassurants —, et ce que l'on peut ressentir à des rapports contraints n'a rien à voir avec les aimables douceurs d'une union librement consentie.

Il me semble cependant difficile qu'une femme, quels que soient ses mérites, et sans doute en fonction de ceux-ci, ne soit pas plus ou moins modifiée par un viol. L'expérience a eu sur moi quelques effets bénéfiques.

Les moralistes indiscrets attachent d'ordinaire une importance exagérée au pucelage, comme si les filles devaient concentrer toutes leurs pensées sur un brin de peau qui ne ferait pas la moindre impression sur un bout de saucisson. Débarrassée par hasard de cet accessoire, j'ai éprouvé bientôt la liberté d'une personne qui n'avait plus rien à perdre, et je dois avouer que certaines de mes actions nécessaires en ont été facilitées. Par là, un viol bien compris est susceptible de préparer à des mariages où l'inclination n'aura pas joué le premier rôle, en attendant que se présente un Launais dans sa gloire.

Vous avez, je crois, parlé de caméléon, ma chère fille, en insinuant que mes diverses unions avaient été tributaires de l'air du temps alors que le temps était trop souvent à l'orage. Je n'en disconviens pas. Mais vous conviendrez peut-être aujourd'hui qu'une jeune fille abondamment violée par trois bandits de grand chemin sur l'incitation de sa belle-mère a plus d'excuses qu'une autre à souffrir par occasion des rapprochements qui n'excitent pas son enthousiasme. L'essentiel étant d'être libre, il advient que la liberté même nous invite à de judicieux compromis.

Par un après-midi réfrigérant, nous entrâmes dans un Paris grondant et tumultueux, qui se préparait dans l'énervement à perdre la tête. Et l'humiliation que je venais de subir était encore aggravée par de vives inquiétudes : une honteuse maladie ou une grossesse inopportune n'allaient-elles point découler de l'accident ?

Ce que fut mon existence affreusement misérable chez les dames de la Bienfaisance, quelles pensées furieuses elle m'inspira à l'encontre d'un roi et d'un régime qui toléraient d'un certain clergé de tels abus, avec quelle ardeur j'ai salué comme tant d'autres, mais pour de plus pressants motifs, les prémices d'une Révolution d'abord libérale, avec quelle fougue vengeresse je me suis jetée dans les bras du premier Conventionnel venu qui m'avait sauvée de l'abjection et expédié la Supérieure à la bascule, tout cela est une autre histoire, et je dirais même une autre époque, celle des folles espérances vite démenties par les faits. A une joie sans limites avait succédé la peur qui prenait au ventre et les compromissions pour survivre. Un Prince notoirement insuffisant, plus néfaste à ses amis qu'à ses ennemis, avait laissé place à une bande d'histrions sanguinaires, terrorisés par leur propre Terreur, qui fuyaient en avant avec des mines de matamore.

Par des temps pareils, le mariage se présente à une faible femme comme un préservatif, et il est expédient de changer de refuge lorsque changent les dangers.

Je signalerai en passant pour la petite histoire que Caussenac avait échoué à un neveu de ma belle-mère, également chargé de ma tutelle, faute de descendance dans la branche paternelle. Cet hypocrite fieffé se fit un lâche plaisir, en dépit de mes plus touchantes explications, de respecter à mon encontre les dernières volontés de la disparue, et avec d'autant plus de rigueur qu'il redoutait que je contestasse l'héritage si je venais à être libérée avant le terme. C'est Dupont de la Meurthe, si beau et si expéditif avec son panache et son écharpe tricolore, qui m'a offert la tête de cet infâme personnage, m'a permis de rentrer dans mes biens et m'a assuré l'indépendance en m'épousant. La Révolution a eu quelques bons côtés.

Quelle hécatombe cependant sur les traces de mes exigeantes vertus ! Mon père, ma marâtre, le marquis du Terme, Briscard et ses cinq complices, les trois immondes individus qui m'avaient fait injure à Etampes, la Supérieure des dames de la Bienfaisance, qui nourrissait ses filles à coups de trique et les faisait crever de froid en hiver, le neveu abusif... Tel fut le prix de ma liberté. Et ont disparu aussi, mais sans que j'y fusse pour rien, la tante Agathe, Chasseneuil, Beaufort et Jacques, ainsi que mes trois premiers maris, dans un concert d'assassinats, de guillotine ou de poison. Un petit esprit adonné à la superstition pourrait avancer que je porte malheur à ceux qui m'aiment comme à ceux qui me haïssent. La superbe santé de Monsieur de Launais me rassure au sortir de tant de troubles.

Je présume, ma chère, que vous me jugerez à présent avec plus d'équité et que vous pardonnez peut-être d'un cœur plus aimant les fautes involontaires que j'ai pu commettre à votre égard. Ma vie n'a pas été facile et j'aurai attendu Louis XVIII pour être heureuse. Mais au-delà du plaidoyer *pro domo*, toujours suspect, je me suis honnêtement efforcée d'être instructive et didactique quand l'occasion se présentait. Vous souffrirez donc un ultime conseil.

Les femmes qui ont la vocation du mariage doivent épouser pour la vie, et sans illusoire passion, l'homme qu'elles auront librement choisi à leurs risques et périls. D'aucuns vous diront qu'aimer sans passion n'est pas aimer. Laissons ces malades à leurs néfastes fantasmes, qui ne sont que trop à la mode, pour affirmer, au contraire, que le véritable amour est un effet de l'âme et de la raison, qui entraînent les forts sentiments et la volonté de se bien conduire. Il y a de la sorte identité souhaitable de démarche entre l'amour de Dieu et l'amour du prochain, fût-il un mari. Et de même que nous prions le Ciel chaque jour de nous éclairer sur nos devoirs, le mariage est à faire et à consolider chaque jour, n'étant pas un état donné une fois pour toutes, mais un engagement à respecter tout comme celui du baptême. La venue des enfants n'est théologiquement concevable que dans un tel climat.

A ce compte-là, direz-vous, si l'on considère l'aveuglement des passions, la force irrépressible des désirs, la permanence des égoïsmes, les défaillances des prêtres et la pression des intérêts, combien y a-t-il de vrais mariages en France et de par le monde ? Et ne conviendrait-il pas, afin de préserver la sainte institution de la déchéance, d'interdire à la plupart de se marier à la légère et d'infibuler à la romaine les mauvais coucheurs ?

Il y avait à Rome vers la fin de la République trois sortes de mariages, sans parler des concubinages autorisés aux soldats, qui étaient comme un premier pas sur le chemin de la vertu. Des mariages pour tous les goûts, pour toutes les bourses, pour toutes les situations. La religion chrétienne, profond bouleversement dont personne ne semble s'être aperçu, s'est empressée d'imposer le même mariage à tout le monde. Les unions aristocratiques, réservées à une certaine éducation, avaient vécu, et une sorte de barbarie démocrate et égalitaire était venue recouvrir les choses du sexe.

L'Eglise juge encore que des unions au rabais sont préférables à un pire désordre. Cette faiblesse se discute, car, du fait que la Révolution a affaibli le sentiment religieux chez beaucoup, le sacrement de mariage est en passe de couvrir plus de turpitudes que jamais. Le condom fait rage dans les cercles distingués et les femmes du peuple étouffent sournoisement dans leur criminel sommeil plus de nourrissons qu'elles n'en mettent au monde. Mais cette constatation désabusée ne doit point nous détourner de faire de notre mieux.

Après des semblants de mariage, parcourant sans me lasser tout le *cursus* romain, j'ai ainsi atteint le but dont j'avais rêvé dans mon adolescence. J'espère que vous l'atteindrez dès le second coup.

La chaleur d'août est éprouvante ce soir. Il est temps que je range mon encrier, que j'abandonne la grande bibliothèque à ses souvenirs et à ses fantômes, et que je regagne le lit douillet de la chambre de ma belle-mère que je me suis appropriée. Son portrait me sourit sur la cheminée, le « sommeil du juste », dont elle avait osé parler dans sa lettre de condamnation, a changé de camp, et j'en suis fort aise.

Votre mère très affectueusement dévouée.

Madame Jacques Cadouin
Fort-de-France
à la comtesse de Launais
Bd Saint-Germain, Paris

20 juillet 1816

Ma très chère mère,

J'attends toujours, et avec autant de curiosité que d'impatience, le récit que vous m'avez laissé prévoir. Mieux vaut connaître sa mère tard que jamais et de bons conseils me feront le plus grand bien.

Les grandes pluies d'été se sont installées, douchant les nègres rebelles, décourageant travaux et promenades, mais favorisant les réceptions, qui vont leur train.

Je dois vous avouer, Madame, qu'à force de me faire courtiser, il m'est arrivé une chose étrange qui ne laisse pas de me troubler. Dès que survient un certain jeune homme, mon cœur bat, mes mains sont moites, ma parole s'embarrasse, les jambes me manquent, et le peu d'esprit qui me reste alors me fait distinguer un ensemble de qualités peu communes chez ce monsieur que je n'aurais peut-être pas remarqué il y a six mois. J'ai comme l'impression d'être souffrante et d'avoir perdu le plus clair de ma capacité de jugement. Je me répète sans cesse, mais en vain : « Il ne peut être aussi beau que je le vois, aussi intelligent que je l'imagine, aussi passionné qu'il le prétend... » Du moins est-il aussi riche qu'il n'ose s'en flatter, car sur ce point le cœur est heureusement en accord avec la rumeur publique.

Il me presse de l'épouser, et je remets ma décision à plus tard, doutant d'être en état de m'engager avec clairvoyance.

Et pourtant, un fait bizarre me presse de conclure. Alors que le contact de Monsieur Cadouin, en dépit de son apparence avantageuse, me laissait froide ou hérissée, la présence de ce prétendant me donne une envie folle de le serrer contre moi et de le garder à jamais. J'en suis réduite à éviter de me trouver seule avec lui, craignant de tomber à la renverse s'il effleurait seulement ma main.

Est-ce bien ce qu'on nomme l'Amour, avez-vous connu cela, peut-on compter sur un pareil penchant pour asseoir un bonheur durable ?

Ah, que vos sages recommandations me seront avantageuses !

Mais ma plume tremble et je dois interrompre ce mot : la voiture de Benjamin apparaît au bout de l'allée, les sabots résonnent des plus beaux chevaux de l'Ile conduits par le plus beau cocher d'un noir de jais, et mon amoureux me fait signe à la portière, sachant bien que je guette sa venue...

Je poursuivrai plus tard.

Votre fille aimante, qui ne sait plus où elle en est...

Cet ouvrage a été composé
par l'Imprimerie BUSSIÈRE
et imprimé sur presse CAMERON
dans les ateliers de la S.E.P.C.
à Saint-Amand-Montrond (Cher)
en février 1992

N° d'édition : 133. N° d'impression : 100-2990
Dépôt légal : février 1992.
Imprimé en France